k.

Anja Baumheier

Die Buchverliebten

Roman

Kindler

2. Auflage Juni 2023

Originalausgabe
Veröffentlicht im Rowohlt Verlag, Hamburg, Juli 2023
Copyright © 2023 by Rowohlt Verlag GmbH, Hamburg
Satz aus der Dejanire bei CPI books GmbH, Leck
Druck und Bindung GGP Media GmbH, Pößneck
ISBN 978-3-463-00042-8

Die Rowohlt Verlage haben sich zu einer nachhaltigen Buchproduktion
verpflichtet. Gemeinsam mit unseren Partnern und Lieferanten setzen
wir uns für eine klimaneutrale Buchproduktion ein, die den Erwerb von
Klimazertifikaten zur Kompensation des CO_2-Ausstoßes einschließt.
www.klimaneutralerverlag.de

Die Buchverliebten

Gesa

G esa und die Liebe, das passte nicht zusammen. Dafür gab es unwiderlegbare Beweise. Gesa, dreiunddreißig Jahre alt, kinderlos, Versicherungskauffrau bei der Lübeck-Safe-AG, hatte in ihrem Leben bisher zwei Männer gehabt. Zwei Männer. Zwei Mal Pech.

Der erste war genau genommen noch gar kein richtiger Mann gewesen. Frühsommer 1976. Jan war siebzehn und Bassist in der Schulband des altehrwürdigen Katharineums, Gesa ein Jahr jünger. Die beiden Teenager kamen sich bei den Bundesjugendspielen näher. Erst verlor Gesa ihr Herz, ein halbes Jahr später ihre Jungfräulichkeit. Eine Woche darauf wollte Jan nichts mehr von ihr wissen. Die Gründe, die er für seine Zurückweisung hervorbrachte, waren so abwegig, dass sich Gesa schon bald nicht mehr an sie erinnern konnte. Ihr junges Herz zerbrach in Stücke, und sie schwor sich, nie wieder einen Mann an sich heranzulassen.

Zehn Jahre lang ging das gut; alle Bewerber blockte Gesa erfolgreich ab. Doch mit siebenundzwanzig wurde sie unvorsichtig. Wieder ein Jan. Das hätte sie misstrauisch machen müssen. Jan Nummer zwei war ein Zahnarzt, der im Büro der Lübeck-Safe-AG vorstellig wurde, um ein umfangreiches Versicherungspaket zu erwerben. Haftpflicht. Rechtsschutz. Berufsunfähigkeit. Nach vier Monaten wollte Gesa den zweiten Jan ihren Eltern vorstellen. Sie fuhr in seine Praxis in Kücknitz, um ihn zu überraschen. Doch im Behandlungszimmer war es Gesa, die eine Überraschung erlebte, als sie ihren Freund mit der Sprechstundenhilfe auf dem Behandlungsstuhl erwischte.

Nach der doppelten Jan-Enttäuschung brauchte Gesa schleunigst etwas, um zu vergessen. In der *Brigitte* hatte sie einen Artikel über Liebeskummer gelesen. Dort stand, man solle sich ablenken, etwas Neues lernen, ein Hobby finden. Also suchte Gesa nach einem Hobby, das sich umstandslos ihren Wünschen anpasste, das ihr nicht das Herz brechen würde. Sie versuchte es, wie in dem Artikel empfohlen, mit Stricken, Wandern und Angeln. Vergeblich. Viel zu viel Zeit zum Nachdenken. Doch dann entdeckte Gesa die Literatur.

Ein Volltreffer, auch wenn es genau genommen Liebe auf den zweiten Blick war.

Bereits in der Schule, damals als die Sache mit Jan Nummer eins gerade ihren Anfang nahm und Gesas Deutschlehrer sich vergeblich bemühte, die in einen hormonellen Dauerausnahmezustand geratenen Schüler für die Schönheit von Epik, Dramatik und Lyrik zu begeistern, hatte Gesa ein wohliges Kribbeln beim Aufschlagen eines Buches gespürt. Aber Jan Nummer eins nannte sie einen Bücherwurm, mit einem Hauch von Verachtung in der Stimme. Und da man bei den ersten zarten Versuchen noch bereit ist, sich der Liebe vorbehaltlos in die Arme zu werfen und sich ruckzuck an alles Mögliche anzupassen, hatte Gesa ihre Romane in einen Koffer geräumt und unter das Bett geschoben.

Der Groll gegen die Liebe im Allgemeinen und Bassisten sowie Zahnärzte im Besonderen führte nach dem Jan-Nummer-zwei-Desaster dazu, dass es zwischen Gesa und der Literatur abermals funkte. Heftig funkte. Sie holte den Koffer wieder unter dem Bett hervor und erneuerte ihren Bibliotheksausweis. Während des schlimmsten Liebeskummers fand sie Trost in der Gewissheit, dass sie nicht die Einzige war, die von der Liebe gequält wurde. Da war Marianne Dashwood aus Janes Austens *Gefühl und Verstand*. Da war Bridget Jones in den Romanen von Helen Fielding. Da war Jane Marsh aus *Ende eines Sommers* von Rosamunde Pilcher. Gesa war nicht allein.

Auch gute zehn Jahre später war Gesa noch eine begeisterte Leserin. Natürlich las sie nicht mehr ausschließlich Liebeskummerlektüre, sie las einfach alles, was ihr zwischen die Finger kam, und liebte, litt, lachte und weinte, während sie einen Roman nach dem anderen verschlang.

Wenn Gesa verreiste, dann nie ohne Lektüre. Bereits beim Packen wusste sie, dass sie viel zu viele Bücher in ihren Koffer stopfte. Aber die Vorstellung, ihr könnte unterwegs der Lesestoff ausgehen, war für sie unerträglich.

So auch an diesem Tag. Gesa blickte auf das Buch, das auf ihrem Schoß lag. *Hundert Jahre Einsamkeit* von Gabriel García Márquez. Der Roman war ein Geburtstagsgeschenk ihres Chefs. Gesa schaute von ihrem Buch auf und nach links, wo ihr Zwillingsbruder am Steuer seines Volvos saß. Hinter der Seitenscheibe zogen die Kiefernwälder Finnlands vorbei wie in einer Endlosschleife, überflittert von einer märchenhaften Sonne.

«Nun wird es Zeit für das Geständnis.» Gero drosselte die Geschwindigkeit.

Gesa legte ihre Stirn in Falten.

«Rovaniemi, die Stadt, in die wir gerade fahren, ist nicht nur der Sitz des Weihnachtsmannes. Da sitzt, ich meine, wohnt, auch Kimi Saariaho.»

Gesa stöhnte auf. Kimi Saariaho war ein finnischer Schauspieler, den ihr Bruder im Stadttheater Lübeck bei einer szenischen Lesung von *Schönheit und Elend des Lebens* von Frans Eemil Sillanpää gesehen hatte. Seitdem war der Mann ihrem Bruder nicht mehr aus dem Kopf gegangen. In der Darbietung des Schauspielers Kimi Saariaho hatte Gero so viel Schönheit des Lebens erkannt, dass er ganz besessen von ihm war.

«Sag nicht, wir sind nur wegen Saariaho nach Finnland gereist sind. Ich dachte, du wolltest Lappland kennenlernen und eine Woche direkt am nördlichen Polarkreis verbringen, am Tor zur Arktis sein.»

«Das auch.» Gero warf einen Blick auf ihr Buch und gab Gas. «Die Finnen sind übrigens ein sehr glückliches Volk, wohl sogar das glücklichste Europas. Und sie sind auch richtiggehend leseverrückt.»

Das wirkte. Obgleich Gesa ihrem Bruder wegen seiner Heimlichtuerei grollte, besänftigten sie die zauberhaften Kiefernwälder und die Vorstellung, eine Woche in einem Land zu verbringen, dessen Einwohner glücklich und buchliebhabend waren. Vielleicht, überlegte Gesa, während sie Gero über den Arm streichelte, vielleicht stand beides miteinander in Zusammenhang. Nein, korrigierte sie sich, ganz sicher sogar hing beides miteinander zusammen.

Am vorletzten Tag ihres Aufenthaltes fuhr Gesa im Volvo ihres Bruders zum vierzehn Kilometer entfernten Olkkajärvi, einem idyllischen, vollkommen klaren See. Sie wollte die unberührte Landschaft genießen, sich die urigen Mökkis, die finnischen Ferienhäuser, anschauen, vielleicht eine Sauna besuchen. Ein wenig wollte sie auch Abstand von Gero gewinnen, der unermüdlich die Cafés, Restaurants und Museen, das Rovaniemi-Theater, die Lappia-Hall und sogar alle Kinos nach seinem Schwarm absuchte. Leider vergeblich. Gesa liebte ihren Bruder, doch die Verzweiflung, mit der er nach Kimi Saariaho fahndete, ging ihr zu weit. Andererseits, so dachte Gesa, wenn sie ehrlich war, erinnerte diese hoffnungslose Suche nach der Liebe sie auch ein wenig an sie selbst.

Eine öffentliche Sauna fand Gesa am Olkkajärvi-See nicht. Vom vielen Umherlaufen taten ihr die Füße weh. Sie setzte sich auf einen Holzstapel in der Nähe eines unbewohnten Mökkis und öffnete ihren Rucksack. Gero hatte es gut gemeint. Ein wenig zu gut. Offenbar hatte er noch immer ein schlechtes Gewissen, weil er seine Schwester unter Vortäuschung falscher Tatsachen nach Finnland gelockt hatte.

Kalakukko. Ein Brotlaib, in dem in Speck eingewickelter Fisch steckte. *Karjalanpiirakka.* Handtellergroße Teigtaschen, gefüllt mit Milchreis. Eine Thermoskanne voller Kaffee, die, nach Gesas vorsichtigen Schätzungen, ein Fassungsvermögen von zwei Litern haben musste. Gesa fragte sich, wer das alles essen und trinken sollte. In der linken Seitentasche ihres Rucksacks steckte ein von einer Serviette gehaltenes Besteckset, in der rechten das Buch, das Gesa gerade zum zweiten Mal las. *Der Alchimist* von Paulo Coelho. Wie sehr Gesa diesen Roman liebte. Sie war gerade an der Stelle, wo sich Santiago und Fatima begegneten. Aber da die lange Wanderung nicht nur Gesas Füßen einiges abverlangt hatte, sondern sie auch so hungrig hatte werden lassen, dass ihr Magen knurrte, griff sie zunächst nach dem Kalakukko. Sie biss herzhaft hinein. Die köstliche Kombination aus Brot, Speck und Fisch in ihrem Mund ließ Gesa unwillkürlich die Augen schließen.

«Nauti ateriastasi.»

Gesa schrak zusammen und öffnete die Augen. Das hieß *guten Appetit*. «Kiitos. Danke», erwiderte Gesa.

Vor ihr stand der Weihnachtsmann, nur in jünger und wesentlich attraktiver. Der Mann trug ein rot kariertes Holzfällerhemd, eine Arbeitshose, einen Vollbart und in der Hand eine Axt.

«Onni.» Der Mann, der offenbar Onni hieß, tippte sich auf die Brust und nickte Gesa freundlich zu.

Da sah sie, dass in der Brusttasche dieses Onni ein Buch steckte. *Alkemisti* von Paulo Coelho.

In diesem Augenblick war es um sie geschehen. Nicht auf den zweiten, nein, auf den ersten Blick. Dass der Mann nicht Jan hieß, war schon mal ein Pluspunkt. Aber Gesa wollte sich absichern. In ihrem Rucksack befand sich ein Wörterbuch. Sie blätterte zum Buchstaben B. «Basisti?», erkundigte sie sich.

Onni schüttelte den Kopf.

Gesa blätterte zum Buchstaben Z. «Hammaslääkäri? Zahnarzt?», setzte sie nach.

Onni schüttelte den Kopf. «Kirjailija. Writer. Author.»

Gesa hatte sich Hals über Kopf verliebt, und sie wusste, dass sie nichts dagegen tun konnte. Doch dann fiel ihr ein Zitat aus dem Alchimisten ein. *Alles, was passiert, kann einmalig sein. Aber alles, was zweimal passiert, wird sicher ein drittes Mal passieren.* Das klang nicht gut, das klang gar nicht gut. Dennoch. Es war bereits passiert, Gesa hatte ihr Herz zum dritten Mal verloren. Glücklich und leseverrückt waren die Finnen, hatte Gero gesagt. In diesem Augenblick, vor der bezaubernden Kulisse des kristallklaren Sees, war die Lübeckerin Gesa Grambek von der finnischen Seele erfüllt. Und von der Liebe. In diesem Moment passten Gesa und die Liebe wunderbar zusammen.

Auf einer Birke über ihnen saß ein aufgeplusterter Kuukkeli, der sie interessiert beobachtete und, so konnte man den Eindruck gewinnen, zufrieden lächelte.

Kapitel 1

Die Filiale der Lübeck-Safe-AG entsprach architektonisch in keiner Weise den allgemeinen Vorstellungen, die der Durchschnittsbürger von einer Versicherung hatte. Nicht die Spur von hell, offen und Glas, viel Glas. Im Gegenteil. Das Bürogebäude war dunkel, verwinkelt und bereits erheblich in die Jahre gekommen. Aber es hatte einen den Jahren trotzenden Vorzug: die Aussicht. Waren die Fenster des dauerklammen, muffig riechenden Gebäudes auch noch so winzig, sie boten einen wunderbaren Blick auf die Silhouette Lübecks.

An diesem teigigen Herbsttag hatte sich Nebel über die Türme der Marienkirche gelegt. Die Turmspitzen waren im Teighimmel vergraben, als hätte ein Künstler unten zu malen begonnen und als wäre ihm, auf Höhe der Türme, die Farbe ausgegangen. Gesa Grambek, hinter deren Bürofenster ebenjene Marienkirche ansatzweise in der Ferne zu erkennen war, zog die obere Schreibtischschublade auf. Dort lagerte ihre Nervennahrung: Marzipankartoffeln. Gesa schob sich eine der braunen, weichen Mandelkugeln in den Mund und begann zu kauen. Schon besser.

Gesa atmete schwer aus und betrachtete nachdenklich das Telefon. Wieder eine Kundin, die gekündigt hatte.

Seit beinahe vierzig Jahren verkaufte Gesa bei der Lübeck-Safe-AG ihre Buchversicherung. Von Jahr zu Jahr wurden es weniger Kunden, und wenn Gesa ehrlich war, konnte sie die Leute nur allzu gut verstehen. Sie konnte ja selbst keine Bücher ausstehen, zuweilen machten sie ihr sogar Angst. Nicht *mehr* ausstehen, musste es eigentlich heißen. Denn es hatte eine Zeit gegeben, da hatten ihr Bücher alles bedeutet. Geborgenheit. Zuversicht. Liebe. Aber das war lange her, ein anderes Leben. Bevor das mit Onni passiert war.

Umgehend schob sie den Gedanken beiseite und öffnete das Verarbeitungsprogramm für die Vertragsdaten der Versicherungsnehmer auf ihrem Computer. Sie gab die Kündigung in das System ein und druckte das Formular doppelt aus. Ein Exemplar legte sie in die Ablage für den Postausgang, das zweite heftete sie zu den anderen in den Ordner.

Es klopfte. Jost Kleve trat ein, Vertriebsmitarbeiter im Außendienst und Gesas Lieblingskollege. Mitte dreißig, chronisch gut gelaunt, von einer mütterlichen Fürsorglichkeit. Typ *Fels in der Brandung*. Eine Bezeichnung, über die sich Jost köstlich amüsieren konnte, war es doch der Werbeslogan der Konkurrenz.

«Good Morning, Grambekerin. Was macht die Kunst?»

Jost ließ sich auf den Drehstuhl vor dem Schreibtisch fallen. Der Stuhl fing seinen Körper beherzt auf und seufzte mit einem lang gezogenen Quietschen unter der ihm überantworteten Last. Josts Bauch, der Backwaren sichtlich zugetan war, wölbte sich im Sitzen nach vorne.

Gesa schwieg, mehr aus herbstlicher Trägheit als aus Unfreundlichkeit.

«Chefchen hat Geburtstag», hob ihr Kollege an. «Hat

sich nicht lumpen lassen. In seinem Büro gibt es ein Buffet. Allererste Sahne. Wir warten auf dich.»

Gesa errötete. Wie hatte sie nur Dr. Penningbüttels Geburtstag vergessen können? Das war bestimmt das Alter. Gesa kam nicht umhin festzustellen, dass ihre Haut mit ihren fast sechzig Jahren an Elastizität verlor, dass ihr Energiestoffwechsel Kapriolen schlug und dass sie sich endlich um eine Brille kümmern sollte. Und jetzt auch noch Gedächtnisschwund?

«Vergessen?» Jost stemmte sich aus dem Drehstuhl hoch.

Das Hemd rutschte ihm aus dem Hosenbund, an dem sich ein tapferer Knopf mühte, seiner Pflicht nachzukommen.

«Hat jemand ein Geschenk besorgt?», fragte Gesa, um von ihrer Vergesslichkeit abzulenken.

«Wie immer, ein Gutschein für diesen Buchladen in der Marlesgrube ...»

Gesa schnaubte. «Bücher, du weißt doch, was ich von Büchern halte.»

«I know. Gib einfach fünf Euro in den Klingelbeutel und gut. Aber jetzt los. Ich verhungere. Willst du das verantworten? Haben wir eine Police gegen Verhungern im Portfolio?»

Vor dem Fenster begann sich der Nebel zu lichten. Doch das bemerkte Gesa nicht mehr. Sie hatte das Büro bereits verlassen und lief dem schrägen, aber inbrünstigen Geburtstagsgesang der Kollegen entgegen.

Brötchenpyramiden, Kochbirnen in Speck, frischer Matjes mit Zwiebelringen und rote Grütze mit Sahne, der Aquavit bereits vorgefüllt in Bechern. Das alles war viel zu viel gewesen und rumorte nun in Gesas Körper. Um den Kopf freizubekommen, ihrem Energiestoffwechsel zu schmeicheln und ihrer Haut Elastizität zurückzuschenken, lief Gesa zu Fuß nach Hause. Der Himmel warf sich gräulich der Nacht in die Arme. Gesa entschied sich für einen Abstecher an die Trave. Die am schläfrigen Himmel schaukelnde Mondsichel spiegelte sich auf der glatten Wasseroberfläche. Entlang der Uferkante schälten sich die Umrisse von Anglern aus der Dunkelheit. Es war empfindlich kalt geworden. Der zarte Aquavitschwindel verlor sich mit jedem Schritt. Der Mond ließ Gesa nicht aus den Augen.

Gesa betrat den Hausflur, der sie mit einem Geruch nach Bratkartoffeln, Backfisch und einer Prise Essigreiniger willkommen hieß. Durch die Tür von Herrn Wobbecke im ersten Stock drang die Titelmelodie von *Gute Zeiten, Schlechte Zeiten*. Seit nunmehr zwanzig Jahren wohnte Gesa in ihrer Wohnung. Immer wieder in all der Zeit hatte sie überlegt, umzuziehen, den Erinnerungen zu entfliehen, ihnen den Rücken zu kehren, neu anzufangen. Schließlich, sobald sie nach der Sache mit Onni wieder einigermaßen klar denken konnte, hatte sie sich einer Therapeutin anvertraut und erkannt, dass man vor sich selbst nicht davonlaufen konnte. Man musste sich seinen Ängsten stellen. Das Ganze hatte viel mit atmen und positiven Gedanken zu tun. So hatte Gesa entschieden, in der gemeinsamen Wohnung zu bleiben. Nur die Anwesenheit der Bücher hatte sie nicht ertragen können. Zu schmerzhaft war der Anblick der gemeinsamen Bibliothek, der Stapel von Manuskripten, an denen Onni gearbeitet hatte, und der vielen Bände von Briefromanen, die sie selbst angesammelt hatte. Alles Lesbare hatte sie aus der Wohnung verbannt und war seither auch sonst jedwedem Kontakt mit Büchern aus dem Weg gegangen. An manchen Tagen löste allein deren Anblick regelrecht Panik in Gesa aus.

Schließlich war Gesa in der dritten Etage angekommen. Als sie vor der Wohnungstür stand, zeigte der Rest-Aquavit, dass er längst nicht vorhatte aufzugeben.

Eine Garderobe nahm die linke Wand ein. Vier Türen zweigten vom Flur ab. Bad. Schlafzimmer. Wohnzimmer. Küche. Die kühle Aura der Wohnung besaß unleugbar mehr Versicherungsbüroflair als die Lübeck-Safe-AG. Gesa betrat das Wohnzimmer. Auch hier. Klare Linien, Praktikabilität, Zweckmäßigkeit. Auf dem Sideboard stand ein ausgestopfter Kuukkeli. Finnisch für *Unglückshäher*. Ein rabenartiger Vogel, der trotz seines Namens in Finnland eigenartigerweise als Glücksbringer galt. Ein höchst ambivalentes Geschöpf. Das Tier war das einzig verbliebene Zeugnis der Vergangenheit. Einer glücklichen Vergangenheit. Bis zu jenem Umzugstag im Jahr 1999, an dem es an der Tür geklingelt und das Unglück Gesas Leben aus dem Lot gebracht hatte. Der kaum einhundert Gramm schwere Kuukkeli auf dem Sideboard hielt den Kopf gesenkt, als spürte er die Erinnerungslast, die auf seinen zarten Schultern lastete. Er schien Gesa in ewiger Dankbarkeit verpflichtet zu sein, dass sie damals zwar die Bücher, nicht aber ihn aus der Wohnung geschafft hatte.

Mit seinen schwarzen Glasaugen fixierte der Kuukkeli das Lämpchen des Anrufbeantworters, das ungestüm blinkte. Gesa drückte auf die Wiedergabetaste.

Grambekerin, this is Jost calling. Wollte fragen, ob du gut angekommen bist. Als du weg warst, hat Chefchen seltsame Andeutungen gemacht. Irgendwas mit Rationalisierung. Weißt du, was das bedeuten könnte? Ich habe komische Gefühle. Ruf mich zurück.

Gesa maß den Worten kaum Bedeutung bei. In voraussehbarer Regelmäßigkeit hatte ihr Kollege *komische Gefühle*. Mal in Bezug auf das Wetter, mal auf das Mittagsangebot in der Kantine der Lübeck-Safe-AG, mal in Bezug darauf, ob das mit der Mondlandung und Neil Armstrong damals alles mit rechten Dingen zugegangen sein konnte. Lächelnd zog Gesa ihr Handy aus der Tasche, um Jost eine SMS zu schreiben. Da bemerkte sie, dass eine neue E-Mail ihres Chefs angekommen war.

Liebe Frau Grambek,

weil ich vorhin die Stimmung bei meinem Geburtstagsumtrunk nicht trüben wollte, wende ich mich auf diesem Wege an Sie. Zunächst einmal möchte ich mich für das wunderbare Geschenk bedanken. Wie Sie wissen, sind Bücher mein Ein und Alles.

Gesa hielt inne. Sie blickte erst zu ihrem Anrufbeantworter, der aus unerfindlichen Gründen immer noch ungestüm blinkte, dann zum Kuukkeli auf dem Sideboard. Sie wünschte, der Vogel würde aufschauen. Sie wünschte, er würde ihr einen aufmunternden Blick zuwerfen.

Besondere Zeiten erfordern besondere Maßnahmen. Gerade momentan, wo wir alle den Gürtel enger schnallen müssen.

Noch ist das Kind nicht in den Brunnen gefallen, aber es ist dem Brunnenrand sozusagen bedenklich nahe gekommen.

Wir werden Stellen einsparen müssen. Ich bedauere, Ihnen mitteilen zu müssen, dass auch Ihr Ressort bei der Lübeck-Safe-AG, also die Buch-Elementar-Risiko-Versicherung, am Brunnenrand steht.

Alles Weitere würde ich gerne mit Ihnen persönlich besprechen. Bitte kommen Sie morgen um 10 Uhr in mein Büro.

Mit freundlichen Grüßen,
Dr. Bruno Penningbüttel

Kapitel 2

Gibt es so etwas wie verzögerte Trunkenheit, einen aufgeschobenen Rausch? Ist es biologisch möglich, dass der Alkohol selbst entscheidet, zu welchem Zeitpunkt er das Gleichgewicht von Botenstoffen durcheinanderbringt?

Als Gesa am nächsten Morgen vor Dr. Penningbüttels Büro stand, hatte sie jedenfalls ein derart flaues Gefühl im Magen, als habe der Aquavitschwindel von gestern Abend schlagartig seine Höchstform erreicht.

«Come on, geh da endlich rein.» Jost lächelte aufmunternd. Gesa hatte ihm in knappen Worten von Penningbüttels Mail berichtet. «Wird schon. Außerdem ist aufgeschoben nicht aufgehoben. Und Brunnenrand ist nicht Brunnen.»

Gesa klopfte. Dr. Penningbüttel erschien im Türrahmen und bat sie in sein Büro.

Nicht nur die Filiale der Lübeck-Safe-AG sah in keiner Weise aus, wie man sich die Räumlichkeiten einer Versicherung gemeinhin vorstellte, auch Gesas Chef selbst wirkte nicht wie ein typischer Versicherungsverkäufer. Ein Meter neunzig, durchtrainiert, ganzjährig gebräunt, Maßanzug, italienische Schuhe, das Haar von einem

Schwarz, das ein Mann seines Alters einzig einem meisterhaften Friseur zu verdanken haben dürfte. Bruno Penningbüttels makellose Zähne hätten den Berufsverband der Deutschen Kieferorthopäden in Verzückung versetzt.

«Setzen Sie sich, Frau Grambek. Wie schön, dass Sie da sind.» Penningbüttels Lächeln war aufrichtig. Der Mann besaß ein altruistisches Naturell, eine angenehme Zugewandtheit und wäre niemals auf die Idee gekommen, sich für schnelle Autos oder kostspielige Uhren zu erwärmen.

Niedergeschlagen ließ Gesa sich auf den Besucherstuhl sinken.

Penningbüttel wies mit dem Kinn auf eine halb volle Flasche Aquavit. «Möchten Sie einen? Ich fürchte, Sie werden ihn brauchen können.»

Gesa verneinte. Allein beim Gedanken an Alkohol zog sich ihr wieder der Magen zusammen.

«Es fällt mir schwer, aber es hilft ja nichts. Wie Sie wissen, stehen die Zeiten wirtschaftlich nicht zum Besten. Die Leute haben in den letzten beiden Jahren viel Geld verloren, sie versuchen, an allem zu sparen, was sie für überflüssig halten.»

«Auch an Versicherungen?» Gesa erschrak über die Zerbrechlichkeit ihrer Stimme. Sie kannte die Antwort bereits, hatte sie doch erst gestern eine neue Kündigung aufgenommen.

«Korrekt. Um unser Gespräch nicht künstlich in die Länge zu ziehen: Ich habe vorgestern mit dem Mutterschiff in Stuttgart telefoniert. Der Buch-Elementar-Risiko-Versicherung, für die Sie zuständig sind, soll es an den Kragen gehen. Wir zeichnen keine neuen Policen, die alten werden vermehrt gekündigt. Die Leute lesen einfach weniger. Außerdem waren die Buchhandlungen lange geschlossen. Die Menschen starren den ganzen Tag auf ihr Handy, und am Abend auf der Couch sehen sie sich Serien auf den Streaming-Plattformen an.»

Hilfe suchend schielte Gesa zur Aquavitflasche, die ihr jetzt doch eine attraktive Option zu sein schien. Sie musste sich zwingen, den Blick abzuwenden, und richtete ihre Aufmerksamkeit auf das Fensterquadrat im Rücken ihres Chefs, hinter dem das Buddenbrookhaus prangte wie ein Postkartenpanorama, ein steinerner Gruß aus der Mengstraße vier.

«Verstehen Sie mich nicht falsch», sprach Penningbüttel weiter. «Das Konzept hat jahrzehntelang tipptopp funktioniert. Ich bin selbst ein begeisterter Leser, wie Sie wissen. Aber das trifft auf die meisten Menschen nicht mehr zu. Da erzähle ich Ihnen nichts Neues, Sie haben ja selbst früher sehr gerne geles… Nun ja, also, die Zeiten ändern sich nun mal.»

Außer Jost und Penningbüttel kannte niemand bei der Versicherung die Gründe für Gesas Abneigung gegen Bücher. Wenn irgendjemand kurz davor war, auf die Ursachen zu sprechen zu kommen, die Frage sich zum Greifen nah im Raum ausgebreitet hatte, umfing Gesa eine solch schonungslose Wolke aus Trübsal, dass niemand wagte, sich nach Details zu erkundigen. Umso erstaunlicher war es für ihre Kollegen, dass Gesa seit Jahren für eine Versicherung zuständig war, die genau das schützen sollte, was sie selbst so sehr verabscheute: Bücher.

«Bücher sind tot, Frau Grambek. Leider.»

Bei dem Wort *tot* zuckte sie zusammen. Die Buch-Elementar-Risiko-Versicherung war ursprünglich dazu gedacht gewesen, wertvolle Erstausgaben und andere besondere Exemplare zu versichern. Geschah den Büchern etwas, wurden sie beschädigt oder gestohlen, zahlte die Lübeck-Safe-AG den Kunden eine Prämie. Nach Onnis schrecklichem Unfall, der alles Schöne und Leichte aus Gesas Leben vertrieben hatte, hatte Gesa darauf bestanden, eine Zusatzklausel einzufügen, die nach einiger Diskussion schließlich in die Police aufgenommen wurde. Darin hieß es, dass auch sämtliche Personenunfälle in Zusammenhang mit Büchern versichert werden konnten. Bücher, die aus Regalen auf Köpfe stürzen konnten. Bücher, in die man so vertieft war, dass man im Gehen las und dabei versehentlich vor ein Auto, einen Bus oder eine Bahn lief. Bücher, an deren Seiten man sich in den Finger schnitt und eine Blutvergiftung riskierte. Leiterunfälle, wenn man beim Herunterholen eines Buches fiel und sich verletzte.

«Es ist mehr als ernst, ich ...», fiel Dr. Penningbüttel Gesa in die Gedanken. «Sagen Sie, Frau Grambek, Sie und die Bücher, wegen Ihres ...» Er verstummte, als erinnerte er sich daran, dass man im Raum hängende Fragen manchmal einfach hängen lassen sollte.

Gesa verschränkte die Arme vor der Brust.

Schließlich fuhr sich Penningbüttel über das Gesicht und fügte mit gesenkter Stimme hinzu. «Wenn Sie keine neuen Kunden gewinnen, niemanden, der noch echte Bücher kauft und sie gegen eventuelle Schäden versichern lässt, gibt es nur eine Möglichkeit.»

«Welche?»

Dr. Bruno Penningbüttel schluckte trocken. «Wir müssen uns von Ihnen trennen.»

Nun zeigte die verzögerte Trunkenheit endgültig, wozu sie in der Lage war. Das Gleichgewicht der Botenstoffe strauchelte. In Gesas Kopf setzte sich ein Kettenkarussell in Bewegung, gleichzeitig waren ihre Ohren mit Zucker-watte verstopft. Unerträgliche Jahrmarktsstimmung.

«Sie sind ja auch nicht mehr die Jüngste. Sie in einen neuen Bereich einzuarbeiten, also Fortbildungen, also … Dafür fehlen mir die finanziellen Mittel. Ich bin ohnehin angehalten, perspektivisch Personal zu reduzieren. Es tut mir leid, Frau Grambek.»

Wie ferngesteuert erhob sich Gesa, griff nach der Aquavitflasche, hob sie an die Lippen, nahm einen tiefen Schluck und stellte die Flasche wieder ab. Dann passierte es. Kerzengerade, wie eine Jolle, die durch die Wucht eines Windstoßes kenterte, fiel Gesa um.

Als Gesa das Bewusstsein wiedererlangte, blickte sie in die Augen der halben Belegschaft. Doch das war es nicht, was ihr ein Frösteln unter die Aufschläge ihrer Strickjacke trieb. Es war etwas Festes, das gegen ihre Waden drückte. Gesa sprang auf. Man hatte ihr einen Stapel Bücher unter die Beine gelegt. Wahrscheinlich, damit das Blut zurück in den Kopf fließen konnte.

«Sorry, Grambekerin. Ich war am Süßigkeitenautoma-ten, sonst hätte ich es verhindert.» Jost führte Gesa zum Schreibtischstuhl.

Hauptsache, es geht wieder.

Ich war schon immer dafür, dass wir ein Sofu für den Notfall anschaffen.

Brauchen wir bald einen Schockraum für die Erstver-sorgung?

Diese Sätze hörte Gesa durch den Zuckerwattenebel, der sich von den Ohren hinter die Stirn verlagert hatte.

«So, Kollegen, hier gibt es nichts mehr zu sehen. Danke für eure Hilfe, den Rest schaffen wir allein.» Jost machte eine Handbewegung, als würde er einen Schwarm Mücken verscheuchen.

Gute Besserung.

Wenn du Hilfe brauchst, sag Bescheid.

Soll ich mal googeln, ob es Spätfolgen geben könnte?

Gesa beteuerte, ausnahmslos wiederhergestellt zu sein. Sie bedankte sich für die Hilfsbereitschaft, die ihr entgegengebracht wurde. Über die Lagerungsstätte, der man ihren bewusstlosen Körper anvertraut hatte, verlor sie keine Silbe.

Nachdem die anderen in ihre Büros zurückgekehrt waren, fragte Jost: «Was ist denn passiert? Was hat er gesagt?»

In wenigen Worten berichtete Gesa vom Gespräch mit ihrem Chef, mehrmals unterbrochen von Josts «shit, holy shit».

In diesem Moment tauchte Dr. Penningbüttel auf, ein großes Glas Wasser in der Hand. «Frau Grambek, bis Montag bleiben Sie zu Hause, keine Widerrede. Überlegen Sie sich bitte in Ruhe, ob Ihnen ein Konzept einfällt, mit dem sich Neukunden für Ihre Buchversicherung akquirieren lassen. Ich bin bereit, Sie bei allem zu unterstützen, was in meiner Macht steht, auch wenn mir finanziell die Hände gebunden sind. Aber verlieren möchte ich Sie auch nicht.»

Gesa griff nach dem Wasser und kippte es so hastig herunter, als könnte sie das Gehörte damit wegspülen.

Nach ihrem Ohnmachtsanfall verließ Gesa das Büro und machte sich auf den Weg in die Marlesgrube auf der Altstadtinsel. Dort lag das Bestattungsinstitut ihres Zwillingsbruders.

Immobilien unter Tage.

Die Namensgebung hatte bei Gesas Eltern für reichlich Irritationen gesorgt, wohingegen die Berufswahl von Gero Grambek auf Wohlgefallen gestoßen war. Vater Rotger war Polizist gewesen, Mutter Asta Krankenschwester. Ersterer hatte sich, bevor er in Pension ging, bis zum Landespolizeidirektor von Schleswig-Holstein hochgearbeitet. Zweitere war zuletzt Oberschwester des hiesigen Universitätsklinikums gewesen. Da man für gewöhnlich nach einem jahrzehntelangen Arbeitsleben in Führungspositionen nicht von heute auf morgen die Füße hochlegen konnte, arbeiteten Gesas Eltern weiterhin für den Schutz und das Wohlbefinden der Lübecker. Rotger Grambek betreute ehrenamtlich die ehemaligen Häftlinge, die er einst hinter Gitter gebracht hatte, es sei denn, sie hatten ein Kapitalverbrechen auf dem Kerbholz. Und Asta Grambek, die zu ihrer aktiven Zeit Mitglied des Krankenschwesternchors gewesen war, unterstützte ihre ehemaligen Kollegen auf der Intensivstation, indem sie Komapatienten Lieder vorsang, die den Heilungsprozess beschleunigen sollten.

Gesa und Gero. Wer als Zwilling geboren wird, bleibt es für immer. Ein Leben, das kooperativ in der Dunkelheit des mütterlichen Uterus beginnt, kann sich selbst in der hellen Wirklichkeit des Lebens nicht entzweien. Gesa hatte immer Verständnis für die Entscheidungen ihres Bruders gehabt, selbst für den Geschäftsnamen *Immobilien unter Tage.*

Ein garstiger Wind streckte seine Tentakel über die Trave aus und drückte in Gesas Rücken. Als sie, der zusätzlichen Schubkraft zum Trotz, vor einem der für die

Lübecker Altstadt typischen Ganghäuser stehen blieb, um sich die Jacke zuzuknöpfen, fiel ihr ein verrostetes Messingschild ins Auge: *Oevermanns Buchhandlung & Antiquariat*. Das Schild ahmte den Umriss eines aufgeschlagenen Buches nach und ragte im rechten Winkel aus dem Mauerwerk. Schon oft war Gesa hier vorbeigekommen, doch den Buchladen hatte sie noch nie näher in Augenschein genommen.

In diesem Moment begriff Gesa erst, was die Worte von Dr. Bruno Penningbüttel wirklich bedeuteten.

Neukunden oder Kündigung. Hopp oder top.

Gesas Verstand war das bereits vor zwei Stunden im Büro klar gewesen. Sogar ihr Körper hatte entsprechend reagiert, indem er sich vorübergehend selbst aus dem Verkehr gezogen hatte. Aber in diesem Augenblick, als sie vor der Buchhandlung stand, zog Gesas Herz nach. Tränen erklommen ihre Augen. Sie ballte die Hände zu Fäusten und hob den Kopf ein Stückchen weiter, damit der garstige Travewind ihr Gesicht wieder trockenlegte.

Es funktionierte. Gesas Blick blieb auf den Büchern in der Auslage hängen. Beiges Leinen, leicht vergilbt, der Einband randläufig aufgehellt, Goldschnitt. Eine Ausgabe von Albert Camus' *Der Fall* lag im Fenster.

Ungeschickt wich Gesa zurück. Dabei übersah sie eine stramm gespannte Leine zwischen einem Pudel und seiner Besitzerin. Gesa stolperte. Sie fiel. Auch wenn es unwahrscheinlich war, zwei Mal an einem Tag zu fallen, ließ es sich nicht leugnen: Gesa lag am Boden. Pudel und Besitzerin eilten sofort zu ihr. Aus dem Augenwinkel bemerkte Gesa, wie sich die Tür der Buchhandlung öffnete und ein älterer Mann herbeieilte.

«Gestatten, Oevermann. Wer Großes versucht, ist bewundernswert, auch wenn er fällt. Seneca. Kann ich Ihnen helfen?»

Gesa erwiderte nichts. Umständlich erhob sie sich und überprüfte die Funktionstüchtigkeit ihrer Beine. Als sie feststellte, dass sie nicht zu Schaden gekommen waren, murmelte sie «Danke» und eilte weiter. Hinter dem Schaufenster von *Immobilien unter Tage* erkannte sie die Silhouette ihres Bruders vor dem Regal mit den Urnen. Gesa beschleunigte den Schritt, als könnte sie vor ihrem Schicksal davonlaufen, und hätte sich in diesem Augenblick am liebsten auch unter Tage vergraben.

2001

Lange Zeit hatte sich Ole Oevermann geweigert, sich der Liebe vorbehaltlos in die Arme zu werfen. Er war eher der Typ für kurze bis mittelfristig lange Lieben. Schon in jungen Jahren hegte er eine gewisse Grundskepsis gegenüber dauerhaftem Glück. Vielleicht, so hatte er sich stets eingeredet, lag das am frühen Tod seiner Mutter, die 1958, drei Jahre nach Oles Geburt, an plötzlichem Herzstillstand gestorben war. Da Ole mit einem liebenswürdigen Naturell zur Welt gekommen war, gelang es ihm stets, seine Weigerung, sich in Liebesdingen festzulegen, charmant zum Ausdruck zu bringen.

Bereits im Kindergarten, mit fünf Jahren, hatte Ole eine kleine Freundin gehabt. Sie hieß Wiebke, hatte blonde Locken und eine niedliche Zahnlücke zwischen den oberen Schneidezähnen. Bei der knorrigen Kastanie neben dem Sandkasten versprach sie Ole, ihn zu heiraten, wenn sie groß sei. Nach der Einschulung zog Wiebkes Familie von Lübeck nach Berlin. Ole und Wiebke schrieben sich eine Zeit lang Briefe in krakeliger Handschrift, aber irgendwann verlor Ole das Interesse. Er malte ihr ein Bild mit einem bunten Blumenstrauß, dann meldete er sich nicht mehr, und so brach der Kontakt zwischen den beiden ab.

In seinen Teenagerjahren verfiel Ole Fenja, einem hochgewachsenen Mädchen aus der Parallelklasse. Nähergekommen waren sich die beiden, nachdem Ole, der nicht nur ein charmantes, sondern auch ein technikbegabtes Naturell besaß, Fenjas defektem Blaupunkt-Röhrenradio neues Leben eingehaucht hatte. Als Fenja, kurz vor dem Schulabschluss, ihre Zukunftsperspektive mit mindestens drei Kindern beschrieb, erklärte Ole, dass er sie sehr möge, jedoch nicht vorhabe, vor Mitte dreißig Vater zu werden. Fenja würde mit ihm nicht glücklich werden, denn so lange wolle sie bestimmt nicht warten. Die beiden weinten ein bisschen, aber trennten sich in freundschaftlicher Verbundenheit. Wenige Jahre später hatte Fenja nicht nur zwei Töchter bekommen, sondern war auch Kinderbuchautorin geworden. *Hasi Hopsis Abenteuer* hieß ihr erstes Buch, das auf Anhieb zum Verkaufsschlager wurde und in Reihe ging. Ole hingegen war froh, nicht mit seiner Jugendliebe zusammengeblieben zu sein, denn seine Gefühle der Literatur gegenüber ließen sich als neutral bis unterkühlt beschreiben.

Es war nicht so, dass Ole Oevermann Romane hasste, er mochte sie nur nicht sonderlich. Das einzige Gedruckte, was er gerne las, waren technische Fachbücher und Schaltpläne. Als Sohn eines Elektromeisters war er in seiner Kindheit und Pubertät kaum mit Literatur in Berührung gekommen. Sein Vater, Bernt Oevermann, der allabendlich erschöpft vor dem Fernseher einschlief, hatte seinem Sohn wenig vorgelesen. Sie fachsimpelten lieber über Beleuchtungssysteme, Telefonanlagen und die Stromversorgung von Gebäuden. Nie empfand Ole das Fehlen von Romanen in seinem Leben als Manko.

Er und sein Vater standen sich nah, so nah, wie es Vater und Sohn in den 60er- und 70er-Jahren nur konnten. Nicht nur die Begeisterung für Technik teilten sie, auch die Leidenschaft für Hähnchengerichte und für die Fernsehserie *Columbo*. Nach seinem Schulabschluss war Ole in die Fußstapfen seines Vaters getreten und in den gemeinsamen Betrieb, *Oevermann Elektro- & Gebäudetechnik*, eingestiegen. Oles Leben war seitdem in ruhigen Bahnen verlaufen, er war glücklich als Single, traf sich manchmal mit Freunden, ging gerne ins Kino, bis eines Tages die Bücher ein wenig näher an ihn herangerückt waren, und zwar in Gestalt von Ophelia.

Er war zwanzig Jahre alt gewesen, als er und sein Vater den Auftrag erhielten, in der Stadtbibliothek Lübeck neue Lampenkabel zu verlegen. Schon beim ersten Blick auf die junge Bibliothekarin, die ihnen Kaffee und Kekse anbot, war es um Ole geschehen. Ein Jahr später heiratete er Ophelia. Und weitere zwanzig Jahre später hatte Ole Oevermann, der langfristigen Lieben sein Leben lang aus dem Weg gegangen war, seine Ehe keinen Tag bereut.

«Hast du dich wieder weggeträumt?» Ophelia kam in einem roten Kleid ins Wohnzimmer und versuchte zu erkennen, welches Buch auf Oles Schoß lag.

Chronik der Elektrotechnik stand auf dem Einband. Darunter war ein Mann im Blaumann abgebildet, der gerade einen Sicherungskasten installierte.

«Lies doch mal was Richtiges. Wir haben gerade *Die dunkle Seite des Mondes* von Martin Suter reinbekommen. Vielleicht wäre das etwas für dich.» Ophelia gab Ole einen Kuss.

Er hatte es versucht damals, nach ihrem Kennenler-

nen, mit Büchern mit belletristisch-technischem Hintergrund. *Ich, der Roboter* von Isaac Asimov. *Der letzte Tag
der Schöpfung* von Wolfgang Jeschke. *Rendezvous mit
Rama* von Arthur C. Clarke. Doch vergeblich. Die Geschichten waren ihm zu deprimierend gewesen, zu viel
Endzeit. Kurzum: Ole hatte keine Freude an der Lektüre
gehabt. Den technischen Exkursen, in Prosa gegossen,
konnte er nichts abgewinnen. Da war sein eigener Berufs-
alltag um einiges spannender. Aber er und Ophelia waren
darin übereingekommen, dass ihre Liebe zueinander groß
genug war, um diese literarische Diskrepanz ausgleichen
zu können.

«Du müsstest dich langsam mal umziehen.»

«Entschuldige, meine Liebe. Gib mir zehn Minuten.»

Es schneite. Arm in Arm spazierten Ophelia und Ole über
die Drehbrücke. Zarte Flocken segelten auf die Trave.
Der Mond stand wie eine Scheibe am Himmel und ließ
die Umgebung wie eine Filmkulisse wirken. Als Ole und
Ophelia die Engelsgrube erreichten, konnten sie auf der
rechten Seite bereits ihr Ziel ausmachen. Das Restaurant
Schiffergesellschaft. Hierher hatte Ole Ophelia eine Woche
nach ihrer ersten Begegnung in der Bibliothek zum Essen
eingeladen. Ein Restaurant aus dem sechzehnten Jahrhundert, in dem sich einst die Lübecker Kaufleute trafen, um
Handelsreisen zu organisieren. Lange, massive Holztische,
Relikte der Vergangenheit und prachtvolle Wandgemäl-
de zierten den Gastraum. Von der Decke hingen kleine
Schiffsmodelle herab, Erinnerungsstücke von Seefahrern
aus der ganzen Welt. Und obwohl es in der historischen
Halle sehr laut gewesen war und es sehr viel zu bestaunen
gab, hatte Ole nur Ophelia bestaunt.

In drei Stunden würde Ophelia einundvierzig werden, was die Oevermanns mit Labskaus, Pannfisch und einer Flasche Sekt feiern wollten. Ole hatte dafür einen Tisch im Kapitäns-Salon reserviert. Dort war es nicht so laut wie in der historischen Halle, was Ole ganz recht war, wollte er doch noch immer hauptsächlich seine Frau bestaunen, und das möglichst ablenkungsfrei.

Mittlerweile waren sie beinahe am Restaurant angekommen. Sie liefen an einem Geldautomaten vorbei.

«Das ist wahrscheinlich das letzte Mal, dass wir mit D-Mark bezahlen werden», sagte Ophelia und legte den Kopf in den Nacken, um Schneeflocken auf ihr Gesicht fallen zu lassen.

«Diese neue Währung, dieser Euro, ich weiß auch nicht, der erinnert mich an Monopoly. Ich finde es schade, dass jetzt in so vielen Ländern das gleiche Geld gibt.»

«Stimmt, wenn du mir in diesem Jahr die lange versprochene Reise nach Paris schenkst, müssen wir kein Geld wechseln.»

Lächelnd wiegte Ole den Kopf hin und her. «Du willst nach Paris? Davon wusste ich ja gar nichts.»

Ophelia lachte, breitete die Arme aus und begann zu tanzen. Sie wurde immer übermütiger.

In diesem Augenblick merkte Ole einmal mehr, wie wichtig seine Frau in seinem Leben war. Er fuhr mit der Hand in die Innentasche seines Sakkos. Seine Finger berührten den Umschlag mit den Flugtickets. Vier Übernachtungen im Marais in einem Hotel direkt an der Place des Vosges, unweit der Seine.

Ophelia lief nun rückwärts und begann zu singen.

Geh Deinen Weg, den man Dir wies
Wenn es Nacht wird, wenn es Nacht wird in Paris
Wenn es Nacht wird, wenn es Nacht wird in Paris
Dreh Dich nicht um nach fremden Schatten
Dreh Dich nicht ...

Der Autofahrer war viel zu schnell. Als sich Ophelia umdrehte, war es zu spät und die Nacht für immer in ihr viel
zu kurzes Leben gestürzt.

Kapitel 3

Gero Grambek liebte das Essen, liebte das Kino, liebte das Theater, die Malerei, die Mode, er liebte die Architektur und das Reisen. Genau genommen liebte Gero das Leben an sich. Dabei war seine Liebe so unerschöpflich, dass er genug davon besaß, um sogar dem Tod etwas davon abzugeben. Er war Vollblutbestatter und erwies den Verstorbenen mit geradezu künstlerischem Eifer die letzte Ehre.

Als Gesa in das Beerdigungsinstitut hineinstolperte, wandte Gero sich um. Selbst kurz vor ihrem sechzigsten Geburtstag hatten die Grambek-Zwillinge Falten und Fältchen an exakt den gleichen Stellen und Zipperlein in denselben Körperregionen. Gesa und Gero waren beide mittelgroß und mittelschwer. Sie hatten welliges rötlich braunes, mittellanges Haar sowie helle Haut, auf der von Juni bis September Sommersprossen blühten. Ihre Gesichter waren rund, die Augen außerordentlich blau.

Als Gero Grambek seine Schwester erblickte, gefror seine Miene. «Was ist dir denn passiert? Du siehst aus, als wäre der Teufel hinter dir her. Ich hole den Erste-Hilfe-Kasten.» Er deutete eine Pirouette an und eilte nach hinten.

Konsterniert schaute Gesa an sich herab. Sie hatte nach ihrem Sturz gar nicht bemerkt, dass ihre Strumpfhose zerrissen war und ihr leicht das Knie blutete.

Schnell kam Gero zurück, eine Schere in die Höhe haltend, als würde er mit aufgerichtetem Schwert im Dänisch-Lübischen-Krieg den Wendischen Städtebund verteidigen. «Hinsetzen und stark sein. Die Strumpfhose kannst du vergessen.» Er klappte den Deckel des Erste-Hilfe-Kastens auf und entnahm ihm einen sterilen Wundverband sowie eine Rolle Pflaster.

«Mein Tag war entsetzlich.»

«Das ist unübersehbar. Aber du kannst mir hier nicht den Laden vollbluten. Wie sähe das aus? *Immobilien unter Tage* ist ein Ort der Ästhetik, ein Raum des Geschmackvollen.»

Gero machte sich an die Arbeit. Kaum fünf Minuten später hatte er die Strumpfhose am Knie rund ausgeschnitten, in der Mitte des Kreises den Wundverband platziert und mit einigen Pflasterstreifen zu einer Art Stern festgeklebt.

«Jetzt einen Cappuccino.»

Die Grambek-Zwillinge verließen den Kundenbereich, der durch einen Perlenvorhang von den hinteren Räumen getrennt war. In den transparenten Regalen an der Wand waren Urnenmodelle ausgestellt. Sandsteinerne Schmuck-Urnen, quaderförmige Keramik-Urnen, bauchige Glas-Urnen, sechseckige Porzellan-Urnen, handgeschöpfte Zuckerrohr-Urnen, tulpenförmige Urnen aus nachwachsenden Rohstoffen. Rechts neben dem Vorhang, vor den Blicken der Kunden verborgen, hatte Gero seinen hypermodernen Elite-Kaffee-Vollautomaten aufgebaut, über dessen Preis er sich beharrlich ausschwieg.

Mit der professionellen Kunstfertigkeit eines Baristas, der durch Zufall in ein Bestattungsinstitut geraten war, bereitete Gero den Kaffee zu. «Voilà, Cappuccino, Mademoiselle», sagte er, reichte seiner Schwester die Tasse mit dem beeindruckend arrangierten Milchschaum und setzte sich mit ihr auf das Ledersofa im Verkaufsraum.

«Ich höre.»

«Vor dem Buchladen hingefallen, Knie verletzt, Strumpfhose kaputt. Muss neue Versicherungskunden finden, sonst arbeitslos. Wer will mich in meinem Alter? Penningbüttel kann mich nicht länger beschäftigen, weil Gürtel enger ...»

«Nun mal der Reihe nach», unterbrach sie Gero. «Ich fürchte, ich komme nicht mit.»

Mit beiden Händen umfasste Gesa die Cappuccino-Tasse und pustete vorsichtig auf den Schaum. Dann begann sie, chronologisch von den Ereignissen der letzten beiden Tage zu berichten. Gero hörte stumm zu und nickte zuweilen. Er war es gewohnt, auf diesem Ledersofa der Verzweiflung gegenüberzusitzen.

«Oje, das klingt nicht gut», sagte er schließlich. «Aber es gibt eine Lösung, es gibt immer eine Lösung.»

«Und welche?»

«Da muss ich nachdenken, und das kann ich am besten beim Arbeiten. Im Kühlraum liegt Frau van der Brügge, die will ich bis zur Tagesschau noch fertig machen. Sie war Schauspielerin am Stadttheater.» Geros Augen leuchteten. «Die van der Brügge will als Minna von Barnhelm beigesetzt werden. Wenn ich jetzt nicht anfange, muss ich die ganze Nacht durcharbeiten.»

«Ich würde gerne noch ein wenig bleiben, wenn es in Ordnung ist.»

Gero nickte.

«Und kein Wort zu den Eltern, ich will sie nicht unnötig beunruhigen.»

«Alles klar.» Gero verschwand durch den Perlenvorhang.

Gesa schloss kurz die Augen. Bis Montag hatte sie Zeit, sich etwas zu überlegen. Als sie durch das Schaufenster hinaus auf die Marlesgrube sah, bemerkte sie die Gestalt eines Mannes, der ihr irgendwie bekannt vorkam. Aber woher? Wo nur hatte sie ihn schon einmal gesehen? Ihre Blicke trafen sich, doch der Fremde eilte davon, und Gesa überlegte, wie lange er schon dort gestanden haben mochte.

Die nächsten Tage verbrachte Gesa ausschließlich im Schlafanzug, mit Marzipankartoffeln und *Columbo*. Eine Serie, die ihr gewöhnlich den Kummer von den Schultern hob, ohne dass sie sich erklären konnte, warum. *Columbo* war die Familienlieblingsserie, seit sie das erste Mal im deutschen Fernsehen ausgestrahlt worden war. Gesa besaß die fünfunddreißigteilige DVD-Gesamtbox. In ihrer vom Chef verordneten Zwangspause hatte sie bereits elf Fälle des Inspektors aus dem Morddezernat des Los Angeles Police Departments verfolgt. Am Ende meinte Gesa beim Blick in den Spiegel, die Falten von Columbos Trenchcoat hätten sich auf ihr Gesicht übertragen. Ihre Augenringe waren tief und dunkel.

Doch Schlafanzug, Marzipankartoffeln und *Columbo* jagten Gesas Verdrossenheit an diesem Wochenende nicht fort. Immer wieder kehrten ihre Gedanken zu den Worten Dr. Penningbüttels zurück.

Überlegen Sie sich bitte in Ruhe, ob Ihnen ein Konzept einfällt, mit dem sich Neukunden für Ihre Buchversicherung akquirieren lassen … Aber verlieren möchte ich Sie auch nicht.

Natürlich wollte Gesa ebenso wenig alles verlieren, was sie sich bisher aufgebaut hatte. Es stimmte, die Rente war nicht mehr fern, aber sie hatte noch knapp sieben Jahre vor sich. Viel zu viel Zeit, um sie arbeitslos zu verbringen. Viel zu wenig Zeit, um eine neue Anstellung zu finden. Überhaupt, wer würde einer Frau ihres Alters noch eine Chance geben? Und wie zum Kuckuck sollte sie es schaffen, mehr Kunden von den Vorzügen einer Buchversicherung zu überzeugen?

Mit Erschrecken stellte Gesa fest, dass sie in den letzten Tagen fünf Tüten Marzipankartoffeln gegessen hatte. Auf die Waage wollte sie sich unter diesen Umständen in nächster Zeit gar nicht erst stellen. Gesa schickte einen Hilfe suchenden Blick zum Kuukkeli, der unbeteiligt zurückstarrte. Das Tier wog genauso viel wie eine Tüte Marzipankartoffeln. Eine kleine Packung, wohlgemerkt. Im vorigen Jahr hatte ihr Bruder Gero ihr eine zweihundertfünfzig Gramm Tüte von *Niederegger* geschenkt, das Gewicht von zweieinhalb ausgestopften Kuukkelis. Langsam werde ich verrückt, dachte Gesa. Nun sinniere ich schon über das Gewichtsverhältnis von Lübecker Marzipankartoffeln und finnischen Unglückshähern nach.

Da kam ihr ein Gedanke. «Vielleicht finde ich im Internet eine Lösung», schlug sie dem Kuukkeli vor, der sie nun etwas wohlwollender anblickte.

Gesa klappte ihren Laptop auf und tippte *Bücher* in das Suchfeld ein. Werbung für die Buchhandlungen der Region tauchte auf dem Bildschirm auf. Das half ihr kaum, sie musste die Suche konkretisieren. *Bücher verkaufen. Buchmarketing. Gebrauchte Bücher.* Auch diese Suchanfragen brachten sie nicht weiter. *Die Zukunft des Buches*, versuchte Gesa es schließlich. Die Ergebnisse waren nun konkreter, doch auch hoffnungsloser. In den Verlagen ließen die rückläufigen Verkäufe alle Warnblinkanlagen aufleuchten. Vor allem die Digitalisierung führe zu einem Wandel der traditionellen Buchwelt, hieß es.

Vielleicht halfen Statistiken weiter? Tatsächlich. Beinahe einunddreißig Prozent der Deutschen lasen weniger als ein Buch pro Monat. Der stärkste Einbruch wurde unter den Zwanzig- bis Fünfzigjährigen ausgemacht. Hektik, Stress, schnellerer Lebensrhythmus, veränderte Freizeitgestaltung durch Smartphones und Streamingdienste. Bevor die allgemeine Buchmarktkrise Gesa zu sehr verunsichern konnte, bevor sie sich über eine neue tröstende Tüte Marzipankartoffeln hermachen konnte, klappte sie ihren Laptop zu.

Allsonntäglich pflegte Gesa das Mittagessen sowie Kaffee und Kuchen bei ihren Eltern einzunehmen. Diese Routine war ihr stets mehr Freude als Pflicht, aber diese Woche schaffte sie es nicht, sich aufzurappeln. Am Telefon hatte Gesa eine Mutter in großer Sorge gehabt. Als sich Gesa auch nach wiederholtem Nachfragen nicht durchringen konnte, von der drohenden Kündigung zu erzählen, hatte Mutter Grambek darauf bestanden, ihrer Tochter wenigstens ein Lied zum Trost vorzusingen. Da Asta Grambek der Anlass für die Essensabsage verborgen blieb, sie allerdings einen zuverlässigen mütterlichen Instinkt besaß, wählte sie einen Klassiker, ein Lied, das immer passt. *Heal the World* von Michael Jackson.

Eine erstaunliche Wahl für eine über Achtzigjährige, aber Asta war musikalisch in jeder Epoche zu Hause. Sie sang äußerst bezaubernd. Doch da Mutter Grambek nie Englisch in der Schule gehabt hatte, sang sie das Lied in einem Kauderwelsch, das mehr einer Fantasiesprache glich.

Gleichwohl hatte Gesa an diesem verlängerten Wochenende das erste Mal gelacht. Herzhaft und von tief aus dem Bauch heraus war ihr Lachen nach oben gestiegen. Gesa war es vollkommen gleichgültig, in welcher Sprache ihre Mutter sang, sie war dankbar, dass ihr zum ersten Mal seit Tagen wieder etwas leichter zumute war.

Gerade als sich Gesa verabschiedet und versprochen hatte, am nächsten Sonntag vorbeizukommen, vibrierte ihr Handy. Dr. Bruno Pfennigbüttel hatte eine SMS geschrieben

Guten Abend, Frau Grambek,
geht es Ihnen besser? Kommen Sie am Montag wieder
ins Büro? Haben Sie sich bereits Gedanken zu Ihrer Buchversicherung gemacht? Sollen wir gemeinsam besprechen,
wie es mit Ihnen weitergeht?
MfG Penningbüttel

Gesa tippte, ohne nachzudenken.

Sehr geehrter Herr Dr. Penningbüttel
es geht mir besser, und ich habe einige Ideen. Wir sehen uns
am Montag.
Herzliche Grüße
G. Grambek

Aus dem Augenwinkel vermeinte Gesa, der Kuukkeli würde aufblicken und den Kopf schütteln über so viel zur Schau gestellte Ideenfreudigkeit, die nicht der Wahrheit entsprach. «Bitte sieh mich nicht so vorwurfsvoll an.» Aber Gesa wusste, der Vogel hatte recht. In Wahrheit hatte sie keinen blassen Schimmer, wie es für sie weitergehen sollte.

Der Montag kam schneller, als Gesa lieb war. In den letzten Tagen hatte die drohende Rückkehr ins Büro über ihr geschwebt wie ein Damoklesschwert, auf dem *Neukunden* geschrieben stand. Nun war es so weit. Das Versicherungsgebäude begrüßte Gesa schlaftrunken.

Vor der Tür wartete bereits Jost Kleve, zwei Mehrweg-Pfand-Becher sowie eine prall gefüllte Bäckertüte in der Hand. «Good morning, Grambekerin, Koffein und Zucker können nicht schaden.»

«Was würde ich nur ohne dich machen.» Gesa lächelte.

Grinsend reichte Jost ihr einen Becher und befreite ein Marzipan-Croissant aus der Tüte.

«Ist dir etwas eingefallen? Von wegen Neukunden und so?»

Gesa schüttelte den Kopf. Sie erzählte Jost von den Statistiken und der falsch optimistischen Nachricht, die sie ihrem Chef geschrieben hatte.

Als hätte er nur auf sein Stichwort gewartet, eilte Dr. Bruno Penningbüttel mit wehendem, äußerst teuer aussehendem Mantel heran. «Frau Grambek, ich habe mich über Ihre Nachricht gefreut. Lassen Sie hören. Was sind das genau für Ideen, die Sie haben?»

Gesa biss in das Croissant und machte mit der Hand ein Zeichen, dass sie gerade nicht sprechen konnte.

«Kaltakquise», sprang Jost ihr bei.

Dr. Penningbüttel runzelte die Stirn. «Das ist mühselig und wahrscheinlich frustrierend. Aber wenn Sie sich richtig ins Zeug legen, könnte das funktionieren. Lassen Sie sich nicht unterkriegen ...» Penningbüttels Handy klingelte.

«Danke», flüsterte Gesa ihrem Kollegen kauend zu.

«Ich muss los, Frau Grambek. Vorstandssitzung», sagte Penningbüttel. «Sie haben bis Freitag Zeit, sagen wir so gegen Mittag. Wir brauchen mindestens zehn neue Kunden. Ich drücke Ihnen alle Daumen.»

So schnell, wie er herbeigeeilt war, war Gesas Chef wieder verschwunden.

Jost drückte Gesa die Croissant-Tüte in die Hand. «Die wirst du brauchen. Good luck.»

Das, was Penningbüttel am Montag als mühselig bezeichnete, hatte sich am Freitag gegen elf Uhr als geradezu unmöglich herausgestellt. Nach einer Woche voller Telefonanrufe und E-Mails war Gesa klar: Kaltakquise, die Königsdisziplin des Vertriebs, funktionierte bei der Buchversicherung nicht. Gesa hatte extra noch einmal in den entsprechenden Handbüchern nachgeschaut, um sich mit allen psychologischen Tricks zu wappnen. Zwar waren diese nicht neu für sie, doch mit dem Ultimatum im Nacken kam sie sich vor wie eine Berufsanfängerin. Zielgruppenanalyse. Bestandskunden umwerben. Neukunden gewinnen. Ansprechen in der Öffentlichkeit. Hausbesuche. E-Mail-Angebote. Newsletter. Telefonische Kontaktaufnahme.

Gesa schwirrte der Kopf. Sie fühlte sich, als müsste sie eine Gleichung mit mehreren Unbekannten lösen. Und Mathe war früher Gesas zweitschlechtestes Schulfach gewesen. Schlimmer war nur noch der Sportunterricht. Das Grundproblem war Gesas Unsicherheit darüber, wie sie potenzielle Neukunden für die Buch-Elementar-Risiko-Versicherung gewinnen sollte. Die Bestandskunden sprangen seit Monaten reihenweise ab wie Passagiere von Bord der Titanic, als sie vor Neufundland mit dem Rumpf auf den Eisberg prallte. In den letzten Tagen hatte sich Gesa dennoch die Finger wund gewählt, um die Kunden, die gekündigt hatten, umzustimmen. Doch nichts zu machen.

Kein Geld.

Kein Interesse.

Was soll ich mit Büchern?

Am Telefon kaufe ich nichts.

Wer kam sonst infrage? Verzagt dachte Gesa an die Statistiken zum Leseverhalten der Menschen sowie zu den Buchverkaufszahlen. Da ließ sich kaum etwas ausrichten. Was das Ansprechen in der Öffentlichkeit und Haustürbesuche betraf, war sich Gesa sicher. Bleiben lassen. War das nicht sogar illegal? Und möglicherweise gefährlich? Als leidenschaftliche *Columbo*-Guckerin wusste Gesa um die Abgründe der menschlichen Seele.

Dr. Penningbüttel hatte, um Gesa ein wenig unter die Arme zu greifen, zu Beginn der Woche einen Newsletter an alle Kunden verschickt. Darin warb er höchstpersönlich für die Buch-Elementar-Risiko-Versicherung, leider erfolglos. Nur eine Frau hatte sich bei Gesa gemeldet. Irrtümlicherweise, wie sich herausstellte, denn sie war davon ausgegangen, bei einem Preisausschreiben gewonnen zu haben. Das Schlimmste an der ganzen Sache war, dass Gesa die Ablehnung gegenüber Büchern, die sich ihr offenbarte, sehr gut nachvollziehen konnte.

Ein Kribbeln unter dem Schreibtisch wies auf eingeschlafene Füße hin. Gesa ließ sie kreisen, erst langsam, dann schneller, und als sie sicher war, dass ihre Beine wieder unbedenklich funktionierten, stellte sie sich vor das Bürofenster.

Die Silhouette Lübecks. Auf den Türmen der Marienkirche hatte sich eine glänzende Herbstsonne in Position gebracht, als wäre es ihre Tagesaufgabe, Gesa meteorologisch Zuversicht zu spenden. Bedauerlicherweise hatte Gesa an diesem Freitag wenig übrig für Zuversichtsbekundungen mitfühlender Himmelskörper. Es war Viertel nach elf. In einer Dreiviertelstunde lief ihr Ultimatum ab. Gesa ließ den Blick schweifen. Als sie das Buddenbrook-Haus in der Mengstraße vier erspähte, kam ihr eine Idee. Sie straffte den Oberkörper.

Zurück an ihrem Schreibtisch, legte sie drei Marzipankartoffeln vor sich hin. Jeweils eine als Belohnung für jeden Versuch. Sie überflog erneut die Stichpunkte, die sie sich zur Vorbereitung auf die Kaltakquise gemacht hatte.

1. Gefühlsebene ansprechen
2. Mehrwert benennen
3. Alleinstellungsmerkmal hervorheben
4. Redefluss disziplinieren
5. nicht nach Bedarf fragen, sondern Interesse wecken

Innerlich gab sie sich das Versprechen, sich noch einmal richtig ins Zeug zu legen. Schließlich hatte sie nichts zu verlieren, und eine ausweglose Situation erforderte außergewöhnliche Maßnahmen. Gesa öffnete auf dem Computer das Telefonbuch Lübecks. Sie tippte den Namen *Mann* in das Suchfeld ein. Gesa zögerte. *Klaus Mann*. Tatsächlich. Das abgeklärte Ticken der Uhr mahnte sie, keine Zeit zu vergeuden, also griff Gesa zum Hörer.

«Einen wunderschönen guten Tag. Grambek, Lübeck-Safe-AG. Spreche ich mit Klaus Mann?»

Am anderen Ende der Leitung herrschte Schweigen.

«Bin ich da bei der Familie Mann?»

Es klickte. Aufgelegt.

Gesa seufzte, schob sich eine Marzipankartoffel in den Mund und suchte nach dem nächsten Namen. *Borchert*. Es gab drei Einträge, leider war kein Wolfgang dabei. Gesa entschied sich für den ersten in der Liste.

«Einen wunderschönen guten Tag. Grambek, Lübeck-Safe-AG, spreche ich mit einem Mitglied der Familie Borchert?»

«Ja», bestätigte schwach eine Frauenstimme.

«Entschuldigen Sie, dass ich Sie so überfalle. Aber bei Ihrem Namen konnte ich nicht anders. Kennen Sie Wolfgang Borchert? Lieben Sie Bücher?»

«Sie haben ihn gefunden?» Frau Borchert begann zu schluchzen.

Gesa stutzte.

«Seit drei Monaten ist er wie vom Erdboden verschluckt. Dabei lief es so gut mit uns. Wir haben gerade erst geheiratet.»

Wie benommen hielt Gesa den Telefonhörer vom Ohr weg. Sie musste an Onni denken. Sie hatten kurz vor der Hochzeit gestanden und dann …

«Ich hätte nicht gedacht, dass ihn jemand ausfindig macht.» Frau Borchert schnäuzte sich.

«Es tut mir leid, ich habe mich verwählt. Alles Gute für Sie.» Mit einer Mischung aus schlechtem Gewissen und unerträglicher Trauer beendete Gesa das Telefonat. Was habe ich nur angerichtet?, dachte sie, wischte eine Träne weg und schob sich die beiden restlichen beiden Marzipankartoffeln in den Mund. Das war doch alles Unsinn, was sie hier veranstaltete. Nie und nimmer würde sie die Kunden finden, die sie vor dem beruflichen Untergang retteten.

Die Uhr zeigte fünf vor zwölf. Mit einer Kraft, von der sie nicht wusste, woher sie kam, gab Gesa einen neuen Begriff in das Telefonbuch ein. *Kafka.* Fehlanzeige. In Lübeck existierte dieser Name nicht. Gesa erweiterte die Suche auf ganz Deutschland. Wagemutig tippte sie *Franz Kafka*. Es war kaum zu glauben. Die Suchmaschine spuckte diesen Namen zwei Mal aus, zwei Männer, beide wohnhaft in Baden-Württemberg. Gesa entschied sich für den zweiten Eintrag. Es klingelte lange, bevor am anderen Ende der Republik der Hörer abgenommen wurde.

«Franz Kafka.» Die Stimme klang weich und in die Jahre gekommen.

«Einen wunderschönen Guten Tag. Grambek, Lübeck-Safe-AG. Herr Kafka, großartig, Sie zu erreichen. Mit Ihrem Namen sind Sie sicherlich ein Buchliebhaber.»

«Und ob», kam es aus dem Hörer. «Ich habe vor Jahren Nachforschungen angestellt, und tatsächlich, es besteht die Möglichkeit, dass ich mit dem berühmten Schriftsteller verwandt bin.»

Entzückt vollführte Gesa eine Umdrehung auf ihrem Schreibtischstuhl. «Bücher sind, äh … das Schönste, was es gibt auf der Welt, nicht wahr?»

«Und ob.»

«Herr Kafka, wie wäre es, wenn Sie Ihren Schätzen, dem Schönsten, was Sie sich vorstellen können, besonderen Schutz zugutekommen ließen?»

Schweigen.

«Herr Kafka, sind Sie noch dran?»

«Wer spricht da bitte?»

«Grambek von der Lübeck-Safe-AG», entgegnete Gesa mit aufsteigendem Unwohlsein.

«Kenne ich nicht.» Die Stimme des Mannes klang jetzt abweisend.

«Sie lieben Bücher. Ist das richtig?»

«Das habe ich nie behauptet. Wer spricht denn da? Und ich lasse mir kein X für ein U vormachen. Wahrscheinlich gehören Sie dieser Enkel-Trick-Bande an. Darüber lief neulich ein Beitrag auf SWR Aktuell. Schämen Sie sich, Frau Gramvoll.»

Gesa sank in sich zusammen. Zum Tuten der abgeschnittenen Leitung legte sie den Kopf auf die Schreibtischplatte und wollte nur eines: verschwinden. Sie stellte sich vor, wie sie gleich zu ihrem Chef gehen und ihm ihr Scheitern beichten musste. Dann würde sie, wie man das in Filmen immer sah, einen Karton mit den Habseligkeiten packen, einen Ficus benjamina obenauf und …

Es klopfte.

Jost trat ein. «Grambekerin, du hast Besuch.»

Gesa blickte auf. Neben Jost stand ein Mann. Gesa schätzte ihn auf Mitte sechzig. Er hatte grüne Augen, die an Turmaline und graue Locken, die an den Schauspieler Miroslav Nemec erinnerten. Wo nur war sie dem Unbekannten schon einmal begegnet? Schlagartig fiel es ihr ein. Sie hatte ihn bereits zwei Mal gesehen, vor der Buchhandlung an der Trave und vor Geros Bestattungsinstitut.

«Ole Oevermann. Buchhändler und Antiquar aus der Marlesgrube. Ich habe mich Ihnen schon einmal vorgestellt. Ihr Bruder schickt mich.»

Kapitel 4

Ole Oevermanns Stimme klang genau so, wie man sich die Stimme eines Buchhändlers vorstellte: tief, bassig, bedeutungsvoll und warm. Die beiden hatten beschlossen, einen kleinen Spaziergang zu machen. Während sie an der Holstentorhalle vorbeischlenderten, überlegte Gesa, was wohl zuerst da gewesen war, Stimme oder Beruf. Doch Oevermann sprach so viel, dass sie gar nicht zum längeren Nachdenken kam. Er erzählte vom Wetter, vom letzten Altstadtfest, von den drei Nobelpreisträgern der Stadt, vom Fischbestand in der Wakenitz. Gesa hätte Ole Oevermanns angenehmer Stimme unendlich lange zuhören können, selbst wenn er ihr die Zutatenliste einer Kartoffelsuppe vorgelesen hätte. Nach den Aufregungen der letzten Tage, nach den misslungenen Versuchen, neue Kunden zu gewinnen, gelang es Gesa zum ersten Mal, abzuschalten und ihren Kummer in eine weit entfernte Ecke ihres Selbst zu verdrängen. Ohne es sich erklären zu können, verlieh ihr die Anwesenheit des Buchhändlers Zuversicht.

«Was hat Ihnen mein Bruder denn erzählt?», fragte Gesa.

«Dass Sie Hilfe brauchen und ich Sie vielleicht unterstützen könnte, weil ich, nun ja, vom Fach bin. Über diese

Buch-Elementar-Risiko-Versicherung bin ich ausführ-lichst informiert. Über den Rest kaum. Gero war da sehr diskret. Diskretion ist die Kunst, Geheimnisse so aus-zuplaudern, dass das Siegel der Verschwiegenheit nicht verletzt wird. Unbekannt.»

Gesa blieb stehen. «Unbekannt?»

«Für gewöhnlich füge ich Zitaten die genaue Quelle bei. In diesem Fall weiß ich bedauerlicherweise nicht mehr, wo ich das gelesen habe.»

Gesa nickte und lief weiter. «Sie mögen Bücher. Das versteht sich bei einem Buchhändler natürlich von selbst.»

Oevermann lachte. Er lachte tief und bassig, er lachte bedeutungsvoll und warm. «Aber meine Liebe zu Büchern war ein langer Weg, und in gewisser Weise auch ein unfrei-williger. Denn ...»

Gesa schob die Hände in die Manteltaschen.

Ole wischte sich über die Augen. «Nun, das ist eine lan-ge Geschichte.»

Gesa versagte sich eine Nachfrage, vor allem aus der Angst heraus, ihr eigenes Verhältnis zu Büchern erklären zu müssen. Schweigen war zwischen den beiden Spazier-gängern eingekehrt. Sie waren bereits eine halbe Stunde unterwegs. Das außerordentliche Blau von Gesas und das Turmalingrün von Oles Augen bildeten einen hübschen Kontrast zu ihren vom Laufen rosigen Gesichtern. Sie hat-ten die Salzspeicher passiert und die Trave überquert. Nun folgten sie der Holstenstraße, bogen alsbald ab und hielten auf das Stammhaus des Café Niederegger zu.

«Ich würde Sie gerne auf einen Tee und etwas aus dem Marzipan-Sortiment einladen, wenn Sie erlauben.»

Da Gesa im Laufe des Vormittags bereits viel zu viele Marzipankartoffeln gegessen hatte, erwiderte sie: «Den

Tee nehme ich gerne, dazu hätte ich aber lieber etwas Herzhaftes.»

Ausnahmsweise hatten sich heute nur wenige Touristen im Café Niederegger eingefunden. Gesa und Ole Oevermann setzten sich an einen Tisch am Fenster, das einen wunderbaren Ausblick auf die mittelalterliche Rathaustreppe bot. Gesa entschied sich für eine Quiche Lorraine sowie einen Kräutertee. Da keine Bedienung an den Tisch kam, erhob sich Ole Oevermann, lief zum Tresen und geriet in einen zwar flüsternd ausgetragenen, doch gestenreichen Disput mit der Kellnerin. Die zog einen Schmollmund und schüttelte den Kopf. Der Buchhändler redete und redete, und bei diesem ganzen Reden verlor sich der Schmollmund, um sich in ein wohlwollendes Lächeln zu verwandeln.

Oevermann kehrte zurück. «Hier nun die Erklärung. Es mag verwundern, doch ich esse am liebsten Chicken Nuggets. Die Schwierigkeit bei der Bestellung bestand darin, dass diese lediglich Kunden bis zum zwölften Lebensjahr angeboten werden. Und da bin ich», er strich sich durch die grauen Locken, «erheblich drüber.»

Die beiden herbeigebrachten Tees sorgten für eine Unterbrechung.

«Wie haben Sie das denn geschafft, Herr Oevermann? Das mit den Chicken Nuggets, meine ich.»

«Nun, der Dank gebührt der Literatur, deren Zitate in allen Lebenslagen helfen, sogar bei der Beschaffung von Lieblingsnahrung.»

«Was haben Sie der Kellnerin gesagt?», fragte Gesa, in ihren Tee pustend.

«Es ist schön, den Augen dessen zu begegnen, den man soeben beschenkt hat. Jean de La Bruyère.»

«Das ist eine elegante Lösung. Es ist übrigens sehr nett, dass Sie sich Zeit für mich nehmen. Sagen Sie gerne Gesa zu mir.»

Schließlich wurde das Essen gebracht. Dampf schlängelte sich forsch von den beiden Tellern mit den Chicken Nuggets und der Quiche Lorraine hinauf ans Fenster, sodass die Rathaustreppe nur noch verschleiert zu sehen war.

Der Buchhändler schob Gesa seinen Teller hin. «Gesa, was halten Sie davon, wenn wir unsere Begegnung mit zwei Chicken Nuggets besiegeln?»

Da stieg eine Wärme in Gesa auf, die nicht von den Tellern stammen konnte. Sie griff stumm nach dem Stück Huhn, das Ole ihr hinhielt, wobei sich ihre Hände einen Wimpernschlag zu lange berührten.

«Liebe Gesa, wir haben noch gar nicht genauer über den Grund unserer Zusammenkunft gesprochen.»

«Um ehrlich zu sein, als Sie vorhin in meinem Büro erschienen sind, war mein Schicksal bereits besiegelt. Mein Chef hatte mir ein Ultimatum gesetzt, um Neukunden für die Buch-Elementar-Risiko-Versicherung zu finden, doch ich habe es nicht geschafft.» Gesa führte den Chicken Nugget zögernd an den Mund. Irgendwie war ihr der Appetit vergangen. Schließlich erzählte sie, was sie in der vergangenen Woche bei der Kundenakquise erlebt hatte.

«Das ist schrecklich. Sind Sie denn jetzt arbeitslos? Oder kann man da noch etwas machen?»

«Ich weiß es nicht. Ich traue mich nicht, meinen Chef danach zu fragen.» Mutlos legte Gesa das Stück Hähnchen beiseite. «Und bei Ihnen? Wie laufen die Geschäfte? Ich habe Statistiken gelesen, die Sie zur Verzweiflung bringen dürften.»

Ole Oevermann schloss für einen Moment die Augen.

«Nun ja, es läuft, aber mehr schlecht als recht, das ist richtig. Der Laden gehört mir, immerhin, das macht es einfacher. Mir bedeuten Bücher alles, Literatur ist mein Lebenssinn. Ich mag mir gar nicht vorstellen, wie es wäre, wenn gar keine Kunden mehr kämen.»

Literatur als Sinn des Lebens. Gesa wusste genau, was der Buchhändler meinte. Auch sie hatte einmal so empfunden, in einer anderen Zeit, in einem anderen Leben. Sollte sie ihm alles erzählen? Gesa wunderte sich, dass sie so viel Zutrauen zu einem Fremden gefasst hatte. Was war es nur, dass dieser Mann an sich hatte?

Ole legte kurz seine Hand auf Gesas, als könnte er Gedanken lesen. «Die Menschen sind erschöpft von ihrem Alltag, den Anforderungen, der unbedingten Flexibilität. Immerfort prasseln Informationen auf sie ein. Wer nicht mitrennt, verliert schnell den Anschluss. Bücher brauchen Zeit und Ruhe und Müßiggang, das lassen die Menschen nicht mehr zu. Dagegen kann ich wenig ausrichten.»

Gesa überlegte, ob sie verraten sollte, dass sie eine Leidenschaft für *Columbo* hegte. Da sie den freundlichen Buchhändler aber nicht verprellen wollte, entgegnete sie vage: «Ich bin auch nicht gerade die größte Buchfreundin.»

«Das wundert mich. Ich hätte darauf gewettet, dass Sie eine Frau sind, die in Büchern versinkt. Für mich haben Sie eine romanhafte Aura. In meinen Augen sind Sie vom Typ her Jane Austen und ein wenig Isabel Allende.»

Schweigend nippte Gesa an ihrem Tee.

«Jedenfalls bin ich nun über Ihr Problem im Bilde. Leider habe ich momentan noch keine Idee, wie man neue Kunden für die Versicherung gewinnen könnte, doch mir fällt bestimmt etwas ein. Wir beide sitzen ja quasi im selben Boot. Ich bin überzeugt davon, dass wir den Menschen die Liebe zu Büchern wieder näherbringen können. Lesen ist doch ein unschätzbares Gut, man kann in fremde Länder reisen, fremde Leben leben, Bücher können sogar Krankheiten heilen. Wir müssen den Menschen zeigen, was sie verpassen.» Der Buchhändler schob sich ein Chicken Nugget in den Mund und kaute gedankenverloren darauf herum.

«Früher mochte ich Bücher sogar sehr, aber später, als ...» Gesa unterbrach sich. Allein dieser kurze Vorstoß versetzte sie in ein schmerzliches Unwohlsein.

«Warum mochten Sie früher Bücher und heute nicht mehr?», erkundigte sich Ole.

Gesa spielte mit der Serviette, die vor ihr auf dem Tisch lag.

«Die Liebe?»

Gesa senkte den Kopf.

«Wie wäre es, wenn ich von mir erzähle, von meinem Verhältnis zu Büchern? Die Liebe spielt dabei auch eine nicht unwesentliche Rolle.»

«Aber nur, wenn Sie wirklich möchten.»

Ole räusperte sich. Dann begann er, von seinem Vater zu erzählen, von Ophelia, von Paris und von dem Unfall. Er sprach von seinem ehemaligen Beruf, von seinem Scheitern, von seiner Therapeutin und von einer alten Buchhändlerin namens Traute Tjarks. Er erzählte und erzählte. Das restliche Essen wurde kalt.

Im Erdgeschoss des Niederegger-Stammhauses betrachteten Gesa und Ole die Kunstwerke in den Auslagen. Es gab Marzipanbrote, Tiere zu Land, zu Luft sowie zu Wasser, Obst und Gemüse, Gebäude. Unter transparenten Glocken standen ganze Gerichte, die aus Marzipan geformt waren. Am meisten interessierte sich Gesa für einen Teller mit Spargel, Kartoffeln und einem Schnitzel. Als Gesa an die Mengen von Marzipankartoffeln dachte, die sie in den letzten Tagen verdrückt hatte, strich sie sich unwillkürlich über den Bauch.

Ole war bereits ein Stückchen weitergegangen und inspizierte das Marzipanangebot derart intensiv, als wäre er ein Polizist, der zum zweiten Mal an einen Tatort zurückgekehrt war, weil er beim ersten Mal eine elementare Spur übersehen zu haben glaubte. In diesem Moment sah Ole mehr denn je aus wie der Münchener Tatortkommissar Ivo Batic.

«Suchen Sie etwas Bestimmtes?»

Ole drehte sich zu Gesa um und zögerte, bevor er antwortete. «Ich will ehrlich sein. Ich habe nach einem Marzipanbuch Ausschau gehalten. Ich wollte Ihnen zeigen, wie süß und schmackhaft die Literatur sein kann, geradezu ein Grundnahrungsmittel.» Der Buchhändler errötete. Er war so rot wie die Kappen der Fliegenpilzkolonie aus Marzipan, die in Oles Rücken in Konkurrenz zu einer Holzstiege mit Marzipanfrüchten um die Gunst der Käufer buhlte.

Gesa und Ole hatten sich für einen Verdauungsspaziergang entschieden. Sie liefen gemächlich, bedächtig und schweigend die Gasse hinunter. Erstaunlich, was alles an einem Tag geschehen kann, dachte Gesa. Vor allem aber dachte sie über das Schicksal des Buchhändlers nach. Ein Schicksal, das ihrem merkwürdig ähnlich war, wenngleich mit umgekehrten Vorzeichen, was ihr Verhältnis zu Büchern betraf. In einer zutraulichen Unerschrockenheit, die sie nicht von sich kannte, ergriff sie Oles Hand. Sie war warm und ein bisschen rau. Immer erkennbarer schälte sich die antiquarische Buchhandlung am Horizont heraus. Als sie die Marlesgrube erreichten, verlangsamte Gesa ihre Schritte. Sie ahnte, was jetzt kommen würde.

«Ich möchte Ihnen gerne meine Buchhandlung zeigen.» Ole drückte Gesas Hand.

«Ich, also …»

Ein dumpfes Klopfen ließ die beiden herumfahren. Hastig lösten sie ihre Hände, als wären sie Schüler und in der Pause beim Rauchen neben der Turnhalle erwischt worden. Das Klopfen war von der Schaufensterscheibe von *Immobilien unter Tage* gekommen. Gero machte ein Victoryzeichen, tippte dann auf seine Armbanduhr, winkte würdevoll, wie es Mitglieder von Königshäusern gewöhnlich tun, und verschwand durch den Perlenvorhang in die hinteren Räume des Bestattungsinstituts.

«Vielleicht wäre ein Kombinationsvorteilspaket eine Lösung oder etwas mit Bonus-Karten», murmelte Ole. «Ich weiß noch nicht genau, wie, doch uns wird etwas einfallen.»

Gesa schaffte es nicht, ihre Aufmerksamkeit auf Oles Worte zu lenken. All ihre Sinne waren auf die Buchhandlung gerichtet.

«Lassen Sie uns in den Laden gehen, dort können wir in Ruhe einen Schlachtplan aushecken, wie wir das Ruder vielleicht noch rumreißen können.» Behutsam zog Ole sie in Richtung Buchhandlung, aber Gesa ließ sich nicht hinwegziehen. Er versuchte es erneut. Dieses Mal ein wenig nachdrücklicher.

«Ich spüre einen gewissen Widerstand.»

Gesa atmete tief ein und aus. Ihr Herzschlag entspannte sich. Sie hatte den Eindruck, gemeinsam mit Ole Oevermann würde sie es schaffen. Sollte es so einfach sein? Nach zwanzig Jahren traf sie einen Mann, der ihr gefiel, und schwuppdiwupp war ihr Unbehagen, ihre Angst vor Büchern verschwunden? Vielleicht. Sie wollte wenigstens versuchen, seine Buchhandlung zu betreten. Doch in einer winzigen Ecke ihres Herzens saß ein Restzögern und rang um Aufmerksamkeit.

«Ich probiere es. Irgendwie muss ich mich selbst überlisten.»

Ole zog ein kariertes Taschentuch aus seiner Jacke. «Mit Verlaub, meine Liebe, wir versuchen es mit Blindekuh. Selbstredend meine ich nicht Sie, sondern das Kinderspiel.»

Gesa ließ sich den karierten Stoff um die Augen binden.

«Ganz ruhig. Ich führe Sie.» Ole legte seine Hände auf Gesas Schultern und navigierte sie behutsam zur Buchhandlung.

Dieses behutsame Navigieren tat Gesa gut, aber ihre Panik gewann die Oberhand. Ihr Puls beschleunigte. Als sie vor dem Laden stoppten und Gesa das Rasseln eines Schlüsselbundes hörte, zuckte sie zusammen. Da legte Ole Oevermann seine wunderbar warmen Hände an ihre Wangen. Gesas Puls galoppierte, wogegen selbst die Buchhändlerwärme nichts ausrichten konnte. Wirsch schob sie seine Finger hinweg und riss sich mit einer raschen Bewegung das Taschentuch vom Kopf.

Was sie sah, verschlug ihr den Atem. Sie blickte durch die geöffnete Tür. Die vollen Bücherregale, die sie anglotzten, erinnerten an die Zähne im Maul eines Monsters. Das urzeitliche Monstermaul verströmte, so schien es Gesa, einen morbiden Geruch, der ihr den Atem raubte.

«Der wahre Mut besteht darin, gerade dann Mut zu zeigen, wenn man nicht mutig ist. Jules Renard», bemühte sich Ole Oevermann, die Situation zu retten.

Vergeblich. Gesa drehte sich um und rannte davon.

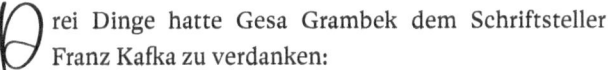

1999

Drei Dinge hatte Gesa Grambek dem Schriftsteller Franz Kafka zu verdanken:

1. ihre Arbeit bei einer Versicherung
2. die Liebe zur Literatur im Allgemeinen
3. die Liebe zu Briefen von Schriftstellern im Besonderen

Auf Kafka war Gesa ursprünglich durch die beharrlichen Bemühungen ihres ehemaligen Deutschlehrers Dr. Sasse Sievers gekommen. Seit Gesa und Onni ein Paar waren, hatte sie oft an ihn denken müssen. Das Katharineum, das nicht nur Theodor Storms und Thomas Manns, sondern auch Gesas Ausbildungsstätte gewesen war, hatte sie in allerbester Erinnerung, abgesehen von der Sache mit Jan Nummer eins. Dr. Sievers trug für Lübecker Verhältnisse wenig Zuneigung für Thomas Mann in seinem Germanistenherzen. Dessen Prosa war ihm zu weitschweifig, zu kontrolliert, zu elitär, zu oft zitiert, zu viel Lübeck-Klischee. Er mochte Heinrich Manns Werke mehr. Seine uneingeschränkte Liebe jedoch galt Franz Kafka.

Auch Onni liebte Kafka, und so hatte Gesa mittlerweile

alle Werke des Prager Schriftstellers gelesen. *Die Verwandlung* hatte ihr gut gefallen. *Das Schloss* auch. Spannend fand sie, dass all seine Helden in eine unerwartete Katastrophe gerieten, an der sie schließlich scheiterten. Interessant fand sie Kafkas Stil. Das Fragmentarische. Unausgesprochene. Die nüchterne, schmucklose Sprache. Keinerlei Extravaganzen. Was sie jedoch am meisten mochte, waren Kafkas Briefe. Aus ihnen sprach ein ganz anderer Mensch. In seinen Briefen zeigte der Schriftsteller sich ausschweifend, warm, zweifelnd, in großer Verspieltheit. In diesem Gegensatz erkannte sich Gesa wieder. Ihre Arbeit bei der Lübeck-Safe-AG war eine nüchterne Angelegenheit, die keinerlei Extravaganzen zuließ, während ihre Liebe zu Onni leidenschaftlich war, verspielt und einfach das Beste, was ihr jemals im Leben passiert war.

Vier Jahre Fernbeziehung waren endlich vorbei. Nach ihrer ersten Begegnung am Olkkajärvi-See hatte Gesa ihren Finnland-Aufenthalt um eine Woche verlängert. Gero war einverstanden gewesen, denn so blieb ihm mehr Zeit, um nach seinem Schauspielerschwarm Ausschau zu halten. Eine Hoffnung, die letzten Endes unerfüllt blieb.

Gesa und Onni verstanden sich von Beginn an, als wären sie füreinander bestimmt. Eine Formulierung, die Gesa, bevor sie sich in Onni verliebte, für etwas kitschig befunden hatte. Aber es war, was es war. Die Liebe in ihrem dritten Anlauf zeigte sich von ihrer traumhaftesten Seite. Gesas Abreise aus Finnland war tränenreich und hoffnungsvoll zugleich. Sie und Onni hatten verabredet, sich alle drei Monate abwechselnd in Lübeck und Rovaniemi zu treffen. Zwischen den Treffen kompensierten sie die Zeit des Vermissens mit Telefonaten, und das so ausgiebig, dass Gesa in den Jahren ihrer Fernbeziehung bei ihrem Telefonanbieter zur Premium-Kundin aufgestiegen war. Auf dem Finnliner, der zwischen Travemünde und Lübeck verkehrte, kannte Gesa bald jedes einzelne Crewmitglied. Hin und wieder schrieben Gesa und Onni sich Briefe. In ihre Umschläge steckte Gesa Travemünder Sand, Onni lappländische Kiefernnadeln in seine. In den Sommermonaten konnten sie mehr als nur ein Wochenende gemeinsam verbringen und fuhren mit dem Wohnmobil durch Finnland. Sie hielten an, wo es ihnen gefiel, sie hielten also sehr viel an, da Finnland landschaftlich sehr, sehr viele eindrucksvolle Halteplätze bot.

Schließlich entschieden sich die beiden für ein gemeinsames Leben in Lübeck. Der finale Impuls dazu kam von einem großen Hamburger Verlag, bei dem Onnis Manuskript Interesse geweckt hatte. Nach jahrelangem Schreiben, Verwerfen, Entwerfen, Überarbeiten und unzählbaren Absagen hatte er endlich eine Lektorin gefunden, die sich für seinen Roman begeisterte. Er handelte von einer samischen Saunabauerdynastie während des neunzehnten und zwanzigsten Jahrhunderts, eine Geschichte, bei der sich Onni nur wenig ausdenken musste, denn er hatte über seine eigene Familie geschrieben. Die Literatur war für Gesa und Onni nicht nur Impuls für ein gemeinsames Leben, sondern auch ein verbindendes Element, beinahe sogar die Grundlage ihrer Liebe. Wann immer es ging, las Gesa Seite an Seite mit Onni, wobei sie sich ununterbrochen berührten. Mal ruhte ihr Kopf an seiner Schulter, mal hielten sie sich an den Händen, mal lag Onnis Kopf auf Gesas Schoß, mal ihrer auf seinem.

«Die Gefühle, die wir beim Lesen empfinden, werden durch den Körperkontakt ausgetauscht. Es ist, als würden wir zwei Bücher zugleich lesen, es ist eine Art literarisches

Reiki», pflegte Onni zu sagen. Und tatsächlich war Gesa, seit sie Onni kannte, keinen einzigen Tag krank gewesen. Nicht einmal ein Sonnenbrand hatte sich auf ihre Haut gewagt. Zuweilen lasen sich Gesa und Onni gegenseitig besonders gelungene Roman-Passagen vor. Onni hatte mittlerweile Deutsch gelernt, das Vorlesen half, seine Aussprache zu trainieren. Auch lernte er ständig neue Begriffe, um seinen Wortschatz zu erweitern. Das gegenseitige Vorlesen, dieses gemeinsame Versinken in der Welt der Fantasie, war für Gesa und Onni zu einem festen abendlichen Ritual geworden, selbst wenn sie nur wenige Seiten schafften.

Dieser Abend war eine Ausnahme. Gesa war allein, Onni in Hamburg, um den Vertrag für sein erstes Buch zu unterzeichnen.

Gesa blickte sich im Wohnzimmer um. Überall standen unausgepackte Umzugskartons kreuz und quer zwischen den Möbeln, Reisetaschen und Tüten voller Kleidung und Regalbretter lagen herum, unendlich viele Regalbretter. Die Bücherregale würde sie am nächsten Morgen als Allererstes aufbauen. Noch immer konnte Gesa ihr Glück, das sich ihr so strahlend präsentierte, nicht fassen. Onni sah fantastisch aus, war ein begnadeter Handwerker, ein Kenner der Literatur, und kochen konnte er auch. Er hatte es Gesa so dermaßen angetan, dass sie seit ihrer ersten Begegnung nicht eine Sekunde mehr an Jan, den Bassisten, oder Jan, den Zahnarzt, gedacht hatte.

Durch einen Tipp ihres Chefs hatten sie und Onni eine hübsche Wohnung im Lübecker Stadtteil Buntekuh gefunden. Dritte Etage links, zwei Zimmer, Küche, Bad. Der ganze Körper schmerzte durch die Nachwirkungen der Schlepperei, und auch jetzt, wo sie ermattet auf ihrem Sofa lag, hatte Gesa den Eindruck, ihre Füße würden noch

Treppen steigen und ihre Arme noch Kartons schleppen. Doch Gesa wusste genau, wie sie sich entspannen konnte. Sie gab sich einen Ruck, ignorierte den Schmerz und hockte sich vor die Kartons. Mit Filzstiftbuchstaben waren diese liebevoll beschriftet. *Rilke, Mankell, Austen, Fielding, Süskind, Murakami, Beauvoir, Coelho.* Coelho, den Gesa als den Taufpaten ihrer Liebe ansah. Sie ließ den Blick über die Kartons wandern und stoppte. *Kafka.*

Behutsam, so als könnten die Bücher erbleichen, wenn man sie allzu schnell dem Tageslicht aussetzte, faltete Gesa den Kartondeckel auseinander. Obenauf lag, was sie suchte. *Briefe an Felice und andere Korrespondenzen aus der Verlobungszeit.*

Gesa schob das Buch vorsichtig in die Tasche ihrer Strickjacke und ging in die Küche, wo bereits ein Wasserflötenkessel, eine Tasse und eine Dose mit finnischem Kaffee auf ihren Einsatz warteten. Seit Gesa mit einem Finnen verlobt war, konnte sie zu jeder Zeit Kaffee trinken, ohne dass ihre abendliche Einschlaffähigkeit beeinträchtigt wurde.

Langsam setzte die Dämmerung ein. Gesa legte sich auf das Sofa, stellte die Kaffeetasse neben sich und schaltete an der Zugkette die dunkelgrüne Bibliothekslampe an. Der warme Lichtkegel ließ die Umzugsschmerzen in den Hintergrund treten. Andächtig strich Gesa über den Einband des Buches, bevor sie es aufschlug. Es machte die Strapazen des Tages vollständig vergessen.

1. Brief an Felice Bauer, 20. September 1912
Briefkopf: Arbeiter-Unfall-Versicherungs-Anstalt
Für das Königreich Böhmen in Prag

Sehr geehrtes Fräulein!

Für den leicht möglichen Fall, daß Sie sich meiner auch im geringsten nicht mehr erinnern könnten, stelle ich mich noch einmal vor: Ich heiße Franz Kafka und bin der Mensch, der sie zum erstenmal am Abend bei Herrn Direktor Brod in Prag begrüßte ...

Derart strahlend, dass selbst die Bibliothekslampe vor Neid ein wenig erblasste, ließ Gesa das Buch sinken. Sie nippte an ihrem Kaffee. Was für ein hinreißender Beginn einer großen, jedoch unglücklichen Liebe, die von zwei Verlobungen und schließlich einer endgültigen Trennung bestimmt war. Franz Kafka und Felice Bauer. Nach ihrem Kennenlernen schrieben sich die beiden fast täglich. Gesa las weiter. Ein Brief, der nur acht Tage auf den letzten folgte.

Jetzt, da die Tür zwischen uns sich zu rühren anfängt oder wir wenigstens die Klinke in der Hand halten, kann ich es doch sagen, wenn ich es nicht sogar sagen muss. Was für Launen halten mich, Fräulein! Ein Regen von Nervosität geht ununterbrochen auf mich herunter.

Unwillkürlich entwich Gesa ein wohliger Seufzer. Die Anstrengungen des Tages verflüchtigten sich mit jeder Zeile mehr, die sie aufsaugte, als wären die Worte Kafkas eine Muskel- und Gelenksalbe für die Seele. Kafka hatte die Begegnung mit Felice jedoch wenig Entspannung gebracht. Im Gegenteil. Er plagte sich mit schlaflosen Nächten. Gesa wusste genau, in welchem Brief er davon erzählte. Sie leerte ihre Kaffeetasse und blätterte zur entsprechenden Stelle.

Einmal, ich erinnere mich, stand ich sogar aus dem Bett auf, um das, was ich für Sie überlegt hatte, aufzuschreiben. Aber ich stieg doch gleich wieder zurück ins Bett, weil ich mir – das ist ein zweites meiner Leiden – die Narrheit meiner Unruhe vorwarf und ...

In diesem Augenblick klingelte es an der Tür. Es dauerte eine Weile, bis sich Gesa von der Geschichte zwischen Franz Kafka und Felice Bauer lösen konnte. Wieder klingelte es, dieses Mal länger. Seltsam. Wer konnte das sein? Sie erwartete keinen Besuch. Onni wollte erst übermorgen aus Hamburg zurückkommen. Als sie in den Flur tappte, schlang sie die Strickjacke eng um ihren Körper, öffnete und hörte sich an, was der unangekündigte Besucher ihr mitzuteilen hatte. Danach schloss Gesa die Tür, wankte zurück zum Sofa, klappte *Briefe an Felice und andere Korrespondenzen aus der Verlobungszeit* zu und schleuderte das Buch schwungvoll gegen die Wand. Dann brach sie weinend zusammen. Sie dachte an den *Alchimisten* und das Zitat, das ihr beim ersten Treffen mit Onni in den Sinn gekommen war. *Alles, was passiert, kann einmalig sein. Aber alles, was zweimal passiert, wird sicher ein drittes Mal passieren.*

Kapitel 5

Auf dem Heimweg beschlich Gesa das Gefühl, dass mit ihrem ständigen Fallen und Weglaufen der letzten Tage irgendwann auch einmal Schluss sein musste. Genauso wie mit ihrer Trübsal. Selbst wenn ihr noch nicht klar war, was Ole Oevermann mit dem «Kombinations-vorteilspaket» meinte, war sein Angebot, ihr zu helfen, sehr nett. Der Buchhändler hatte in der Düsternis ihrer Lage ein Licht der Hoffnung aufflackern lassen. Nun ja, eigentlich eher ein Lichtlein. Doch das war mehr Beleuchtung auf den Schatten der drohenden Arbeitslosigkeit, als sie zu hoffen gewagt hatte.

Gesa ärgerte sich noch immer, dass sie es nicht übers Herz gebracht hatte, Ole von der schrecklichen Geschichte mit Onni zu erzählen. Irgendetwas in ihr war noch nicht so weit. Noch nicht? Sie stutzte. Es war verwunderlich genug, wie wohl sie sich in Oles Gegenwart fühlte, sehr wohl sogar. Wenn sie ehrlich war, spürte sie ein Kribbeln im Bauch, wenn sie an ihn dachte. In ihrem Alter? Sie war fast sechzig. Nach so vielen Jahren des Alleinseins? Obwohl, in *Unsere Seelen bei Nacht*, diesem romantischen Streifen mit Jane Fonda und Robert Redford, eine Literaturverfilmung, hatte das auch geklappt. Die beiden Protagonisten waren sogar siebzig Jahre alt. Aber Film war Film. Und Realität war Realität. Und in der Realität hatte es Gesa gerade mächtig vermasselt. In der Realität ängstigten Bücher sie, waren das Unheilbringendste, was sie sich vorstellen konnte.

Mittlerweile war sie vor ihrem Haus angekommen. Auf der Suche nach dem Schlüssel griff Gesa in ihre Tasche. Da berührte sie etwas Weiches, Anschmiegsames. Es war Oles kariertes Stofftaschentuch, mit dem er ihr die Augen verbunden hatte. Sie konnte sich nicht erinnern, es eingesteckt zu haben. Nach kurzem Zögern führte Gesa den Stoff an die Nase. Er hatte die behagliche Wohligkeit der Buchhändlerhände gespeichert. Als sich die Gardine hinter dem Küchenfenster ihres Nachbarn Herrn Wobbecke bewegte, steckte Gesa das Tuch hastig zurück in ihre Tasche.

Der wahre Mut besteht darin, gerade dann Mut zu zeigen, wenn man nicht mutig ist.

Mit diesem Zitat hatte Ole versucht, sie zu retten, als sie beim Anblick der Buchhandlung die Kontrolle verloren hatte. Gesa betrachtete den Schlüssel in ihrer Hand an, als könnte sie sich nicht daran erinnern, welche Funktion ein solcher Gegenstand besaß. Sie beschloss, dem Mut eine Chance zu geben. Schlimmer konnte es ohnehin nicht werden. Auf ihrem Handy suchte sie die Telefonnummer der Buchhandlung heraus.

«Oevermanns Buchhandlung und Antiquariat.»

«Hier spricht Gesa. Ich wollte mich bei Ihnen für mein unangemessenes Verhalten entschuldigen. Ich würde Ihnen gerne erklären, wie es dazu kommen konnte. Wollen wir uns vielleicht treffen?»

«Gerne», sagte Ole Oevermann und zögerte. «Solche

Gespräche führt man am besten in schöner Umgebung, finden Sie nicht? Haben Sie morgen Nachmittag schon etwas vor?»

Auch als der rote Regionalexpress am Samstag gegen 14:00 Uhr in den Bahnhof einfuhr, konnte Gesa noch nicht glauben, was gerade passierte. Sie war mit Ole nach Travemünde gefahren. *Hafen* stand auf einem blauen Schild, das im sanften Sonnenlicht glänzte.

«Da sind wir», sagte Ole, dessen Redeanteil während der zwanzigminütigen Fahrt ungewöhnlich spärlich ausgefallen war.

«Danke.» Gesa wusste nicht, worauf sich dieses *Danke* bezog, doch es war das einzige Wort, das ihr beim Aussteigen in den Sinn kam.

«Zwei Verabredungen in Folge, das ist für mich ein absolutes Novum. In Travemünde gibt es übrigens eine Filiale des Café Niederegger. Sind wir so waghalsig, dort noch einmal einzukehren?»

Gesa schüttelte lachend den Kopf. «Es sei denn, Sie brauchen einen Chicken-Nugget-Nachschlag.»

«Nein, ich sollte wohl eine kleine Pause einlegen.» Ole tätschelte seinen Bauch. «Meine liebe Gesa, was wollen wir unternehmen?»

«Pötte gucken», antwortete Gesa unverzüglich.

Lübecks schönste Schwester büßte auch im Herbst nichts an Attraktivität ein. Im Gegenteil. Das milde Licht überhauchte den Ort wie ein Weichzeichner. Kreischende Möwen, salzige Luft, tuckernde Boote, schaukelnde Segeljachten, dröhnende Fährschiffe, verschnörkelte Bäderarchitektur, denkmalgeschützte Fischerhäuser. Rentner und Familien. Historie und Moderne. Ole und Gesa schlenderten zur Vorderreihe, der Promenade am Ufer der Trave. Eine Mischung aus Hafenromantik und Einkaufsmeile, die allerhand Touristenfallen bereithielt. Doch das bemerkte Gesa kaum. Sie fühlte sich wohl, sie war in Oles Nähe. In einem kleinen Café hatten sie zwei überteuerte Cappuccinos gekauft und schlenderten damit die Promenade entlang.

«Früher war Travemünde ein Fischerdorf, wie Sie sicherlich wissen, dann wurde es zum Seebad, vor allem für die vornehmen Leute. In seinen *Buddenbrooks* hat Thomas Mann das literarisch eindrucksvoll verewigt: Der Konsul Johann empfiehlt seiner Tochter in dem Roman einen Stadtaufenthalt zur Erholung sowie einen Ausflug zum Brodtener Steilufer.» Ole war in seinem Element.

Der Zauber von Travemünde verlieh seinem Redeanteil Rückenwind. Obgleich der Buchhändler über Literatur sprach, hätte Gesa ihm stundenlang zuhören können.

«Es gibt auch einen Text von Thomas Mann, in dem er schrieb, Travemünde sei ein Paradies, wo er die unzweifelhaft glücklichsten Tage seines Lebens verbracht habe. Eduard Beurmann, ebenfalls Schriftsteller, hielt Travemünde zu Beginn des neunzehnten Jahrhunderts für das Sanssouci der Lübecker.»

Ein volltönendes Hupen ließ Gesa und Ole aufschrecken. Das Nebelhorn einer Finnline-Fähre hatte das Signal in den Nachmittagshimmel abgegeben.

Finnliner.

Als Gesa die Aufschrift auf der Schiffsflanke las, fuhr sie abermals zusammen. Mehr Zeichen gingen nicht. Das war kein Wink mit dem Zaunpfahl, nein, hier winkte der ganze Zaun. Gesa nippte an ihrem Cappuccino. In ihrem Kopf schlugen die Gedanken Purzelbäume, die Zweifel Kapriolen. Sie hatte sich Ole anvertrauen wollen, aber nun war sie sich plötzlich nicht mehr sicher. Woher sollte sie wissen, dass ihre Geschichte bei ihm wirklich gut aufgehoben war? Würde er sie verstehen? Bücher hatten ihm seine Lebenskraft zurückgegeben. Er war ein Mann, der Bücher liebte, sie wie die Luft zum Atmen brauchte. Ein Mann, der Bücher sogar zu seinem Beruf gemacht hatte. Er nahm die gesamte Welt mit den Augen eines Lesers wahr, hatte für jede Situation das passende Zitat parat. Wenn sie nun erzählte, wie sehr sie Bücher verabscheute, dass sie manchmal sogar Angst vor ihnen hatte, würde er womöglich nichts mehr mit ihr zu tun haben wollen. Vielleicht, fürchtete sie, würde sie damit endgültig das Licht der Hoffnung auf einen Ausweg aus ihrer misslichen Lage ausknipsen.

Der wahre Mut besteht darin, gerade dann Mut zu zeigen, wenn man nicht mutig ist.

«Ole, ich möchte Ihnen gerne erklären, warum ..., also, warum ich vor dem Buchladen weggelaufen bin. Ich möchte Ihnen erzählen, wieso ..., also, das mit mir und den Büchern ... und insbesondere Finnland.»

Ole griff nach Gesas Hand. «Nur, wenn Sie wirklich möchten.»

«Ich möchte, allerdings im Sitzen. In den letzten Tagen hat es mir oft genug die Beine weggezogen. Das war an Peinlichkeit nicht zu überbieten.»

Mittlerweile waren sie am westlichsten Zipfel von Travemünde angekommen. Sie betraten die wellenumspielte Mole und ließen sich auf einer Bank nieder. Neben ihrem Logenplatz am Meer erhob sich das grün-weiß gestreifte

Molenfeuer. Der Leuchtturm war eingeschaltet, da es bereits zu dämmern begann. Eine steife Brise machte sich über Gesa her, sie fröstelte so sehr, dass sie fürchtete, Ole würde das Klappern ihrer Zähne hören. Offenbar war diese Furcht wohlbegründet. Als der Buchhändler Gesas Zittern bemerkte, zog er seinen Mantel aus und legte ihn ihr um die Schultern. Der Finnliner, der den beiden jetzt nur noch ein Fitzelchen seines Hecks präsentierte, ließ erneut sein Nebelhorn ertönen, wie zum Signal, mit dem Erzählen zu beginnen. Und so begann Gesa und erzählte und erzählte. Ihr Redeanteil betrug einhundert Prozent.

Als sie geendet hatte, war es bereits später Nachmittag, und Gesa fühlte sich erleichtert, förmlich wie erlöst von einem bösen Fluch. Es tat gut, sich Onnis Tod und ihre nun schon zwei Jahrzehnte anhaltende Trauer von der Seele geredet zu haben.

Gesa wagte weder zu atmen noch den Blick zur Seite zu wenden. Stattdessen fixierte sie einen unbestimmten Punkt auf der Wasseroberfläche, die bewegungslos dalag, so als fühlte auch das Meer eine unaufgeregte Erleichterung darüber, dass Gesa ihre Geschichte erzählt hatte. Ole drehte sich zu Gesa. Gesa drehte sich zu Ole.

«Danke für Ihre Offenheit, Ihr Vertrauen. Gesa, Sie sind eine starke Frau, Sie schaffen das. Ihr Buchtrauma lässt sich bestimmt überwinden, und wenn Sie erlauben, helfe ich Ihnen. Ich habe bereits eine Idee.»

Oles Gesicht war nun ganz nahe. Ohne nachzudenken, umarmte Gesa den Buchhändler. Unwillkürlich musste sie die Augen schließen. Oles Körper übertrug eine Wärme, die Gesa lange nicht gespürt hatte. Zu lange. Die innige Umarmung ließ sie innerlich erstrahlen, gab ihr mehr Orientierung, als es jeder Leuchtturm vermocht hätte. Da konnte auch kein Molenfeuer mithalten, nicht einmal ein so hübsches wie das auf der Nordermole.

Als sie sich voneinander lösten, kroch beiden eine verstohlene Röte in die Gesichter. Gesa wischte sich eine Träne aus dem Augenwinkel.

«Ein Buch muss die Axt sein für das gefrorene Meer in uns. Weißt du, von wem das Satz stammt?»

«Und ob», erwiderte Gesa. «Von Kafka, von dem Kafka, der mir damals so lieb und teuer war.»

«Franz Kafka ist ebenfalls in Travemünde gewesen, auch das weißt du sicherlich.»

Gesa nickte.

«Er soll hier barfuß am Strand entlanggelaufen sein. Zur damaligen Zeit quasi ein Skandal. Für einen Strandspaziergang ist es heute zu frisch, selbst mit Schuhen. Kannst du Fahrrad fahren, und vor allem: Machst du das gerne?»

An einem Kiosk hatten sie sich Fischbrötchen und zwei Flaschen Fanta besorgt. Da sie nicht wussten, wie sie ihre Verpflegung transportieren sollten, hatten sie in einem Souvenirladen zudem einen kleinen Rucksack aus Leinen besorgt, auf dem *Heimathafen Travemünde* zu lesen war. Ole hatte darauf bestanden, Gesa außerdem einen Kapuzenpullover zu kaufen. Er fürchtete, sie würde sich sonst einen Schnupfen holen. Nach verhaltenem Widerspruch entschied sich Gesa für ein Modell in Altrosa mit dem Aufdruck *Travemünder Küstenkind*.

So ausgerüstet, kamen die beiden zu einem Fahrradverleih.

«Ich muss Sie enttäuschen, wir schließen gleich», begrüßte sie der Mann in dem Geschäft mit Blick auf die Uhr.

Gesa ahnte, was nun folgen würde.

«Guter Mann», hob Ole an und hielt seinen Rucksack hoch. «Sie haben doch sicher ein großes Herz.»

Der Angesprochene schüttelte den Kopf. Nun zeigte Gesa mit dem Zeigefinger auf den Aufdruck *Travemünder Küstenkind.*

Der Fahrradverleiher lächelte schief. Ein Lächeln, welches *Omi und Opi wollen es noch mal wissen* zu bedeuten schien.

«Es ist schön, den Augen dessen zu begegnen, den man soeben beschenkt hat. Jean de La Bruyère», legte Ole nach.

Das Schicksal hatte ein Einsehen. Vielleicht war es auch Fan des Projekts *Omi und Opi wollen es noch mal wissen.*

Der Mann vom Fahrradverleih nickte jetzt. «Na meinetwegen, eine Stunde, und», er machte eine Pause, «ich kann Ihnen bloß ein Tandem anbieten. Schon mal gefahren?»

«Ja», logen Gesa und Ole wie aus einem Munde.

«Na dann. Vom Typ her hätte ich Sie eher für E-Bike-Kandidaten gehalten. So kann man sich täuschen.»

Als Gesa bezahlte, reichte ihr der Fahrradverleiher ein Faltblatt mit Hinweisen zum Tandemfahren. Gesa überflog die Tipps, Ole schob das Rad auf die Straße vor dem Geschäft. «Der Pilot soll erst mal allein üben. Lenkreaktion, Wendekreis, Bremsverhalten.»

«In Anbetracht der Zeitvorgabe schlage ich vor, wir überspringen das.» Ole schulterte den Rucksack mit der Verpflegung.

Gesa zog sich die Kapuze auf den Kopf.

«Da es gestern vor meinem Buchladen nicht geklappt hat, ich meine das sichere Führen, bewerbe ich mich hiermit um eine zweite Chance. Darf ich vorn sitzen? Darf ich dein Pilot sein?»

«Einverstanden.»

Sodann fuhren sie durch die herbstliche Dämmerung. Das Tandemfahren klappte wunderbar. Bei einer entspannten Reisegeschwindigkeit bestaunten die beiden den grandiosen Ausblick über die Lübecker Bucht, die zauberhaften Herbstfarben der Bäume und Sträucher, die steil abfallenden Klippen. Der Buchhändler machte seiner Funktion als Pilot alle Ehre. Es war, als hätte er im Leben nie etwas anderes getan, als Tandem zu fahren. Gesa erinnerte sich an das Faltblatt mit den Informationen. Anfahren, Schalten, Stoppen, das alles sollte vom Piloten angekündigt werden. Ole tat das nicht. Und das war auch nicht notwendig. Durch den späten Oktobernachmittag fuhr ein eingespieltes Team, das geschmeidig seine Abläufe koordinierte, ohne ein Wort zu wechseln. Schweigende Übereinkunft, stumme Eintracht, ein harmonisches Bündnis.

«Ich hoffe, es stört dich nicht, dass wir eine Reise unternehmen, die sich so beziehungsweise so ähnlich in der Literatur wiederfindet», rief Ole gegen den Fahrtwind.

Gesa nahm eine Hand vom Lenker und streichelte Ole als Antwort kurz über die Schulter.

Am Aussichtspunkt Hermannshöhe machten sie Rast. Die Sonne war kurz davor, im Meer zu versinken. Auf der Wasseroberfläche spiegelte sich ein letzter, romantischer Gruß in Orangerot. Ole packte die Fischbrötchen aus und schraubte eine Fanta-Flasche auf.

«Das mit dem Tandemfahren hat erstaunlich gut funktioniert», sagte Gesa kauend. «Man könnte fast meinen, das wäre seit Jahren unser gemeinsames Hobby. Dabei kennen wir uns erst seit gestern.»

Ole lächelte. «Das gibt mir Mut für unser Vorhaben. Wir

haben schließlich immer noch ein Kündigungsproblem, das wir lösen müssen. Und ich wollte dir noch von meiner Idee erzählen.»

Gesa hielt im Kauen inne. «Ich bin gespannt», gab sie zu. Ihre verdrängte Ängstlichkeit hatte sich erneut auf sie gestürzt.

«Nun, ich möchte gerne deinen Bruder Gero mit ins Boot holen», begann Ole. «Ich hatte erst an so etwas wie eine Bonus-Karte gedacht, doch die Idee würde ich inzwischen verwerfen. Das Kombinationsvorteilspaket geht mir hingegen nicht aus dem Kopf. Es funktioniert so: Meine Kunden kaufen ein Buch. Dazu bekommen sie deine Versicherung und, vorausgesetzt, Gero steigt mit ein, einen Rabatt-Gutschein für einen Sarg oder eine Urne nach Wahl. Gestorben wird schließlich immer.»

Einen Augenblick schwieg Gesa. Ihr Schweigen wurde begleitet von zwei Möwen, die kreischend in der Luft wirbelten, die Reste der Fischbrötchen im Visier. «Das klingt gut, aber auch kompliziert. Um ehrlich zu sein, das mit dem Gutschein für einen Sarg ist ein bisschen makaber. Außerdem», Gesa wischte sich über den Mund, «müsste ich bei deinem Plan deine Buchhandlung betreten, und wenn ich noch einmal wegrenne wie von der Tarantel gestochen, macht das einen sehr unprofessionellen Eindruck. Wahrscheinlich würde sich das herumsprechen, und dann verkaufen wir gar nichts.»

«Da hast du recht. Deine Buchangst müssen wir angehen. Wie kann ich dir dabei behilflich sein?»

Gesa versuchte, in sich hineinzuhören. Eine Tandem-Tour à la Thomas Mann war eine Sache. Sich wohlaufgehoben zu fühlen bei einem Buchhändler, war eine weitere Sache. Das alles waren wundervolle Sachen. Aber eine

Buchhandlung zu betreten, war eine andere Sache, und zwar eine grauenhafte. Allein beim Gedanken daran hatte Gesa das Gefühl, ihr Herz würde einen Schlag pausieren. «Ich fürchte, ich muss dich leider enttäuschen.»

Ole griff nach Gesas Hand. «Das Konzept ist noch nicht bis ins Letzte durchdacht.» Ole sah auf seine Armbanduhr. «Ich fürchte, wir müssen zurück. Wir finden eine Lösung, die sogar mit Buchangst zu bewerkstelligen ist. Das Wichtigste ist, dass wir, nun, wie soll ich es ausdrücken, uns gefunden haben.» Ole errötete.

Kapitel 6

Als Gesa die Treppenstufen zu ihrer Wohnung herauf-stieg, war sie erschöpft. Es handelte sich um eine zu-friedene Erschöpfung, eine von der Art, die man empfand, wenn man nach langer Pause zum ersten Mal wieder in einem Fitnessstudio gewesen war und sich fragte, war-um man den Besuch so lange vor sich hergeschoben hatte. Gesa ahnte zwar, dass sie morgen einen fürchterlichen Muskelkater haben würde, doch das zählte im Moment nicht. Der spontane Ausflug nach Travemünde war wun-derbar gewesen.

«Du kommst reichlich spät, mein Kind.»

Rotger Grambeks tadelnde Stimme riss Gesa aus den Gedanken.

Ihre Eltern standen vor der Wohnungstür. Sie muster-ten Gesa mit einer Mischung aus Vorwurf und Gespannt-heit. Vor Gesas innerem Auge tauchte eine Szene auf, die weit zurücklag und mit Jan Nummer eins zusammen-hing. Damals hatte sie sich für ein heimliches Treffen davongestohlen und war bei ihrer Rückkehr ihren Eltern, die jeglicher Gewohnheit zum Trotz noch nicht schlie-fen, in die Arme gelaufen. Es hatte ein Donnerwetter gegeben.

«Was trägst du denn da?» Asta Grambek fixierte Gesas Kapuzenpullover mit dem Küstenkind-Aufdruck.

Noch bevor Gesa etwas erwidern konnte, fuhr ihre Mutter fort: «Dein Bruder hat uns angerufen, wir wissen jetzt Bescheid. Eine unheimliche Herausforderung für das Karma. Warum hast du am Telefon nichts gesagt?»

Gero, die alte Klatschtante. Er hatte doch versprochen, ihren Eltern nichts zu erzählen.

Die drei Grambeks betraten Gesas Wohnung.

Asta goss Tee auf und türmte Marzipankartoffeln zu einer Pyramide. «Wollen wir zusammen eine Folge *Columbo* schauen?»

Gesa lehnte ab. Rotger Grambek trat ans Fenster. «Wir sollten uns zunächst auf den Buchhändler konzentrieren. Ich gehe davon aus, dass das späte Nachhausekommen sowie dieser jugendliche Pullover mit diesem Mann in Verbindung stehen.» Vater Grambeks Stimme hatte einen polizeilichen Unterton.

Gesa verdrehte genervt die Augen. Was genau hatte Gero ihren Eltern erzählt? Sie liebte ihre Eltern, aber sie neigten leider dazu, sich in alles einzumischen. Gesa überlegte, von dem Plan mit dem Kombinationsvorteilspaket zu berichten, um ihre Eltern zu besänftigen, doch ihr Vater war schneller und hatte andere Prioritäten. «Dieser Mann also. Ihr habt Händchen gehalten, wie Gero berichtete. Er stammt doch nicht hier aus Buntekuh, oder? Also, der Buchhändler. Ich erinnere mich, in diesem Viertel haben wir in den Achtzigern mal einen Handtaschenräuber verhaftet. Und die Statistiken zeigen, wo sich das Unheil einmal eingenistet hat, da …»

«Jetzt lass sie. Es ist doch schön, dass sie wieder jemanden gefunden hat. Die Jüngste ist sie ja nicht mehr, auch wenn die Seele natürlich alterslos mäandert. Es ist bewundernswert, was Liebe alles schafft.»

Das ging Gesa nun wirklich zu weit. «Also, Mama, ich habe den Mann heute zum zweiten Mal getroffen! Er soll mir helfen, wieder mehr Kunden für meine Versicherung zu gewinnen.»

«Ich freue mich einfach für dich. Wir wissen sehr wohl, wie sehr dir der Tod von Onni …»

«Min Deern, du weißt doch, dass sie nicht über ihn sprechen möchte.»

Gesa war klar, dass sie nun so schnell nicht mehr zu Wort kommen würde. Ihre Eltern vergaßen bei ihren zärtlichen, aber entschlossen geführten Diskussionen oft die Anwesenheit anderer. Dennoch, und darum ließ Gesa sie gewähren, waren diese Auseinandersetzungen der Balsam in der Beziehung ihrer Eltern. Nie war auch nur eine zornige Silbe zwischen Asta und Rotger Grambek gefallen während ihrer Ehe, die mittlerweile Diamantstatus hatte.

«Was ist das also genau für ein Mann, der dir bei der Kundenakquise für neue Versicherungsabschlüsse helfen soll?», fragte Vater Grambek. Ohne eine Antwort abzuwarten, sprach er weiter: «Ist Frührente eine Option?» Rotger schnappte sich eine Marzipankartoffel und inspizierte sie, als wäre sie eine neben einem Leichnam gefundene Patrone von sehr großem Kaliber.

«Aber sie braucht doch Geld. Hast du etwas zurückgelegt, mein Kind?», fragte Asta.

Gesa schüttelte den Kopf.

«Wie wäre es damit: Ich betreue aktuell einen Bankräuber, der irgendwo im Stadtwald seine Beute vergraben hat.

Noch in D-Mark, doch ich denke, wir finden einen Weg, das Geld umzutauschen.»

Gesa merkte, wie sich die Muskeln in ihren Beinen zu Wort meldeten und sich über die Mühsal beschwerten, die ihnen am heutigen Tag zugemutet worden war. Da sie nicht weiter über ihre berufliche Lage und schon gar nicht über den Ausflug mit Ole sprechen wollte, schlug Gesa schließlich vor: «Ich bin doch für *Columbo*. Die Marzipankartoffeln sind doch schon so perfekt aufgebaut. Tee haben wir auch.»

Rotger verstummte, seine Augen begannen zu leuchten.

Auch Asta Grambek reagierte begeistert. «Wenn ich es mir wünschen darf, dann bitte Staffel drei, Folge sieben, die ist auf der DVD Nummer zwölf.»

«Schwanengesang», sagten Gesa und ihr Vater unisono und konnten Asta Grambek gerade noch davon abhalten, *Freude schöner Götterfunken* anzustimmen.

Der Regen, der auf das Fensterblech trommelte, erweckte den Anschein, er würde sich beim Philharmonischen Orchester der Hansestadt Lübeck um die Schlagzeugstelle bewerben. Noch verschlafen, noch mit schwerem Kopf, stellte Gesa am nächsten Morgen fest, dass das Fenster offen stand. Auf dem Boden davor hatte sich bereits eine Wasserlache gebildet. Sie griff nach dem gestern Nacht achtlos fallen gelassenen Kapuzenpullover. Als sie sich bückte, zeigten die Muskeln in ihrem Körper erneut, wie sehr sie Gesa die Tandemfahrt übel nahmen. Gesa humpelte zum Fenster, um das Wasser aufzuwischen. Als sie nach draußen schaute, sah sie ihn.

Unten auf der Straße stand Ole. Er trug ein blaues Sakko und eine beige Hose, die sich durch den Regen schlammig bräunlich verfärbt hatte. Als der Buchhändler Gesa am Fenster bemerkte, machte er einen Schritt nach vorne, mitten in eine Pfütze. Selbst von ihrer erhöhten Position aus spürte Gesa ihre eigenen Füße nass werden. Das musste mit diesen Spiegelneuronen zu tun haben, von denen Gero gerne erzählte. Die wirkten umso stärker, je sympathischer man sein Gegenüber fand. Gesa zögerte, wandte den Blick zum Schlafzimmerboden. Ach, nein, sie hatte die Wasserlache unter ihrem Fenster nicht richtig weggewischt. So standen sie da. Ole unten, Gesa oben, beide mit nassen Füßen. Gesa wandte sich wieder zum Fenster. «Komm doch herauf», rief sie Ole zu.

«Danke für das Angebot, ich wollte …» In diesem Moment griff Ole in seine Sakkotasche, um etwas herauszuziehen. Es schien sich um einen Brief zu handeln.

Gesas Herz machte einen warmen Hüpfer, der in eine längst vergangene Zeit zu gehören schien, die klammen Füße waren vergessen. Ole versuchte, den Brief vor dem Regen zu schützen, schließlich hüstelte er. Einige Bewohner des Wohnblocks hinter ihm waren an die Fenster getreten, offenbar neugierig, wer am Sonntagmorgen solchen Krach veranstaltete. Gesa hielt sich den Schlafzimmervorhang vor das Gesicht, in der Hoffnung, ihr Rotwerden verbergen zu können.

«Siebzehnter Mai siebzehnhunderteinundsiebzig. Liebe Lotte …, Verzeihung. Liebe Gesa, die meisten verarbeiten den größten Teil der Zeit, um zu leben, und das bisschen, das ihnen von Freiheit übrig bleibt, ängstigt sie so, dass sie alle Mittel aufsuchen, um es loszuwerden. Johann Wolfgang von Goethe.»

Die Leiden des jungen Werther. Ein Briefroman. Gesas Atem beschleunigte sich.

«Ich glaube, das, wovor du dich ängstigst, ist die Freiheit. Die Freiheit, die gedruckte Bücher uns schenken. Zwar birgt diese Freiheit Risiken», Ole hielt den feuchten Brief in die Höhe, «aber das gehört nun mal zum Leben. Alles andere bedeutet den Tod, und davon haben wir beide genug gehabt. Er darf nicht dauerhaft die Oberhand behalten. Ich bin mir sicher, wir können deine Angst bezwingen, wir beide, gemeinsam.»

Die Nachbarn applaudierten. Gesa wusste nicht, was sie tun sollte. Probeweise ließ sie erst einmal den Schlafzimmervorhang los.

«Aus meiner Erfahrung mit Büchern kann ich ...», fuhr Ole fort.

Der Regen begann erneut zu trommeln, als hätte er nur auf dieses Stichwort gewartet, und schluckte den Rest des Satzes.

Von gegenüber rief eine weibliche Stimme, dass dieser Mann nun endlich einmal eingelassen werden sollte, wenn er hier schon einen so bühnenreifen Auftritt hinlegte, Millionen von Frauen wären längst dahingeschmolzen.

«Also, die Freiheit durch die Literatur ist die eine Sache, eine metaphysische. Eine konkrete Angelegenheit hingegen ist der Mut, mit klarem Kopf, angstfrei oder zumindest angstärmer eine Buchhandlung zu betreten. Wir machen das so wie gestern besprochen», rief Oevermann gegen den Regen an. «Aber mit Sicherheitszone. Ich baue dir vor dem Laden einen kleinen Unterstand. So musst du nicht hineingehen und kannst deine Versicherung an einem dir angenehmen Ort anbieten. Wir versuchen unser Glück.»

Lächelnd lehnte sich Gesa aus dem Fenster. Da rutschte

ihr Fuß auf dem nassen Boden weg. Sie verlor das Gleichgewicht, konnte sich gerade noch rechtzeitig am Fensterbrett festhalten und einen erneuten Sturz verhindern.

Ein Raunen ging durch die gegenüberliegende Häuserzeile.

Ole war blass geworden. «Jetzt komme ich hinauf, wenn du gestattest. Bitte mach ganz ruhig. Wer sichere Schritte tun will, muss sie langsam tun. Johann Wolfgang von Goethe.»

«Na endlich, jetzt geh schon rauf, damit wir unsere Ruhe haben», rief einer der Zuschauer aus dem Haus gegenüber.

Ole Oevermann nickte. Und auch als er vor Gesas Wohnungstür stand, war der frenetische Applaus der Bewohner von gegenüber noch nicht abgeklungen. Gesa meinte sogar, den Wunsch nach einer Zugabe gehört zu haben.

Kapitel 7

s hatte fünf Tage lang geschüttet. Die Meteorologen sprachen von einem selten da gewesenen Starkregen der Stufe drei. Der Fährverkehr zwischen Lübeck und der Halbinsel Priwall war eingestellt worden. Jeden Tag gab es Sondersendungen im Lokalfernsehen und im Radio. Stadtweit waren Regenschirme und Gummistiefel Mangelware. Wakenitz und Trave führten beängstigende Pegelstände über Normalhöhennull. Die Morastigkeit des Erdreiches unter dem Holstentor hatte sich erheblich intensiviert. Dabei war das Gebäude innerhalb einer Woche stärker abgesackt als im gesamten letzten Jahr. Die Konturen der Stadt waren unter der Feuchtigkeit verschwommen. Lübecks Bewohner spürten die klamme Witterung bis in die Knochen. Die gesamte Bevölkerung der Hansestadt war vereint in wehklagender Wetterfühligkeit. Gesas und Oles gemeinsame Pläne hingegen hatten sich vom Verschwommenen zum Konkreten gemausert. Ihnen hatte der Regen nichts anhaben können. Im Gegenteil. Sie waren näher zusammengerückt. Mit der Lübeck-Safe-AG war alles abgesprochen. Dr. Penningbüttel hatte Gesa, nachdem ihr Versuch mit der Kaltakquise so kläglich gescheitert war, einen weiteren Aufschub um eine Woche gewährt.

Am Samstag war es schließlich so weit. Am Samstag hatte sogar der Regen ein Einsehen und stellte seine Betriebsamkeit ein.

Ole hatte Wort gehalten. Vor seinem Geschäft hatten er und Gero einen wasserdichten Faltpavillon aufgebaut. Darunter stand ein Gartenmöbelensemble, ein Tisch, zwei Sessel und ein Zweisitzer mit wasserfesten Kissen. An der Rückseite des Pavillons war eine Plane angebracht, welche Gesa die Sicht auf das Schaufenster des Buchladens verstellte. An den beiden Flanken der Konstruktion hingen rote Luftballongirlanden. Dem verrosteten Messingschild mit der Silhouette eines aufgeschlagenen Buches hatte Ole mit zwei Tuben Dr. Best Zahnweiss zu altem Glanz verholfen. Darunter hing eine Tafel, die für das Kombinationsvorteilspaket warb, welches ab heute unter die Lübecker gebracht werden sollte.

Bücher sind nur dickere Briefe an Freunde

Kaufen Sie ein Buch Ihrer Wahl bei
Oevermanns Buchhandlung & Antiquariat
&
erhalten Sie dazu drei Monate eine
Buch-Elementar-Risiko-Versicherung von der
Lübeck-Safe-AG
&
30 % Rabatt auf alle Urnen bei
Immobilien unter Tage

Bis zuletzt hatte zwischen Ole und Gesa Uneinigkeit darüber geherrscht, ob der Bestattungsrabatt zu makaber war, während Gero ein großer Fürsprecher der gemeinsamen

Aktion war. Schließlich hatten sie sich darauf geeinigt, es auf einen Versuch ankommen zu lassen. Obgleich die Tafel bereits einwandfrei hing, nestelte Ole weiter daran herum.

«Nice to meet you.»

Ole fuhr herum. Jost Kleve stand vor ihm. Er trug knallgelbe Gummistiefel und hatte eine XXL-Tupperdose in den Händen.

Gesa, die gerade Werbekugelschreiber der Lübeck-Safe-AG in ein Glas stellte und die Faltblätter zu der Buchversicherung Kante auf Kante ausrichtete, lief auf die Männer zu. «Ole Oevermann, Jost Kleve. Jost Kleve, Ole Oevermann.»

Die beiden Männer schüttelten sich die Hand.

«Herr Kleve, ich habe schon viel von Ihnen gehört. Wir haben uns in der Versicherung auch bereits kurz in Augenschein nehmen können. Wie schön, dass Sie es einrichten konnten.» Ole musterte die Tupperdose.

Jost fing seinen Blick auf und öffnete den Deckel. In der Dose lagen Marzipan-Croissants. Es mussten mindestens zwanzig Stück sein.

«Ist das für unsere Kunden?», wollte Gesa wissen.

«Of course, mit Speck fängt man Mäuse.»

«Das ist eine gute Idee, danke dir. Bei der Menge bist du sehr großzügig gewesen.»

Ole klopfte Jost auf die Schulter. «Dankbarkeit und Liebe sind Geschwister. Christian Morgenstern.»

In diesem Moment schlenderte Gero Grambek heran. Er griff in den Jutebeutel, den er über der Schulter trug. «Ich möchte auch etwas beisteuern, um Kunden zu überzeugen.» Gero öffnete seine Hand. Darin lagen Mini-Holzsärge mit einem Schlüsselring und dem Schriftzug von *Immobilien unter Tage*.

Jost blickte Gero an. «Schon viel von dir gehört. Schön, dich endlich mal live und in Farbe zu sehen.»

«Freut mich auch.»

Jost und Gero gaben sich die Hand.

«Leider kann ich nicht bleiben. Meine Schwester hat Geburtstag», sagte Jost und wandte sich zum Gehen.

Die zehnfachen Glockenschläge der St. Petri Kirche untermalten die Aufregung der Anwesenden akustisch eindrucksvoll.

«Es geht los.» Gesa nahm unter der Plane ihres Außenbüros Platz. Erwartungsvoll blickte sie die Straße hoch und runter.

Eine sehr, sehr lange Weile passierte gar nichts. Endlich, dachte Gesa, als sie ein junges Pärchen heranschlendern sah. Endlich ging es los, endlich kamen die ersten Kunden.

Der Blick des Mannes fiel auf die Tupperdose. «Gibt es hier kostenlose Croissants?»

«Selbstverständlich, bedienen Sie sich», sagte Ole. «Außerdem möchte ich Sie herzlich in meine Buchhandlung einladen. Sehen Sie sich dort um, ich bin sicher, Sie finden etwas, das Ihnen Freude bereitet.»

Der junge Mann legte die Stirn in Falten. «Nee, lassen Sie mal, Bücher sind nicht so unser Ding. Wir sind eher auf Insta und TikTok unterwegs.» Er nahm zwei Croissants aus der Dose, reichte seiner Begleiterin eines davon, bedankte sich freundlich und lief weiter.

Auch als die Kirchenglocken den Anbruch der elften Stunde bekannt gaben, hatte sich noch kein einziger Kunde eingefunden. Gesa und Gero saßen unter dem Pavillon und spielten mit den Kugelschreibern. Ole hatte sich ins

Innere seines Geschäfts zurückgezogen. Mit einem Staubwedel bewaffnet, war er seit einer halben Stunde dabei, ein sechzehnbändiges Brockhaus Konversationslexikon aus dem neunzehnten Jahrhundert abzustauben, und wirkte dabei außerordentlich unglücklich.

«Ich denke, wir haben uns da in etwas verrannt», sagte Gesa zu ihrem Bruder und hatte schon Luft geholt, um weiterzusprechen, als ein vielstimmiges Bellen sie stocken ließ.

Eine siebenköpfige Schar Pudel stürmte von der Trave her in ihre Richtung. Die Besitzerinnen hechelten hinterher und kamen erst vor der gigantischen Tupperdose zum Stehen. Offenbar hatten ihre Tiere die Croissants gewittert. Gero legte hastig den Deckel darüber und ging Richtung Bestattungsinstitut.

Eine Frau unschätzbaren Alters grüßte. Gesa erkannte in ihr jene Pudelbesitzerin, deren Hundeleine sie in der letzten Woche zu Fall gebracht hatte.

«Wie schön, dass Sie uns beehren.» Gesa erhob sich.

Ole beendete seine Abstaubarbeiten und stellte sich in den Türrahmen.

Die Frau starrte Gesa an. «Isa Egge mein Name, wir kennen uns, ich meine, wir sind uns schon mal begegnet. Ich möchte mich aufrichtig bei Ihnen entschuldigen für das, was mein King Kong Ihnen angetan hat. Den Sturz, meine ich.»

Der Beschuldigte, ein Königspudel mit Strasshalsband, legte sich zu Füßen seiner Besitzerin und winselte versöhnlich.

«Wir sind durch Zufall hier vorbeigekommen. Ich, das heißt wir, die Lübecker Pudel-Freunde. Was findet denn hier statt?»

Gesa erklärte, welche Bewandtnis es mit dem Kombinationsvorteilspaket im Allgemeinen und ihrer Buchversicherung im Speziellen hatte.

Isa Egge hörte aufmerksam zu, stutzte dann aber. «Eine Frage habe ich dazu. Buchunfälle? Passieren die wirklich? Ich lese ja für mein Leben gern, habe allerdings meine Zweifel, ob man eine solche Versicherung, also diese Zusatzklausel, überhaupt braucht.»

Der Einwand sorgte dafür, dass Gesa geradewegs in ihren Versicherungsmodus geriet. Sie strich ihre Bluse glatt und legte den Kopf ein wenig schief. Fortbildung Körpersprache. Der geneigte Kopf sollte Zugewandtheit und Verletzlichkeit signalisieren. Gesa war selbst erstaunt, wie leicht ihr das fiel. Lag es daran, dass neue Hoffnung in ihr erwacht war?

Es folgte ein versicherungstechnisches Heimspiel. Sicheres Terrain. Jahrelange Erfahrung. «Frau Egge, ich sehe, Sie sind eine Frau, die kritisch nachhakt, die nichts dem Zufall überlässt. Ich sehe das an Ihrer Kleidung, Ihrer Frisur und an der Wahl Ihres Haustiers.»

Die Pudelbesitzerin fuhr erst sich durch die Locken, dann ihrem Pudel.

«Aber das Leben», setzte Gesa nach, «das Leben lässt sich nicht planen. Und glauben Sie mir, ich weiß, wovon ich spreche. Wir von der Lübeck-Safe-AG können Ihnen diesbezüglich Unterstützung anbieten und den Unwägbarkeiten des Lebens zumindest finanziell ein …»

In diesem Augenblick kehrte Gero zurück. Er hielt sich ein Buch vor das Gesicht und tat, als sei er in die Lektüre vertieft. Als er auf Höhe der Besucher am Pavillon war, stolperte er. Gesa konnte ein Grinsen nicht unterdrücken. Obgleich das Ganze nicht abgesprochen war, ahnte sie, was ihr Bruder mit seinem Auftritt bezweckte. Sie staunte, dass er sich nicht nur für das Theater interessierte, sondern offensichtlich selbst schauspielerisches Talent besaß. Das hatte ihr Bruder bisher noch zu keiner Gelegenheit unter Beweis gestellt. Umständlich erhob er sich, wimmerte leise, rieb seinen Knöchel und humpelte zum Pavillon.

Isa Egge stand mit weit geöffnetem Mund da. «Unglaublich! Unfälle mit Büchern passieren anscheinend doch häufiger als vermutet. Greift die Versicherung der Lübeck-Safe-AG auch in diesem Fall?»

«Und ob.» Gesa nahm ein Formular vom Stapel. «Hier können Sie alles in Ruhe nachlesen. Und wenn Sie Fragen haben, fragen Sie.»

Isa Egge nickte. «Und eine Urne braucht man ja zweifelsfrei einmal im Leben beziehungsweise direkt danach. Ist der Rabatt von 30 % übertragbar auf andere Personen?»

Die sechs restlichen Damen der Lübecker Pudel-Freunde nebst ihren Hunden waren neugierig näher getreten.

«Selbstverständlich.» Gesa legte einen Prospekt mit unterschiedlichen Urnen sowie einen Schlüsselanhänger auf den Versicherungsvertrag.

Ole räusperte sich. «Bevor es hier bürokratisch wird, kommen wir zum wichtigsten Teil, meine Damen, der Literatur. Treten Sie ein, finden Sie Ihr Glück. Etwas über bellende Vierbeiner? *Kleines Konversationslexikon für Haushunde* von Juli Zeh? *Frau mit Hund* von Melanie Knies? *Ein Hundeleben* von Loriot? *Timbuktu* von Paul Auster?»

«So viele Bücher über Hunde gibt es?», staunte Isa Egge.

«Unendlich viele», erwiderte Ole. «Wie wäre es mit *Der Gang vor die Hunde* von Erich Kästner? Oder *Der Ruf der*

Wildnis von Jack London? *Der Hund der Baskervilles* von Arthur Conan Doyle. *Die Reise mit Charley* von Nobelpreisträger John Steinbeck. In dem Roman geht es tatsächlich um einen Pudel.»

Die Damenrunde war in helle Aufregung geraten. Giggelnd drückten sie Gesa die Hundeleinen in die Hand und betraten mit geröteten Wangen den Buchladen.

Ole stellte sich neben Gesa. Ein vertrautes Gefühl, zusammen mit einem Hauch Wir-sind-am-Ziel-Euphorie, durchströmte sie. Ole gab Gesa einen Kuss auf die Wange, der nahe an ihren Mund geriet, und verschwand.

Gero grinste seine Schwester an. «Ich denke, du hast in deinem hohen Alter noch einmal den Jackpot abgeräumt. Gratuliere. Wenn ich mir eine Sache wünschen dürfte, wären es zwei. Erstens: Darf ich Brautjunge sein? Zweitens: Denkst du, dein Kollege Jost geht mal mit mir ins Theater?»

Gesa reagierte nicht auf die Fragen ihres Bruders. Er hatte recht. Ole war ein Jackpot. Er hatte eine Stelle in ihr berührt, die sie seit Jahren verschüttet, nein, zugemauert glaubte. Aber eine Frage trieb Gesa um. Eine Frage ließ sie nicht zur Ruhe kommen. Stand wirklich mehr hinter Oles Zugewandtheit als hilfsbereiter Beistand in einer beruflichen Notsituation, oder bildete sie sich das nur ein?

«Jetzt sieh dir das an. Besser kann es nicht laufen.» Gero wies mit dem Finger zur Buchhandlung.

Da die Tür geschlossen und Gesa ausreichend weit entfernt war, spähte sie vorsichtig hinein. Jede der Damen hatte bereits einen enormen Stapel Bücher unter dem Arm. Sie wuselten durch die Regalreihen, sie schwärmten aus, lächelnd, schnatternd, zufrieden. Währenddessen unterhielt sich Isa Egge mit Ole. Der rieb sich das Ohrläppchen und schaute sich suchend um, bis sein Blick an einem Regalbrett unter der Decke, unmittelbar neben den Konversationslexika, hängen blieb. Routiniert griff er nach einem schwarzen Stockschirm, der neben der Tür lehnte. Mit dem c-förmigen Griff angelte Ole nach den gewünschten Büchern. Sie waren hartnäckig. Sie ließen sich nicht aus dem Regal ziehen. Ole angelte und angelte. Dabei schlug er den Öffnungsknopf am Stock unbeabsichtigt fest gegen das Holzbrett. Auf einmal öffnete sich der Schirm wie die Schwingen eines aufgeschreckten Schwarzmilans. Er hatte eine spektakuläre Spannweite, die alle Bücher des Regalbrettes erwischte. Der Schober mit dem sechzehnbändigen Lexikon kam ins Rutschen. Er taumelte, er tänzelte, er wankte. Alsdann glitt ein Klotz von sechzehn Lexika über die Regalklippe, direkt auf Oles Kopf. Schwankend ging der Buchhändler zu Boden und blieb regungslos liegen.

Gesa schrie auf und ließ vor Schreck die Leinen der sieben Hunde los. Gero stürmte in den Laden, wo sich die Pudel-Freundinnen bereits im Halbkreis um den Buchhändler versammelt hatten. Dass sich die sieben Vierbeiner schnurstracks zur Tupperdose begaben, um den Deckel beiseitezuschieben und die restlichen Marzipan-Croissants zu vertilgen, bemerkte Gesa nicht. Auch den neu einsetzenden Regen nicht. Sie bemerkte die zum Strich gepressten Lippen ihres Bruders sowie seine bebende Hand an Oles Halsschlagader. Schließlich schüttelte Gero den Kopf. In seinen außerordentlich blauen Augen standen zitternde Tränen.

Kapitel 8

G esas Füße schafften es nicht über die Schwelle der Buchhandlung. Es fühlte sich an, als stünde sie vor einem unsichtbaren Weidezaun, der Stromstöße an sie schickte, sobald sie ihn berührte. Gesa, Gero und die Damen der Lübecker Pudel-Freunde warteten seit zehn Minuten auf Hilfe. Es regnete und regnete und regnete. Gesa suchte Schutz unter dem Türsturz. Schutz vor dem Wolkenbruch und vor dem, was gerade geschehen war.

Anders als von Gero angenommen, hatte Ole den Schlag auf den Kopf, den ihm das sechzehnbändige Lexikon verpasst hatte, überlebt. Er hatte lediglich für kurze Zeit das Bewusstsein verloren. Seine Atmung war flach, aber vorhanden.

«Wir würden gerne ... treten Sie bitte beiseite.»

Zwei Sanitäter drängten sich an Gesa vorbei in den Buchladen.

Von ihrem Beobachtungsposten aus bemerkte sie, dass Ole die Augen öffnete. «Der Wegreisende glaubt stets, weiter zu sein als der Dableibende. Friedrich Schiller», flüsterte er.

«Nun, Sie sind ja noch da und nicht weggereist», stellte der ältere der beiden Sanitäter fest.

«Der Satz ist von Jean Paul», korrigierte Gero, der es wissen musste. Zitate zum Abschied fielen zweifelsfrei in seinen Zuständigkeitsbereich.

Da verlor Ole Oevermann erneut das Bewusstsein.

Die Sanitäter prüften Atmung, Puls, Blutdruck und Pupillenreaktion. «Der Puls ist da, doch der Mann muss schnellstens in die Notaufnahme. Mit einem Schädel-Hirn-Trauma ist nicht zu spaßen.»

Während ein Helfer zum Rettungswagen eilte, um eine rollende Ambulanzliege zu holen, versorgte der andere die Wunde und streifte eine Sauerstoffmaske über Mund und Nase des Buchhändlers.

Gesa, noch immer wie festgetackert unter dem Türsturz, konnte den Blick nicht abwenden.

«Eins, zwei, drei.»

Ole wurde auf die Polsterauflage der Liege gehievt und zum Krankenwagen gebracht, dessen blinkende Rundumleuchten, so empfand es Gesa, ihre Not weithin sichtbar machten. Niemand fragte, ob sie mitfahren wollte.

Die davonrasenden Rücklichter des Einsatzwagens spiegelten sich in den Pfützen. Nachdem das Geräusch des Martinshorns verhallt war, hörte man lediglich die Wassertropfen in die XXL-Tupperdose plätschern, die auf dem Boden stand. Die sieben Damen der Lübecker Pudel-Freunde trippelten vor der Buchhandlung auf und ab. Ihre Tiere trippelten mit. Auf ihrem Fell glänzten Regentropfen wie wertvolle Perlen.

«Sie können nach Hause gehen. Es gibt keinen Grund, sich der Gefahr einer Erkältung auszusetzen», sagte Gero.

Nach ausführlichem Protest willigten die Pudel-Freundinnen schließlich ein und ließen die Grambek-Zwillinge allein.

Über der Marlesgrube hingen tief die Wolken, noch immer regnete es in Strömen. Gero betrachtete den Faltpavillon. «Ob der diesen Wassermassen standhält, möchte ich fürs Protokoll stark in Zweifel ziehen. Lass uns hier schnell zusammenpacken, dann gehen wir rüber und trinken einen Tee bei mir, einverstanden?»

Gesa nickte und begann, die Luftballongirlanden, die schlaff am Pavillon hingen, abzubinden. Es tat gut, sich zu beschäftigen, nicht nachdenken zu müssen. Die Grambek-Zwillinge arbeiteten konzentriert und zügig. Der Regen gab ihnen den Takt vor wie ein zu schnell eingestelltes Metronom. Sie stapelten die wasserdichten Kissen zu einem wackeligen Jenga-Turm auf einem der Sargtransportwagen und schoben sie in Richtung Bestattungsinstitut.

Als die beiden schließlich auch das Gartenmöbelensemble in Geros Laden getragen hatten und wieder vor der Buchhandlung standen, griff Gero nach der Hand seiner Schwester. «Oles Geschäft möchtest du vermutlich nicht betreten, oder? Ich schließe zu, und danach ruhen wir uns bei mir im Institut aus.»

Gesa nickte ermattet.

«Kann eine Tasse Marzipantee deine Stimmung erhellen?», fragte Gero, nachdem er die Buchhandlung abgeschlossen hatte.

Obgleich Gesa wusste, dass ihr Bruder nur versuchte, sie aufzuheitern, hatte sie nicht die Kraft zu lächeln.

Während die Grambek-Zwillinge zum Bestattungsinstitut eilten, löste sich ein Blitz über ihren Köpfen und entflammte den Himmel wie eine überdimensionale Wunderkerze.

Die Zwillinge saßen im hinteren Bereich des Bestattungsinstituts. Hatte die Beschäftigung mit dem Abbau des Unterstands Gesas düstere Gedanken noch in Schach gehalten, brach die Verzweiflung über Oles Unfall und die maßgebliche Mitschuld, die Gesa sich daran gab, nun mit voller Wucht über sie herein. Da sie meinte, ihre tauben Finger würden die Teetasse nicht länger halten können, stellte sie sie auf dem Tisch vor sich ab und starrte auf die Urnenmodelle in den Regalen.

Was, wenn Ole …

Gesa wagte es nicht, den Satz in ihrem Kopf zu Ende zu formulieren. Sie sprang auf, riss dabei beinahe ihre Tasse vom Tisch und lief umher, wie um den schrecklichen Bildern in ihrem Kopf zu entkommen.

«Mach dir nicht zu viele Gedanken», sagte Gero mit dem mitfühlenden Blick, der in diesen Räumen normalerweise seiner Kundschaft zuteilwurde. «Ole Oevermann ist in guten Händen. Die Ärzte kümmern sich um ihn. Vertrau auf die Medizin, immerhin ist unsere Mutter Krankenschwester.» Nun stand auch Gero auf. Er räusperte sich und legte dabei eine Hand auf die Schulter seiner Schwester. «Gesa, es tut mir leid, ich habe etwas zu verkünden. Es geht um eine Reise, die ich schon vor Ewigkeiten gebucht habe. Kein guter Zeitpunkt, ich weiß, aber ich werde dich für eine Weile nicht unterstützen können.»

Gesa hielt den Atem an.

«Ich fliege morgen zu einer Fortbildung für Bestatter nach Funafuti. Thema der Tagung sind internationale Bestattungsriten und deren Praktikabilität in unseren Breitengraden: hängende Särge, Fußball- oder Weltraumbestattungen, Beisetzungen in einem Wasserfall, das Nine-

Nights-Ritual, der Día de los Muertos, Totenhäuser und Klageweiber.»

«Funafuti?», fragte Gesa.

«Die Hauptstadt von Tuvalu, ehemals Ellice Islands. Der viertkleinste Staat der Welt. Liegt im Pazifik, zwei Tage plus fünfzehn Stunden Anreise.»

«Eine Nummer kleiner hattest du es nicht?» Als Gesa merkte, wie sich ein Anflug von Kränkung auf dem Gesicht ihres Bruders zeigte, setzte sie nach: «Entschuldige bitte. Das ist alles gerade etwas viel für mich, ich hoffe, du nimmst mir das nicht krumm.»

«Stattgegeben. Ich gestehe allerdings: Es geht zu großen Teilen auch um einen äußerst attraktiven Trauerredner, den ich auf FuneraLLove kennengelernt habe. Leider lebt er in Australien, aber er wird auch an der Fortbildung teilnehmen.»

Gesa seufzte. Auf der Datingplattform für Bestatter hatte Gero schon einige Männer kennengelernt, bisher nie mit gutem Ausgang.

«Glaub mir, ein Trauerredner aus Rothenburg ob der Tauber wäre mir lieber gewesen.»

Erneut löste sich ein Blitz und entflammte den Himmel vor dem Fenster. Es war, als schickte dieser Blitz eine Mahnung. Es war, als sagte er, dass ihre Sorge um Ole nicht das Einzige war, was Gesa Anlass zur Verzweiflung geben sollte. Immerhin stand auch ihre berufliche Zukunft auf dem Spiel.

Ohne Oles Hilfe gab es keine Möglichkeit, ihre drohende Kündigung abzuwenden. Und nun musste sie auch auf die Hilfe ihres Zwillingsbruders verzichten. Gesa war auf sich allein gestellt. Und sie hatte keine Ahnung, wie es weitergehen sollte. Gesa ließ den Blick im Institut umherschweifen. Er verfing sich an einem schwarz-weißen Plakat, auf dem ein leeres Boot auf einem Fluss trieb. Darüber stand in geschwungenen Buchstaben: *Deine Spur führt in unser Herz.*

2003

Herr Oevermann, heute ist unser letztes Treffen.» Auf
Dr. Scheves Schoß lag ein Schreibblock. Sie lächelte.
«Wie fühlen Sie sich?»

Ole versuchte, seine Worte mit Bedacht zu wählen.
«Leider schlafe ich immer noch sehr schlecht. Ich kann
den Tod meiner Frau jedoch langsam akzeptieren, wache
nicht mehr jede Nacht auf. Ich glaube nicht mehr jede
Nacht, sie wird zurückkommen. Wenn ich mit ihr spreche,
geht es mir besser.»

Die Therapeutin nickte. «Phase eins: Nicht-Wahrha-
ben-Wollen. Phase zwei: aufbrechende Emotionen. Phase
drei: suchen und sich trennen. Sie sind auf einem guten
Weg. Erstaunlich. Ich hatte bisher keinen Patienten, der
das alles in achtzehn Monaten bewältigt hat.»

Ole konnte sich noch gut erinnern, wie er sich gefühlt
hatte, als er in den frühen Morgenstunden nach Ophelias
Unfall nach Hause gekommen war. Sein Körper hatte so
heftig geschmerzt, als hätte ihn das Auto erwischt und
nicht seine Frau, als hätte das Ereignis in seinem Inneren
einen Kurzschluss ausgelöst und Ole nicht die Kraft, dem
einen Widerstand entgegenzusetzen. Doch wie soll man

dem Satz: *Es tut mir leid, Herr Oevermann, aber sie hat es nicht geschafft* auch etwas entgegensetzen? Ein Satz wie ein Peitschenhieb. Er würde ihn nie vergessen.

«Sie sind jetzt achtundvierzig. Ein recht hohes Alter für einen beruflichen Neuanfang», fuhr die Therapeutin fort.

«Da haben Sie recht, allerdings führt kein Weg daran vorbei. Als Elektriker kann ich nicht mehr arbeiten. Mein Vater wird im nächsten Jahr die Firma verkaufen.»

Als Ole fünf Monate nach Ophelias Tod endlich die Kraft gefunden hatte, wieder zu arbeiten, hatte er mehrfach Unheil angerichtet. Zunächst fielen seine Ungeschicklichkeiten nicht weiter auf. Der erste Fehler war privater Natur. Als sein Fernseher den Geist aufgab, untersuchte Ole ihn aufs Gründlichste, fand allerdings keinen technischen Defekt. Da er jedoch auf seine Lieblingssendungen *Alfredissimo, Großstadtrevier* und die *NDR-Talkshow* nicht verzichten wollte, kaufte er sich einen neuen Apparat. Am selben Abend stellte sich heraus, dass lediglich die Batterien der Fernbedienung des vermeintlich defekten Geräts leer gewesen waren.

Der zweite Fauxpas geschah in aller Öffentlichkeit. Ole und Bernt Oevermann waren mit der Aufgabe betraut worden, in den Museumsräumen des Holstentors neue Steckdosen zu installieren. Ole verwechselte die Phase mit dem Neutralleiter und bekam einen Schlag, zwar nur einen leichten, der jedoch beruflich, in Bezug auf das Ansehen der Firma, schwer wog.

Der letzte Fehler, den Ole als Elektriker beging, war an lebensgefährlicher Schwere nicht zu überbieten. Ende November 2002 sollten die Oevermanns auf dem Gelände des Lübecker Universitätsklinikums einer stattlichen Nordmanntanne ein funkelndes Weihnachtskleid aus Lichterketten anlegen. Ole reichte das nicht. Er wollte es besonders gut machen. Er legte sich richtig ins Zeug und organisierte zusätzliche Lichter. Der Krankenhausweihnachtsbaum sollte strahlen wie kein zweiter in der ganzen Stadt, er sollte sogar den Rathausweihnachtsbaum in den Schatten stellen. Leider war Vater Bernt am Tag der Installation erkrankt. Ole musste sich allein um den Auftrag kümmern. Wie sich herausstellte, hatte er sich verkalkuliert. Auch im Nachhinein konnte sich Ole nicht erklären, wie das passieren konnte. Offensichtlich hatte er der Steckdose eine zu hohe Wattzahl zugemutet. Eine viel zu hohe. Als Ole den Schalter für die Baumbeleuchtung umlegte, waren für einen Augenblick auf dem gesamten Klinikgelände die Lichter erloschen. Glücklicherweise sprangen die Generatoren an, sodass die Patienten auf der Intensivstation nicht in Gefahr gerieten.

Dennoch war der Vorfall für Ole der Schlusspunkt. Nach über zwanzig Jahren Erfahrung als Elektriker kam er sich vor wie ein Lehrling. Ein Witz aus der Berufsschule ging ihm nicht aus dem Kopf.

Zittert Ihr Lehrling immer so?

Nein, das ist nur eine Phase.

Früher hatte Ole darüber lachen können, nach seinem dritten Fauxpas trieb ihm der Witz die Tränen in die Augen. Er übergab Vater Bernt symbolisch seinen Montagekoffer, die frisch gewaschene blaue Arbeitskleidung legte er beschämt daneben.

«Bereuen Sie es, nicht mehr als Elektriker arbeiten zu können?», erkundigte sich die Therapeutin.

Ole schüttelte den Kopf. «Nein. Aber ich brauche eine neue Aufgabe. Ich muss etwas tun. Leider habe ich nicht die geringste Idee, was das sein könnte.»

Als Ole auf die Königstraße vor dem Therapiezentrum trat, erstarb sein Lächeln. Obwohl es sonst nicht seine Art war, hatte er Dr. Scheve angelogen. Ihm war klar geworden, dass er nach Ophelias Tod nie wieder auf die Beine kommen würde. Auch nicht nach eineinhalb Jahren Therapie. In der Wohnung hatte er nichts verändert, nichts weggeräumt, was seiner Frau gehörte. Wenn Ole sein Bett frisch bezog, bezog er auch ihres neu. Wechselte er seine Handtücher, wechselte er ihre. Beim Einkaufen achtete er darauf, dass immer wenigstens eine Lieblingsspeise von Ophelia im Einkaufskorb lag. Das war sein Umgang mit der Situation, damit kam er zurecht. Doch dass er nicht mehr als Elektriker arbeiten konnte, nahm ihm jede Tagesstruktur, jede Perspektive, den Rest an Lebensmut. Wie sollte es nur weitergehen? Vielleicht gar nicht? Ole hatte nichts mehr, was ihn am Leben hielt.

Regen setzte ein. Ole beschleunigte seine Schritte. Als er in den Kohlmarkt einbog, fiel sein Blick auf die Schlagzeile einer Zeitung auf dem Aussteller vor einem Lottoladen.

> *Peter Alexander beerdigt seine Hilde.*
> *Er weint so bitterlich am Grab.*

Auch Ole begann zu weinen, und er war froh, dass seine Tränen durch den Regen den entgegenkommenden Passanten nicht auffielen.

Der Unterschied zwischen Theorie und Praxis hätte größer nicht sein können. Ole wusste das, konnte sich jedoch nicht dazu aufraffen, diesen Widerspruch aufzulösen. Er schämte sich. Eine Scham, die nicht so sehr daher rührte, seiner Therapeutin etwas zu positiv von den Fortschritten seiner Trauerbewältigung berichtet zu haben. Nein. Die Scham, die Ole spürte, war eine andere. Es war die sichere Erkenntnis, seine eigenen Gefühle nicht kontrollieren zu können, auch nicht nach Monaten der Therapie.

Ich hatte bisher noch keinen Patienten, der das alles in achtzehn Monaten bewältigt hat.

Jede Silbe dieses Satzes hatte Ole noch im Ohr. Ob Dr. Scheve ahnte, wie sehr er die Wahrheit beschönigt hatte?

Schwermütig stand Ole vom Sofa auf und ging in die Küche, um seinem knurrenden Magen ein Friedensangebot zu unterbreiten. Ole warf einen Blick in die Speisekammer. Dosen mit Mehl, Zucker, Reis, Nudeln. Gläser mit Marmelade, Pflaumenmus und Honig. All diese Dinge hatte Ophelia gekauft, Ole hatte nichts davon angerührt. Keine einzige Nudel, kein Körnchen Reis, keinen Löffel Zucker oder Honig. Es war gut möglich, dass bei einigen der Lebensmittel das Haltbarkeitsdatum längst überschritten war.

Die Speisekammer war ein Versuch, die Zeit einzufrieren. In den letzten achtzehn Monaten hatte sich Ole weitestgehend von Brot, Dosenfisch und 5-Minuten-Terrinen ernährt. Diese Ernährungsweise hatte zu einem starken Gewichtsverlust geführt. Ole war hager, sein Gesicht eingefallen.

Außerdem gab es noch eine Sache, bei der Ole die Zeit eingefroren hatte. Die Bücher. Ophelias Bücher lagen im Wohnzimmer auf dem Tisch, sie lagen im Flur auf dem Fußboden, im Bad auf der Waschmaschine, im Schlafzimmer auf dem Nachttisch. Er hätte sie längst zurück in die Regale räumen sollen. Doch er hatte kein einziges

Exemplar angerührt, keines zugeklappt, keine Seite umge-
blättert. Er hatte sogar die Wohnung stets so gelüftet, dass
der zuweilen kräftige Lübecker Wind nichts am Status quo
von Ophelias letzten Bücherspuren veränderte.

Noch immer stand Ole ratlos vor der Speisekammer. Erneut knurrte sein Magen, wie um ihm zu sagen: *Jetzt ist es*
auch mal gut. Trauern muss sein, aber nichts spricht gegen
eine Portion Nudeln. Gerade als Ole nach den Spaghetti
greifen wollte, schlug etwas dumpf gegen die Wohnungstür. Ole fuhr herum.

«Ja, bitte?», sagte er zu der Frau, die vor der Tür im
Hausflur stand, Eimer und Feudel in der Hand.

«Entschuldigen Sie bitte, ich bin beim Wischen an die
Tür gekommen», beeilte sich die Frau zu entgegnen.

«Kein Problem.»

In diesem Moment bahnte sich ein Windstoß vom geöffneten Fenster im Hausflur hinein in Oles Wohnung. Ole
verabschiedete sich von der Putzfrau und schloss schnell
die Tür.

Es war zu spät. Er erkannte es sofort. Seit achtzehn
Monaten wachten die Romane wie stumme Zeugen einer
glücklichen Vergangenheit auf ihren Plätzen. Doch nun
lag das Buch zu seinen Füßen nicht mehr auf der Seite aufgeschlagen, auf der Ophelia aufgehört hatte zu lesen.

Ole sank vor einem Band auf die Knie.

Der alte Mann war dünn und hager und hatte tiefe
Furchen im Nacken.

Verdutzt rieb sich Ole über die Augen. War er gemeint?
Neugierig las er weiter.

... an seinen Händen hatte das Hantieren mit schweren Fischen an der Leine tiefe Spuren hinterlassen. Aber keine dieser Narben war frisch. Sie waren so alt wie Erosionen in einer fischlosen Wüste.

Als draußen die Morgendämmerung hereinbrach, hatte Ole das Buch ausgelesen. Seine Knie schmerzten, seine Augen tränten. *Der alte Mann und das Meer* von Ernest Hemingway. Die Suche nach dem Sinn des Lebens. Die Kraft der Natur. Menschliche Größe trotz Niederlage. In Würde verlieren. In einem Winkel seines Herzens spürte Ole, dass er gerade etwas gewonnen hatte: den Hauch einer leisen Zuversicht, die, so meinte er, mehr für ihn tat als alle therapeutischen Sitzungen.

Etwa eine Woche später kramte Ole vor seiner Tür vergeblich nach dem Hausschlüssel. Er hatte sich endlich dazu durchgerungen, die Speisekammer aus ihrem eingefrorenen Zustand zu befreien, und kam gerade von einem Großeinkauf zurück. Hatte er in der Eile den Schlüssel vergessen? Das war ihm noch nie passiert. Vielleicht lag es daran, dass es ihm nachts noch immer nicht gelang, in den Schlaf zu finden. Er fluchte leise und war gerade dabei, den Schlüsseldienst anzurufen, als Traute Tjarks, Inhaberin der Buchhandlung unter seiner Wohnung, auf die Straße trat. «Herr Oevermann, kann ich helfen?»

Oles Nervenkostüm war nach wie vor eine äußerst fragile Angelegenheit. Er war müde, er wollte allein sein. Er wollte sich zurückziehen und sich ins Bett verkriechen. «Schlüssel vergessen», presste er hervor.

«Kein Problem, ich habe Ersatz.»

Ole verstand nicht, was die Buchhändlerin meinte. Aber schließlich erinnerte er sich, dass Ophelia, für den Fall der Fälle, einen Zweitschlüssel im Laden hinterlegt hatte.

Lächelnd wandte sich Ole an Traute Tjarks. «Das wäre mehr als freundlich. Ich stehe in Ihrer Schuld.»

«Würden Sie Ihre Schuld sofort begleichen, indem Sie mit mir einen Tee trinken?»

Ole nickte.

An das, was im Laden passierte, hatte Ole im Nachhinein nur diffuse Erinnerungen. Seit er letzte Woche die Bekanntschaft mit Hemingways altem Fischer Santiago gemacht hatte, war ihm ein weiteres Buch des Autors aus Ophelias Fundus in die Hände gefallen. *Wem die Stunde schlägt.* Hemingway konnte schreiben, daran bestand kein Zweifel. Aber für ein Werk von sechshundert Seiten war Ole noch zu ungeübt als Leser.

Der intensive Lavendelduft, der in der Buchhandlung hing, verstärkte seine Müdigkeit. Ole saß auf einem kakaobraunen Ohrensessel, eine Tasse Tee vor sich auf dem Tischchen. Traute Tjarks erzählte, dass sie keinen Nachfolger für ihre Buchhandlung fand, die sie aus Altersgründen nicht mehr lange würde weiterführen können. Frau Tjarks erzählte von Ophelia, die einmal pro Woche hierhergekommen war, um sich über Neuerscheinungen und Klassiker zu unterhalten. Irgendwann kam das Gespräch auf Shakespeares *Hamlet*, irgendwie gelangte das Buch auf Oles Schoß. Die Teetasse war leer, Ole wurde immer müder, überlegte kurz, ob die Buchhändlerin ihm etwas in den Tee gemischt hatte. Oder lag es am Lavendel? Um nicht einzuschlafen, schlug er wahllos den *Hamlet* auf.

Sein oder Nichtsein, das ist hier die Frage:
Ob's edler im Gemüt, die Pfeil' und Schleudern
Des wütenden Geschicks erdulden, oder,
Sich waffnend gegen eine See von Plagen,
Durch Widerstand sie enden. Sterben – schlafen –
Nichts weiter! – und zu wissen, daß ein Schlaf
Das Herzweh und die tausend Stöße endet ...

... und dann war Ole eingeschlafen, mitten in der Buchhandlung war er eingeschlafen und wachte erst am nächsten Tag wieder auf. Shakespeare und Hemingway hatten es geschafft. Menschliche Größe trotz Niederlage. Sein oder Nichtsein. Ole hatte sich endgültig für Ersteres entschieden.

Kapitel 9

Schweren Herzens hatten sich die Zwillinge voneinander verabschiedet. Gero packte für seine Reise nach Funafuti, Gesa war auf die regennasse Straße getreten und fühlte sich allein. Gerade jetzt hätte sie jemanden an ihrer Seite gut brauchen können. Wie es Ole wohl ging? Die Sorge um den Buchhändler zerriss sie innerlich. Sie wollte bei ihm sein.

Sollte sie einfach ins Krankenhaus fahren? Würde das etwas bringen? Wahrscheinlich würde man sie nicht an sein Krankenbett lassen, da sie, zumindest offiziell, in keiner Beziehung zu Ole stand. Gesas Blick fiel auf die Buchhandlung. Der Ort war für sie untrennbar mit Ole verbunden. Den Schlüssel hatte Gero ihr zum Abschied in die Hand gedrückt. Aber der schreckliche Unfall hatte Gesas Abneigung gegen Unheil bringende Bücher einmal mehr bestätigt. Keinen Fuß würde sie in den Laden setzen. Gedankenverloren sah Gesa an der Fassade empor. Dort oben im Hochparterre lag Oles Wohnung. Aus der Tür neben dem Laden trat ein Pärchen, in eine Diskussion vertieft. Aus einem Impuls heraus, den sie sich nicht erklären konnte, betrat Gesa den Hausflur.

Den Eingangsbereich zierte unterhalb der Briefkästen ein bunter Fliesenspiegel. Der Rest des Treppenhauses war in Mahagonitönen gehalten. Es roch nach Zitrone, irgendwie chemisch. Über Gesas Kopf wölbte sich das handwerkliche Können einstiger Freskenmaler. Das historische Deckengemälde zeigte Lübecker Geschichte. Gründung. Dänische Stadtherrschaft. Hanse. Reformation. Krieg. Frieden. Krieg. Industrialisierung. Das Treppenhaus wirkte antik und altehrwürdig. Schön hatte es Ole hier. Gesa holte tief Luft und stieg die krumm getretenen Stufen empor. Zwar hatte sie nur den Schlüssel zur Buchhandlung und nicht den zu Oles Wohnung, doch sie wollte sich im Treppenhaus einmal umsehen, wollte Ole nahe sein.

Kurz bevor sie das Hochparterre erreicht hatte, kam ihr eine Frau entgegen, einen Putzeimer in der einen, einen Feudel in der anderen Hand.

«Guten Tag», grüßte Gesa und schob, wie um ihre Anwesenheit zu rechtfertigen, nach: «Ich bin eine Bekannte von Herrn Oevermann.»

Das Gesicht der Putzfrau strahlte. «Ach, der Herr Oevermann. Der ist ein Guter. Nach dem Tod seiner Frau damals war der Ärmste so traurig. Wussten Sie, dass ich es war, die ihn durch eine Unachtsamkeit damals zum Lesen gebracht hat?»

Gesa schüttelte den Kopf. «Nein, das wusste ich nicht.»

«Eigentlich mache ich mir nicht viel aus Büchern, aber Herr Oevermann hat immer tolle Empfehlungen. Kennen Sie zufällig *Die Putzfrauen meiner Mutter*? Dieser Roman, wie soll ich …»

Das Klingeln von Gesas Handy unterbrach die Frau. Die Nummer des Anrufers war unterdrückt. Gesa entschuldigte sich und nahm das Gespräch entgegen.

«Ja, bitte?»

«Liebes, hier ist deine Mutter.» Asta Grambeks Stimme hatte einen mitgenommenen Klang.

Gesa taumelte. «Was ist passiert?»

«Mein Kind, es ist eine unheimliche Herausforderung für das Karma. Ich war gerade zur Singtherapie im Krankenhaus. Da haben sie ihn reingebracht. Die ehemaligen Kollegen haben es bestätigt. Es war Herr Oevermann. Sie mussten ihn ins künstliche Koma versetzen.»

Gesa beendete den Anruf und stürzte auf die Straße.

Als sie unten vor dem Haus in der Marlesgrube stand, hielt sie inne, wandte sich nach rechts in Richtung Trave und rannte los. Aber weit kam sie nicht. Sie rannte mitten in Jost hinein.

«Grambekerin, du siehst nicht gut aus. Hast du denn heute gar keine Buch-Elementar-Risiko-Versicherung an den Mann gebracht?»

Gesa starrte ihren Kollegen an.

«Oder die Frau, das muss ja heute dazugesagt werden, sonst wird man gleich gecancelt.» Jost kratzte sich am Kinn.

Schließlich löste sich Gesa aus ihrer Erstarrung. «Was machst du überhaupt hier?», fragte sie schließlich.

«Ich hatte Sehnsucht nach meiner Tupperdose. Außerdem wollte ich hören, ob die Marzipan-Croissants gereicht haben, und ich wollte deinen Bruder was fragen ...»

«Effengrube 3», stieß Gesa hervor, bevor sie sich wieder in Bewegung setzte.

Als sie vor dem Universitätsklinikum angekommen war, hatte Gesa den Eindruck, das erste Mal wieder Luft zu holen. Der Weg von der Marlesgrube bis zur Ratzeburger Allee, in der sich das Krankenhaus befand, betrug vier Kilometer. Gesas Herz hämmerte und hämmerte und hämmerte. Sie stemmte die Hände auf die Oberschenkel und versuchte, ihren Atem einzufangen wie ein Marathonläufer. Sie bemerkte nicht, dass sie mitten auf der Fahrbahn stehen geblieben war. Ein Taxifahrer zeigte ihr hupend einen Vogel.

Den Eingang zum Campus des Universitätsklinikums flankierte links ein blaues Pförtnerhäuschen. Daneben streckten sich zwei Schranken in die regenfeuchte Abenddämmerung. An einer etwa zehn Meter hohen Metallkonstruktion darüber war ein Banner mit der Botschaft *Wir schaffen das* angebracht. Gesa schüttelte den Kopf. Sie hätte das Ding am liebsten heruntergerissen. Als ihr Atem wieder in normaler Geschwindigkeit durch ihren Körper strömte, erkundigte sie sich beim Pförtner, wo sich die Intensivstation befand.

Vor dem Eingang des Neubaus standen zwei weinende Frauen. Ihre Oberkörper zuckten. Gesa wandte den Blick ab. Sie dachte an Ole, der in einem der Zimmer dieses Krankenhauses lag und mutterseelenallein war. Jedenfalls ging Gesa davon aus. Außer seiner verstorbenen Frau hatte Ole nie irgendwelche Angehörigen erwähnt.

Koma.
Tiefer Schlaf.
Bewusstlosigkeit.
Reflexe außer Gefecht gesetzt.
Durch die Arbeit ihrer Mutter hatte Gesa bereits in

ihrer Kindheit viel über Komapatienten mitbekommen. Es waren Geschichten aus fremden Leben, von fremden Schicksalen. Und jetzt stand sie hier. Sie stand hier, um einen Mann zu besuchen, den sie nicht gesucht hatte. Einen Mann, der Bücher liebte. Ausgerechnet Bücher.

Glasgow-Koma-Skala.

Was war das noch mal? Noch ehe Gesa länger überlegen konnte, was Intensivmediziner an diesem System ablasen, tippte ihr jemand auf die Schulter.

«Sie tropfen hier rum.»

Die Ärztin, die sie angesprochen hatte, war derart von Müdigkeit gezeichnet, dass sich Gesa nicht gewundert hätte, wenn sie unmittelbar nach diesem Satz eingeschlafen wäre.

Die Frau zog eine Schachtel Zigaretten aus ihrer Hosentasche. «Zu wem wollen Sie denn?»

«Zu Ole, also Oevermann, also Ole Oevermann ... Wissen Sie, wie es ihm geht?»

«Sind Sie eine Angehörige?»

«Nein.» Augenblicklich bereute Gesa ihre vorschnelle Antwort.

Die Ärztin zog gierig an ihrer Zigarette.

«Ich bin eine Nahestehende.»

Die Ärztin runzelte die Stirn.

«Eine sehr, sehr Nahestehende», setzte Gesa nach.

«Nah oder fern. Wenn Sie kein verwandtschaftliches Verhältnis zum Patienten vorweisen können, haben Sie kein Recht auf Auskunft. Da könnte ja jeder kommen.»

Das hatte Gesa befürchtet. Aber so schnell wollte sie nicht aufgeben. «Soweit mir bekannt ist, hat Herr Oevermann keine Angehörigen mehr, niemanden, der sich um ihn kümmert. Könnten Sie mich nicht kurz zu ihm lassen, damit ich sehen kann, ob er etwas braucht? Außerdem ist meine Mutter hier als ...»

«Wenn Sie keine Angehörige von Herrn Oevermann sind, haben Sie hier nichts zu suchen, so leid es mir tut. Bitte gehen Sie nach Hause», sagte die Ärztin, drückte ihre Zigarette aus und verschwand im Inneren des Klinikgebäudes.

Waren Ärzte nicht von ihrer Natur her freundliche Menschen? Was war mit der Frau los? Lag es an ihrer Müdigkeit, oder war sie immer so? Unverrichteter Dinge verließ Gesa das Klinikgelände.

Kapitel 10

Onni, die Ärztin aus dem Krankenhaus und eine Frau, die Gesa nicht kannte, standen vor der Kapelle 1 des Vorwerker-Friedhofs und rauchten, was das Zeug hielt. Gesa, die sich im Pizza-Döner-Eck gerade eine Fanta kaufen wollte, konnte die drei genau erkennen, obwohl das aufgrund der Entfernung eigentlich unmöglich war. Der Grund für diese außerordentliche Sehleistung war eine Brille mit Aschenbechergläsern, die Gesa auf der Nase trug.

Onni. Er sah genauso aus wie damals, wie in jenem Augenblick, in dem Gesa ihn zum letzten Mal gesehen hatte. Seine mühsam gebändigten Haare, sein Stolz über die Anerkennung als Schriftsteller in seinen Augen, als er sich von Gesa verabschiedet hatte, um nach Hamburg zu fahren. Sogar die gleiche Kleidung hatte er an. Diesen ein wenig zu großen Anzug, einen karierten Schal und die ausgetretenen Budapester.

Gesa ließ die Fanta Fanta sein, trat aus dem Imbiss und rief Onnis Namen. Er reagierte nicht. Stattdessen qualmte er wie ein Schornstein vor sich hin. Nachdem er aufgeraucht hatte, zog er ein Notizbuch aus der Anzugtasche und begann zu schreiben. Kurz darauf hielt er inne, klappte das Buch zu und schleuderte es in hohem Bogen über die Friedhofsmauer.

Die Ärztin legte Onni die Hände auf die Schultern, blies ihm Rauch ins Gesicht und sagte: «Sie haben kein Recht auf Auskunft. Bücher bringen den Tod. Manchmal muss man den Tatsachen ins Auge blicken.»

Da tat die unbekannte Frau einen Schritt nach vorne und deklamierte: «Mein Name ist Ophelia. Der Rest ist Schweigen. Shakespeare.»

Dann wandte sich Ophelia Oevermann zu Gesa um. «Was hatten Sie bei meinem Mann verloren? Sie dürfen nicht zu ihm. Ich bin seine Angehörige.»

Gesas Aschenbecherbrillengläser beschlugen. In dem Moment wachte sie auf.

Das Nachthemd klebte an Gesas Körper, das Spannbettlaken hatte sich von einer Ecke der Matratze gelöst und um ihre Beine geschlungen. Nachdem Gesa sich befreit hatte, vom Laken und von diesem unheilvollen Traum, schaute sie neben sich und stutzte. Der Kuukkeli stand auf dem Nachttisch. Er musterte Gesa aus seinen schwarzen Glasaugen. Sie konnte sich nicht daran erinnern, ihn mit ins Schlafzimmer genommen zu haben.

«Na, du? Hast du auch so schlecht geschlafen?»

Der Kuukkeli schwieg.

«Wie wäre es mit Kaffee?» Gesa wunderte sich mittlerweile nicht mehr, dass sie mit einem ausgestopften Vogel über Schlafverhalten und Kaffee sprach. Und weil sie sich nicht mehr wunderte, schob sie noch nach: «Erst mal duschen.»

Sie ging ins Bad und schaltete das Radio an. Lange duschte Gesa, als könnte sie mit all dem Wasser den Ballast vertreiben, der auf ihr lastete. Gestern war so viel passiert wie sonst in zwei Wochen. Keinen einzigen neuen Kunden für die Buch-Elementar-Risiko-Versicherung hatte Gesa gewinnen können. Zumindest gab es keine unterschriebenen Verträge, die sie ihrem Chef hätte vorlegen können. Ole lag im Koma, und sie durfte nicht zu ihm.

Und dann der Traum von Onni. Immer wieder Onni. Jahrelang war sein schreckliches Schicksal nicht mehr so weit in Gesas Bewusstsein gerückt wie in den letzten Tagen. Zu allem Überfluss würde Gero für eine Weile nicht in Lübeck sein, um ihr unter die Arme zu greifen. Sie war allein, und sie hatte keine Ahnung, wie sie Oles Unfall und die eigene drohende Arbeitslosigkeit bewältigen sollte. Da fiel ihr Jost ein. Jost Kleve, ihr Fels in der Brandung. Sicherlich würde er sie unterstützen. Was er wohl gestern von Gero gewollt hatte?

Sobald Gesa das Gefühl hatte, die furchtbaren Nachwirkungen ihres Traums und ihre Grübeleien halbwegs unter Kontrolle gebracht zu haben, wickelte sie sich ein Handtuch um und warf einen Blick auf ihr Handy. Eine E-Mail war gekommen. Dr. Bruno Penningbüttel erkundigte sich danach, wie der gestrige Tag gelaufen war. Gesa seufzte. Wahrscheinlich war es am besten, sich gegen die Herausforderungen des Tages mit einem starken Kaffee zu wappnen.

Im Radio wurden die Nachrichten verlesen. Seit den ergiebigen Regenfällen der letzten Tage führten Eider, Treene und Sorge Hochwasser. Bei dem Wort *Sorge* schaltete Gesa das Radio aus und klappte ihren Laptop auf. Doch was Gesa sah, war fast nichts. Alles auf dem Bildschirm wirkte verschwommen, milchig und diffus. Konzentrische Kreise, an den Rändern wie ausgewaschen, machten es unmöglich, die Abbildungen und Texte auf dem Monitor vollständig zu erfassen. Mehrfach rieb sich Gesa über die Augen. Sie musste an die Aschenbecherbrille aus ihrem Traum denken. Dass die Sehfähigkeit mit zunehmendem Alter abnahm, wusste sie. Aber war das nicht eher ein schleichender Prozess? War die milchige Trübung vielleicht ein Zeichen für eine sich anbahnende Krankheit?

Grauer Star?

Eine Sehnerv-Entzündung?

Eine Netzhautablösung?

Na toll, dachte sie, jetzt werde ich schon hypochondrisch. Sie klappte den Laptop zu, danach wieder auf. Langsam verbesserte sich ihr Sehvermögen, und Gesa begann zu tippen.

Sehr geehrter Herr Dr. Penningbüttel,

danke für Ihre Nachricht, die ich mit einer positiven Rückmeldung beantworten kann. Gestern habe ich insgesamt vier Verträge für die Lübeck-Safe-AG abgeschlossen. Das ist ein gutes Zeichen, und ich bin zuversichtlich, dass in den nächsten Tagen noch mehr Abschlüsse dazukommen. Wenn es also weiter so gut läuft, werde ich im Handumdrehen, auf jeden Fall bis Weihnachten, die von Ihnen gewünschten zehn neuen Kunden zusammenhaben.

Mit freundlichen Grüßen
Gesa Grambek

Der Kuukkeli, den Gesa wieder an seinen angestammten Platz auf dem Sideboard gebracht hatte, schien den gesenkten Kopf zu heben und zu sagen: *Das geht ja schon ins Kriminelle, diese Behauptung.*

Bevor Gesa länger darüber nachdenken konnte, ob sie die E-Mail abschicken sollte, schickte sie sie ab. Plötzlich klingelte das Telefon. Es war ihre Mutter. Die hatte Gesa vollkommen vergessen, nachdem sie so überstürzt aufgelegt hatte und zum Krankenhaus gelaufen war.

«Guten Morgen.» Gesa versuchte, versöhnlich zu klingen.

«Guten Morgen, mein Kind. Bist du mir böse? Harmonieren wir nicht mehr?»

«Doch, doch, es war nur … zu viel und alles auf einmal. Oles Unfall, und ich kann auch nicht mehr richtig sehen und schauen, gucken, meine ich.» Gesa überlegte, ob es jetzt auch noch um ihre Sprechfähigkeit geschehen war.

«Ach, Kind. Ich habe inzwischen mehr über den Zustand deines Herrn Oevermann herausgefunden. Durch den Schlag auf den Kopf hat er ein Schädel-Hirn-Trauma erlitten, dass er ins künstliche Koma versetzt wurde, habe ich dir ja schon erzählt. Das ist allerdings kein Grund zur Panik.» Asta holte Luft. «Das ist zunächst nur eine Maßnahme zur Sicherheit. Bei unseren Patienten gibt es oft einen regen Wechsel aus Fort- und Rückschritten. Momentan treten wir zwar auf der Stelle, aber das heißt nicht, dass es nicht bald aufwärtsgehen kann, oder?»

Gesa erzählte von ihrem Besuch im Krankenhaus am Tag zuvor und was ihr dort widerfahren war. Eine Geschichte voller Rückschritte.

«Verstehe. Das war bestimmt Silke von Heinicken, die ist ein bisschen speziell, medizinisch jedoch eine Koryphäe. Sie arbeitet fast rund um die Uhr.» Asta Grambek seufzte. «Ich denke, es würde Herrn Oevermann guttun, wenn du ihn besuchst. Sei bei ihm, sprich mit ihm, bring ihm etwas Schönes mit. Mein Gesang allein wird ihm nicht helfen.»

Gesa nippte an ihrem inzwischen kalt gewordenen Kaffee. «Die lassen mich aber nicht zu ihm.»

Asta Grambek schwieg eine Weile. «Dein Vater und ich, wir überlegen uns etwas. Kannst du in zwei Stunden vor dem Krankenhaus sein?»

Die Schlange an der Kasse war länger, als Gesa erwartet hatte. Zeit, die sie nutzte, um den Inhalt ihres Einkaufskorbs genauer zu betrachten. Wenn sie ehrlich war, fühlte sie eine große Unsicherheit gegenüber den Artikeln, die sie für Ole ausgewählt hatte. Was sollte man jemandem, der im Koma lag, kaufen?

Bring ihm etwas Schönes mit, hatte Mutter Grambek vorgeschlagen.

In Gesas Korb befanden sich eine Entspannungs-CD mit Naturklängen und eine Wärmflasche mit einem weichen Bezug. Außerdem hatte sich Gesa sechs Mal dasselbe Brillenmodell in unterschiedlichen Dioptrienwerten ausgesucht. Eins bis drei Komma fünf. Sie hatte vor dem Regal mit den Gestellen in verschiedenen Stärken gestanden und ausprobiert, welches das richtige war. Da keiner der Bestimmungsversuche zu ihrer Zufriedenheit ausgefallen war, hatte sie sich kurzerhand entschieden, ein Modell von jeder vorhandenen Stärke zu kaufen.

Gesa bezahlte und blickte auf ihre Uhr. Ihr blieb noch

eine Stunde Zeit. Sie hatte eine CD und eine Wärmflasche, doch etwas Entscheidendes fehlte. Etwas, das Gesa nicht behagte. Aber Ole war es ihr wert.

Der Schlüssel in ihrer Hand fühlte sich an wie die Sprengkapsel einer Handgranate. Gut, dachte Gesa, vielleicht ist der Vergleich mit einer Handgranate ein bisschen dick aufgetragen. Doch dass sie im Begriff war, Oles Buchhandlung zu betreten, fühlte sich definitiv so an, als würde etwas in ihrem Inneren gleich explodieren.

Die Zeit kümmerte das nicht. Die Zeit drängte. Gesa holte tief Luft, versuchte, ihre Atmung zu kontrollieren. Wie war das noch? Länger aus- als einatmen. Tatsächlich. Es funktionierte. Gesa schob den Schlüssel ins Schloss, machte die Augen zu, holte erneut tief Luft und betrat die Buchhandlung.

Im Inneren roch es modrig, durchsetzt von einem Hauch Lavendel. In ihrer selbst gewählten Blindheit setzte Gesa behutsam einen Schritt vor den anderen. Ihr Herz galoppierte. Sie lenkte ihre Schritte zur rechten Wand und spürte einen Widerstand. Ein Regal. In Zeitlupe streckte sie die Hand aus. Buchrücken an Buchrücken. Schwindel erfasste Gesa, fast so, als würde sie gleich das Bewusstsein verlieren. Darin habe ich ja mittlerweile Übung, ging es ihr durch den Kopf, und ehe sie sich dem Schwindel kampflos ergab, zog sie ein Buch aus dem Regal, ließ es in ihren Einkaufsbeutel fallen und machte auf dem Absatz kehrt.

Vor der Buchhandlung ließ Gesa sich auf den Stufen zum Eingang nieder. Sie starrte auf die gegenüberliegende Häuserzeile, zählte die Fenster, zählte die einzelnen Backsteine. Schließlich beruhigte sich ihr in Aufruhr geratener

Körper, und Gesa war froh, diesen Laden nie wieder betreten zu müssen.

Als es zu regnen begann, stand sie auf. Ihr Blick fiel auf
den Beutel. Darin lag neben den Brillenmodellen, der CD
und der Wärmflasche in friedlicher Eintracht das Buch
Fiesta von Hemingway. Sie kannte den Roman. Vor Ewigkeiten, als sie und die Bücher noch ein eingespieltes Team
gewesen waren, hatte sie ihn gelesen. Leider wollte ihr
momentan nicht einfallen, worum es ging. Ob Ole sich
darüber freuen würde?

Kapitel 11

Neben dem Pförtnerhäuschen des Universitätsklinikums warteten Gesas Eltern unter einem riesigen Schirm. Es schüttete inzwischen wie aus Kübeln. Die Straße war klitschnass.

«Da bist du ja, mein Kind.» Asta umarmte und begutachtete ihre Tochter ausführlich.

«Sie sieht irgendwie kränklich aus, findest du nicht, min Deern?» fragte Vater Rotger.

«Ja, aber das ist doch normal. Ihr Buchhändler liegt im Koma.»

«Ich war gerade kurz in Oles Laden, sehr, sehr kurz.» Gesa konnte kaum glauben, dass sie es tatsächlich geschafft hatte, die Buchhandlung zu betreten.

«Wirklich?» Asta trat einen Schritt zurück und räusperte sich, das Zeichen für die Vorbereitung auf eine Gesangseinlage.

Rotger Grambek wusste das offensichtlich auch. «Min Deern, ich liebe deine Stimme, aber wir schwimmen hier demnächst weg», sagte er sanft.

«Stimmt. Wir sollten uns auf den Weg machen.» Asta gab Rotger einen Kuss und wandte sich an Gesa. «Hast du Herrn Oevermann etwas Schönes mitgebracht?»

Gesa präsentierte den Inhalt ihres Einkaufsbeutels.

«CD, Wärmflasche, Brillen, Buch. Interessante Mischung. Wozu die vielen verschiedenen Brillen? Zur Tarnung?»

Da Gesa das Nachlassen ihres Sehvermögens immer noch unheimlich war und sie vor ihren Eltern nicht als Hypochonderin dastehen wollte, nickte sie. Wahllos zog sie eine Brille aus ihrem Beutel. Es war das Modell mit den zwei Komma null Dioptrien. Gesa blickte zu der Metallkonstruktion mit dem Banner, die den Eingang zum Krankenhaus zierte. Nicht die kleinste Sehfeldeinschränkung. Nichts war verschwommen, milchig oder diffus. Sie konnte umstandslos lesen: *Wir schaffen das.* Wie sie es schaffen sollte, zu Ole vorgelassen zu werden, war Gesa jedoch ein Rätsel. Aber immerhin hatte ihre Mutter am Telefon so gewirkt, als hätte sie einen Plan.

«Wie wollen wir vorgehen?», fragte Gesa.

«Ich hatte eine erstklassige Idee. Stichwort Tarnung. Ich wollte in Uniform kommen und vorgeben, in einem Kriminalfall zu ermitteln. So hätte ich dich leichter einschleusen können, als Zeugin etwa. Deine Mutter fand das zu skurril. Also haben wir den Plan verworfen und werden improvisieren.»

Gesa war froh, dass ihre Mutter ihren Vater von seinem Vorhaben abgebracht hatte. Es durfte nichts schiefgehen. Gemeinsam würde ihnen schon etwas anderes einfallen, um zu Ole zu gelangen. Und die Wahrscheinlichkeit, erneut dieser seltsamen Ärztin begegnen, war äußerst gering.

Rotger Grambek klingelte an der Tür zur Intensivstation. Nichts passierte. Er lief umher und rieb sich über den Kopf.

Ein Anzeichen dafür, dass er angestrengt nachdachte. Gesa erinnerte sich, wie ihr Vater früher, wenn er einen besonders komplizierten Fall lösen musste, auf diese Weise die gesamte Wohnung durchquert hatte.

Asta klingelte erneut. Quietschende Schritte, wie von Gummi auf Gummi, näherten sich. Die Tür wurde geöffnet. Gesa rutschte das Herz von seinem angestammten Platz eine Etage tiefer. Sie presste den Einkaufsbeutel fest an sich. Das durfte nicht wahr sein. Silke von Heinicken stand im Türrahmen.

«Frau Grambek, Sie wünschen?», erkundigte sich die Ärztin knapp.

In diesem Augenblick ertönte ein dumpfer Aufschlag, gefolgt von einem Aufstöhnen. Die Ärztin, Gesa und ihre Mutter drehten sich blitzartig um. Vater Grambek lag auf dem Boden, rieb sich den Knöchel und begann zu wimmern.

«Ach Gottchen», entfuhr es Silke von Heinicken. Sie schob Gesa, die sie offenbar nicht wiedererkannte, und ihre Mutter beiseite und lief zu Rotger Grambek.

Asta zwinkerte ihrer Tochter zu, schob sie auf den Flur der Intensivstation und schloss hinter ihr die Tür.

Gesa war drin, verblüfft darüber, welch schauspielerisches Talent in ihrem Vater schlummerte. Das schien in der Familie zu liegen, zumindest was den männlichen Teil betraf. Gero hatte am Tag von Oles Unfall beinahe dieselbe Vorstellung hingelegt. Gab es da einen genetischen Zusammenhang? Vielleicht war das der Grund, warum ihr Bruder Gero so eine unermessliche Schwäche für Schauspieler hegte.

Neugierig inspizierte Gesa die Intensivstation. Der

lange Krankenhausflur war hell und blitzsauber. Es roch nach Desinfektionsmittel. Vor einigen Zimmern standen eigentümliche Gerätschaften. Am Ende des Flurs parkte ein leeres Bett.

Ein Pfleger steuerte auf sie zu. *Uhlenhorst* stand auf dem Schild an seinem Kittel. Jetzt kam es auf Gesa an. Jetzt konnte sie nicht mehr auf die Hilfe ihrer Eltern zählen. Gesa setzte ein breites Lächeln auf.

«Was machen Sie denn hier?» Der Pfleger klang freundlich, aber bestimmt.

«Ich möchte zu Herrn Oevermann. Frau von Heinicken hat mich hereingelassen.»

Auf die Stirn des Pflegers traten Falten des Misstrauens.

«Ich bin eine Angehörige», schob Gesa nach.

«Na, wenn Dr. von Heinicken das genehmigt hat, wird es seine Richtigkeit haben. Zimmer elf.»

Der Zweifel in seiner Stimme war nicht zu überhören. Gesa bedankte sich und lief den Gang entlang, ehe der Pfleger es sich anders überlegte.

Das Zimmer, in dem Ole lag, erinnerte an die Kommandozentrale eines Weltraumlabors. Das Weltraumlabor verfügte über ein breites Fenster, hinter dem der letzte Oktobertag des Jahres so bleiern dalag, als würde ihn das nahende Jahresende in tiefe Verzweiflung stürzen. Die ungewohnte Geräuschkulisse machte Gesa Angst. Stampfen, Pumpen und Piepen zeugten von permanenter Überwachung der Körperfunktionen. Sie wagte kaum, sich zu rühren, fürchtete, schon durch die kleinste Bewegung die Gerätschaften aus dem Takt zu bringen.

Ole war mit Infusionsgeräten, Monitoren und einem Beatmungsgerät verkabelt. Über ihm war ein Hebesystem angebracht, daneben befand sich eine Art Deckenfenster, durch das Licht fiel. Für einen Augenblick wünschte sich Gesa, dass jemand auch ihre Körperfunktionen überwachen und im Notfall eingreifen würde. In den letzten Tagen hatte es dafür mehr als ein Mal Anlass gegeben.

Gesas Hals war wie zugeschnürt. Sie stellte den Beutel mit den Einkäufen und dem Buch ab und trat an Oles Bett. Seine grauen Locken lagen fächerförmig auf dem Kissen, das Gesicht war fahl und eingefallen. Dennoch. Trotz der vielen Apparaturen, die ihn am Leben hielten, wirkte er friedlich. Wie ein friedlicher Außerirdischer, der sich nach einer langen Reise von einem weit entfernten Planeten ausruhen musste, erschöpft, doch zufrieden und voller Vertrauen, in guten Händen zu sein.

Gesa legte die CD und die Wärmflasche auf dem Nachttisch ab. Das Buch hingegen ließ sie im Beutel. Sie hatte es extra für Ole mitgebracht, nun konnte sie sich nicht überwinden, es herauszuholen. Allein der Gedanke daran, es anzufassen, bereitete ihr Unbehagen.

Es gab zwei Probleme. Zum einen blieb Gesa kaum Zeit. In wenigen Minuten würde Silke von Heinicken den Schwindel um den verstauchten Knöchel von Vater Rotger bemerken. Zum anderen war Gesa stolz darauf, die Buchhandlung betreten zu haben, wenngleich nur kurz und mit geschlossenen Augen, doch sie hatte dieses Wagnis für Ole auf sich genommen. Das durfte nicht umsonst gewesen sein. Nun musste sie es auch zu Ende bringen. Wer wusste schon, ob sie noch einmal an sein Bett gelangen würde.

An der Wand neben der Tür hing ein Spender mit Einmalhandschuhen. Hastig zupfte sich Gesa ein Paar heraus und streifte sie über. Widerwillig nahm sie den Roman aus ihrem Beutel. Aber kaum lag das Buch in ihren Händen, kehrte der Schwindel zurück. Vorsichtig blickte sie Ole an. Wenn er doch nur aufwachen würde. Der Buchhändler glaubte an die heilende Kraft der Literatur, das hatte er mehr als ein Mal deutlich gemacht. Gesa wollte alles tun, um ihm beim Gesundwerden zu helfen, auch wenn es bedeutete, dass sie ein Buch in den Händen halten musste.

Also, los. Einatmen. Ausatmen. Wahllos schlug sie eine Seite auf und rückte ihre Brille zurecht.

Liebst du mich nicht?

Gesa versagte die Stimme. Sie hustete, setzte erneut an.

Dich lieben? Mir wird ganz schwach, wenn du mich anfasst.

Erneut geriet Gesa ins Stocken. Ob das die richtige Stelle war? Es war ihr peinlich, hier etwas über die Liebe vorzulesen. Spontan griff sie nach Oles Hand. Sie war kalt. Kein Vergleich zu den warmen Buchhändlerhänden, die sie kannte. Vom Krankenhausflur her hörte Gesa Stimmen. War das die Ärztin?

Sie schaute, als gäbe es nichts auf der Welt, das sie nicht auf diese Weise ansehen würde, und tatsächlich hatte sie vor sehr vielen Dingen Angst.

Die Stimmen erklangen nun direkt vor Oles Tür. Tatsächlich, es waren die Ärztin und der Pfleger. Gesa hielt die Luft an und bemerkte, dass Oles Hand eine Spur ihrer Kälte verloren hatte. Spürte er ihre Anwesenheit? Oder konnte das am Vorlesen liegen?

«Was machen Sie hier?»

Gesa sprang auf. Der Hemingway fiel zu Boden. Dr. von Heinicken war ins Zimmer getreten. Da Gesa nicht wusste, was sie tun sollte, griff sie nach der Entspannungs-CD mit den Naturklängen. Die Brille rutschte ihr von der Nase, sodass sie für einen Moment alles nur noch verschwommen wahrnahm. Mit dem Zeigefinger schob Gesa das Gestell zurück.

«Ophelia», hauchte Gesa.

«Die von Shakespeare?»

«Nein, nein, also, ich meine … die von Herrn Oevermann.»

«Sie sind seine Ehefrau?»

Gesa nickte zögernd.

«Warum haben Sie das gestern nicht gesagt?»

«Weil … nun, ich war …, wie soll ich es ausdrücken, neben der Spur. Ich war nicht ganz ich selbst. Wir sind frisch verheiratet, darum.» Gesa errötete, als sie bemerkte, wie viel der letzte Satz über ihre dreiste Lüge verriet.

«Eine Minute, mehr nicht. Und beim nächsten Mal halten Sie sich an die offiziellen Besuchszeiten. Von halb drei bis halb acht.» Ohne ein Wort des Abschieds verschwand die Ärztin durch die Tür.

Gesa zog die Handschuhe aus und griff erneut nach Oles Hand. Sie war immer noch leicht warm. Beinahe so warm und wohlig wie vor seinem Unfall. Gesa hatte Oles Stimme im Ohr. *Ganz ruhig, ich führe Sie.* Noch nie war Gesa ein Mensch begegnet, der so sehr für etwas brannte wie Ole für seine Bücher. Sie beugte sich nach vorne, gab ihm einen Kuss auf die Wange.

Danach hörte sie sich flüstern: «Mach dir keine Sorgen. Ich kümmere mich um deinen Laden. Nimm dir alle Zeit der Welt, um gesund zu werden.»

Draußen regnete es unvermindert in Strömen. Unter einem Dach fand Gesa Schutz und hatte zum ersten Mal an diesem Tag die Gelegenheit, darüber nachzudenken, was passiert war.

Durch ihren Besuch auf der Intensivstation hatte der Umstand, dass Ole im Koma lag, ein wenig von seinem ersten Schrecken verloren. Sie wusste den Buchhändler in guten Händen. Durch ihre Lüge würde Gesa von nun an jeden Tag ins Krankenhaus kommen und Zeit bei Ole in der Kommandozentrale des Weltraumlabors verbringen können.

Doch in die Erleichterung darüber, dass bezüglich der Komasituation eindeutig feststand, was zu tun war, schlich sich der Gedanke an eine viel, viel uneindeutigere Angelegenheit in Gesas Kopf: der Verkauf der Buch-Elementar-Risiko-Versicherungen. Nun hatte sie bereits zwei Männern versprochen, sich um Bücher zu kümmern. Ihrem Chef und Ole. Wie sollte sie es fertigbringen, erneut den Laden zu betreten, ohne gleich in Panik auszubrechen? Sie würde Hilfe brauchen. Und Gesa wusste auch, wen sie um Unterstützung bitten würde.

Es klingelte ungewöhnlich lange, bevor Jost sich meldete. «Ja?»

«Ich bin es, ich stehe gerade vor dem Krankenhaus. Ole Oevermann hatte einen Unfall, er liegt im Koma. Ich war bei ihm. Ich habe behauptet, ich sei seine Frau. Ich habe sogar ein Buch berührt und daraus vorgelesen. Bis diese Ärztin auftauchte. Das war wirklich knapp und ...»

«Kurzversion bitte.»

Gesa nahm das Handy vom Ohr, um zu überprüfen, ob sie mit der richtigen Nummer verbunden war. Kein Zweifel. Sie sprach mit Jost. «Habe ich dich geweckt?»

«Nein.»

«Bist du krank?»

«Nein.»

«Ich wollte fragen, ob du mir vielleicht helfen könntest? Ich muss in den Laden und Versicherungen verkaufen, du weißt ja. Bei dem Wetter brauche ich gar nicht erst anzufangen mit dem Pavillon, der ...»

«Keine Zeit.» Jost legte auf.

Abermals nahm Gesa das Handy vom Ohr. Lag vielleicht eine technische Störung vor? War der Akku aufgebraucht? Nichts. Technisch schien alles in bester Ordnung zu sein. Wieder wählte sie die Nummer ihres Kollegen. Wieder klingelte es lange. Es klingelte und klingelte. Vergeblich.

Kapitel 12

Am nächsten Morgen hatte es Gesa trotz ihres flauen Magens geschafft, zwei Scheiben Vollkornbrot mit Pflaumenmus zu frühstücken. Im Anschluss machte sie sich auf den Weg zur Buchhandlung, um nach dem Rechten zu sehen. Die Strecke war lang, es regnete wie verrückt, doch das störte sie nicht im Geringsten. Das Laufen tat ihr gut. Zeit zum Nachdenken. Zeit, sich den zahlreichen offenen Fragen zu widmen.

1. Wie soll ich es schaffen, die Buchhandlung zu betreten?
2. Warum habe ich Ole gestern versprochen, mich um die Buchhandlung zu kümmern?
3. Warum habe ich Dr. Penningbüttel vorgegaukelt, bereits Neukunden gewonnen zu haben?
4. Warum ist Jost so seltsam?
5. Warum musste Gero ausgerechnet jetzt ans Ende der Welt reisen?

Gesas Kopf fühlte sich an wie der blaue Quizbildschirm von *Wer wird Millionär*, der in der Lage war, unermüdlich neue Fragen zu generieren, leider ohne Antwortauswahl, ohne Fünfzig-fünfzig-, Publikums- oder Telefon-Joker und ohne das freundliche Gesicht von Günther Jauch. Gesa wären noch viel mehr Fragen eingefallen, aber sie hatte ihr Ziel erreicht.

Unter dem Messingschild mit der Aufschrift *Oevermanns Buchhandlung & Antiquariat* standen zwei Frauen und ein Mann, wahrscheinlich Kunden. Gesa blieb so abrupt stehen, als hätte jemand die Pausentaste gedrückt. Sie presste die Handtasche an ihren Oberkörper und ging schließlich weiter. Langsam näherte sie sich dem Eingang der Buchhandlung.

«Kann ich Ihnen weiterhelfen?», erkundigte sie sich, als sie die Wartenden erreichte. Gesa wunderte sich, wie furchtlos ihre Stimme klang. Keine Spur von Zittern. Kein Wanken.

Die Drei nickten.

«Sind Sie die Aushilfe? Wo ist denn der Buchhändler?», fragte der Mann.

Noch ehe Gesa antworten konnte, drückte er die Klinke herunter. Die Tür war unverschlossen. «Sehr gefährlich, rechtlich gesehen ist das grob fahrlässig. Da kann ja jeder rein und sich bedienen.» Der Mann schob die Tür auf und breitete beide Arme aus, wie ein Verkehrspolizist, der freie Fahrt anzeigte.

Gesa starrte geradeaus. Sie hatte gar nicht bemerkt, dass sie bei ihrem letzten Besuch vergessen hatte abzuschließen. Wahrscheinlich war sie viel zu sehr auf das Atmen konzentriert gewesen.

Mit Wackelpudding in den Knien betrat Gesa den Laden. Im Inneren empfing sie erneut der modrige Geruch, vermischt mit Lavendel. Doch im Unterschied zu gestern hatte sie heute die Augen geöffnet. Sie blickte sich um.

Die Buchhandlung war etwa vierzig Quadratmeter groß.

An allen verfügbaren Freiflächen standen und hingen grobgeschnitzte Regale, deren Querbretter in der Mitte nach unten durchhingen. Vereinzelt lehnten mutige Leitern vor den Gestellen. Auf hölzernen Plaketten waren die jeweiligen Genres der Bücher ausgewiesen. Liebes-, Gesellschafts- und historische Romane. Humor. Krimi/Thriller. Science-Fiction. Sachbücher. Ratgeber/Fachliteratur. Lübecker Spezialitäten. Bücher, wohin man blickte.

Gesa schnappte nach Luft. Sie hatte Ole versprochen, sich um sein Geschäft zu kümmern, darum musste sie sich irgendwie zusammenreißen. Sie fokussierte sich wieder auf ihre Umgebung. Zwei betagte, zusammengeschobene Nähmaschinentische dienten als Ladentheke, auf der eine den zwei Möbelstücken altersmäßig in nichts nachstehende Registrierkasse mit Kurbel platziert war. In einem Krug ließ ein Dutzend Wildastern die Köpfe hängen, als würden sie ihren Besitzer schmerzlich vermissen.

Gesa versuchte, sich nicht anmerken zu lassen, dass sie bis zum Hals mit Angst angefüllt war. Ihr Blickfeld trübte sich, die Umgebung wurde immer dunkler. Es war, als säße sie in einem Zug, bei dem die Lichter ausfielen, direkt nachdem er in einen Tunnel eingefahren war. Einen unheimlich langen Tunnel. «Sehen Sie sich schon mal um, ich bin gleich bei Ihnen.»

Gesa verschwand durch den von Regalen gesäumten Durchgang im hinteren Teil des Ladens. Dort befand sich ein Raum, eine Mischung aus Teeküche, Büro und Rumpelkammer. Hinter zusammengefalteten Umzugskartons lag ein Stapel alter Verlagsvorschauen, daneben *Buchreport*- sowie *Buchjournal*-Zeitschriften. Außerdem entdeckte Gesa ein Radio mit CD-Player und einen Wasserkocher. Ein Tee würde sicherlich ihre Nerven beruhigen.

Kurz entschlossen setzte Gesa Wasser auf und trug das Radio nach vorn.

Da alle Freiflächen mit Bücherregalen besetzt waren und die Registrierkasse so ausladend war, dass sie beinahe die komplette Fläche der beiden Nähmaschinentische beanspruchte, stellte Gesa das Radio kurzerhand auf den Fußboden. Sie suchte einen Sender, der rund um die Uhr Klassik spielte. Gerade lief etwas von Chopin.

Die jüngere der beiden Frauen nickte Gesa zu. «Ich bin Lehrerin. Die *Nocturnes* spiele ich den Kindern oft vor, das entspannt die Lerngruppe und steigert die intrinsische Motivation.»

Gesa nickte. Das konnte auch in ihrer Situation nicht schaden.

Ein Klicken im hinteren Teil des Ladens meldete, dass der Wasserkocher seine Aufgabe beendet hatte. Gesa goss Tee auf. Es war eine beruhigende Mischung aus Melisse, Hopfen, Kardamom und Lotusblüten. Tief sog Gesa den Duft des Tees ein. In der Tat fühlte sie sich bereits ein wenig wohler. Nun jedoch kam der Schritt, der ihr am schwersten fiel. Sie musste professionell Oles Kunden beraten und dabei vorgeben, dass Bücher das Wertvollste waren, das sie sich vorstellen konnte.

Zurück im Verkaufsbereich, lief gerade eine Rhapsodie von Béla Bartók.

«Jetzt bin ich für Sie da.» Gesas Stimme zitterte. Mitnichten war sie das. Sie musste den Blick fest auf die Regale heften. Es gelang ihr nicht, den drei Anwesenden in die Augen zu schauen. Aber in den Regalen waren die Bücher ... Ihr Herzrasen war zurück. Gesa nahm einen großen Schluck aus ihrer Teetasse und verbrannte sich die Zunge. Dann fiel ihr Ole ein, der im Koma in seinem Krankenbett lag und sich darauf verlassen musste, dass sie alles im Griff hatte. Sie durfte ihn nicht enttäuschen.

«Ladies first», sagte der Mann, während er das Regal mit der Fachliteratur studierte.

«Ich bin auf der Suche nach dem neusten Harry Potter für meinen Enkel», wandte sich die ältere der beiden Frauen an Gesa. Sie lächelte freundlich aus graugrünen Augen.

Harry Potter? Oh Gott. Gesa dachte nach. Potter? Hieß das nicht Töpfer? Ja, doch darum ging es nicht. War Harry Potter nicht dieser Zauberjunge? Der Junge mit Brille und Narbe? Der gegen Bahnhofsmauern rannte, um sich in einer anderen Welt wiederzufinden? Irgendwas mit sieben Achteln? Nur vage erinnerte sich Gesa an das Buch, das sie angefangen, jedoch nie zu Ende gelesen hatte. Sie überlegte und überlegte. «*Stein der Weisen*», stieß sie endlich hervor.

Die Frau zögerte. «Sind Sie sicher, dass das der aktuelle Band ist?»

«Ja», log Gesa. Sie musste sich wegdrehen, um ihr Erröten zu verbergen. Aber hatte sie eine Wahl? Offenbar waren inzwischen mehrere Bände auf dem Markt. Sie wusste nicht, wie die anderen hießen. «*Zauber der Klugen*?», versuchte es Gesa.

Die Frau schnaufte genervt und verließ den Laden ohne ein Wort des Abschieds. Diese Kundin würde nicht wiederkommen, das war Gesa klar. Wenn es richtig schlimm kam, würde sie ihren Bekannten erzählen, dass die neue Aushilfe in der Buchhandlung Oevermann keine Ahnung hatte. Gesa hatte nicht einmal die Chance gehabt, das Kombinationsvorteilspaket anzusprechen. So würde das nichts werden. Sie war kein bisschen vorangekommen. Im Gegenteil.

Die Lehrerin studierte die Buchrücken der Krimi-Thriller-Sektion, der drahtige Mann lief zur Kasse. Mit großer Erleichterung stellte sie fest, dass er selbst gefunden hatte, was er suchte. Er reichte Gesa drei Bücher.

Jura für Kids.

Juristische Methoden für Dummies.

Meisterkurs Rhetorik: Der Weg zum Kommunikationsprofi.

Das nächste Problem tat sich auf. Die Registrierkasse mit der Kurbel. Das antike Ungetüm besaß vier Schubladen, einen kleinen Schalthebel, eine Kurbel und die Zahlen eins bis zehn in einer, Zahlen in Zehnerschritten in einer anderen Reihe.

Jura für Kids kostete zwölf Euro fünfundneunzig. Gesa drückte und kurbelte, schob und zog, ruckelte und zerrte. Sie tat ihr Bestes. Vergeblich.

Der Mann trat von einem Bein auf das andere. «Ich habe es ein bisschen eilig. Ich gebe in einer halben Stunde ein Seminar und kann meine Studenten nicht warten lassen.»

«Es tut mir leid. Heute ist mein erster Tag.»

Der Mann inspizierte die Preise seiner ausgewählten Bücher. «Macht zweiundfünfzig dreiundneunzig», sagte er nach kurzer Zeit, offenbar war er ein Meister im Kopfrechnen. Er gab Gesa fünfundfünfzig Euro in bar. «Der Rest ist für Sie.»

«Danke schön.»

«Eine Bitte noch. Könnten Sie für mich *Inside Strafverteidigung* von Benecken und Reinhardt bestellen? Das habe ich im Regal leider nicht gefunden.»

«Selbstverständlich.» Gesa versuchte, souverän zu klingen, obwohl sie nicht die geringste Idee hatte, wen sie für Bestellungen anrufen musste. «Ich notiere es mir.»

«Jetzt muss ich aber wirklich los, ich komme dann wieder vorbei.»

«Einverstanden.»

Der Mann war schon fast zur Tür hinaus, als Gesa fragte: «Auf welchen Namen soll ich das Buch bestellen?»

«Dr. Stabe.»

«Sehr gut, Dr. Stabe.»

Durchatmen. Noch eine Kundin war im Laden.

Gesa erblickte in einem Regal die Mini-Sarg-Anhänger, einige Faltblätter zur Buchversicherung und Werbekugelschreiber der Lübeck-Safe-AG. Ein Fitzelchen Zuversicht mogelte sich in ihre Niedergeschlagenheit. Es war an der Zeit, in den Versicherungsmodus zu wechseln. Sie griff beherzt nach einem Faltblatt sowie einem Kugelschreiber und setzte ihr zauberhaftestes Versicherungsverkaufslächeln auf. Letzte Kundin, letzte Chance. «Endlich habe ich Zeit für Sie. Wofür schlägt Ihr literarisches Herz am lautesten?» Gesa freute sich innerlich über ihre Formulierung. Ole wäre mit Sicherheit begeistert gewesen.

Die Lehrerin nestelte am obersten Knopf ihres Mantels. «Ich liebe Thriller, gerne mit Blut, viel Blut und Psycho. Ich weiß, das klingt komisch. Aber in meiner Freizeit brauche ich einen Ausgleich, ich brauche eine Welt, die nichts mit meiner zu tun hat.»

«Wie wäre es mit Stephen Kings *Es*?», schlug Gesa vor.

Die Lehrerin verschränkte die Arme vor der Brust. «Das habe ich im Studium mal gelesen. Ist lange her. Da war Helmut Kohl noch in seiner ersten Amtszeit. Der Stephen King war selbst mir zu extrem, vor allem, weil es darin um Kinder geht. Aber Fitzek liebe ich.»

«Fitzek? Die kenne ich gar nicht.»

Der Lehrerin entglitten die Gesichtszüge. Sie sah aus,

als hätte sie einen ihrer Schüler bei einem gewagten Versuch zu spicken erwischt. «Ihn. Sebastian.»

Gesa schwieg.

«Wo ist eigentlich Herr Oevermann? Mit ihm hatte ich abgesprochen, dass er mir den neusten Fitzek beiseitelegt. Im Regal steht der Band nämlich noch nicht.»

Gesa blickte sich suchend um.

«Vielleicht im Hinterzimmer?»

Ehe Gesa reagieren konnte, war die Lehrerin durch den Durchgang geeilt. Im ersten Augenblick erschien Gesa dieses Verhalten höchst übergriffig. Im zweiten Augenblick jedoch war sie der Frau dankbar. Gesa war erschöpft, hatte unbändige Sehnsucht nach ihrem Sofa, einer Folge *Columbo* und ja, es ließ sich nicht leugnen, nach einer Tüte Marzipankartoffeln. Die, so beschied Gesa, hatte sie sich nach dem, was sie heute alles geschafft hatte, mehr als redlich verdient.

So schnell wie sie verschwunden war, war die Lehrerin mit der Liebe zu blutigen Psychothrillern zurück. Sie hatte ein Buch sowie etwas Großes aus Pappe mitgebracht. «Hier ist der Fitzek. Einmal als Buch, einmal in lebensgroß.»

Staunend betrachtete Gesa den Pappaufsteller eines Mannes, bei dem es sich aller Wahrscheinlichkeit nach um den Autor handeln musste. Der Aufsteller war ihr vorhin gar nicht aufgefallen. Was wollte die Frau damit? War der für die Schule? Standen solche Werbematerialien vielleicht in deutschen Lehrerzimmern, weil alle Lehrer blutrünstige Krimis als Ausgleich für ihre anstrengende Arbeit lasen?

Gesa musste sich zwingen, ihre Gedanken nicht weiter in diese Richtung laufen zu lassen. Sie beantwortete stattdessen die bereits vor zwei Minuten gestellte Frage. «Herr Oevermann hatte einen Unfall. Er liegt im Krankenhaus, leider momentan im Koma.»

«Oh, wie schrecklich.» Die Frau stellte den Fitzek, den Aufsteller, auf dem Boden ab. «Und Sie müssen hier ganz allein die Stellung halten. Kann ich Ihnen irgendwie helfen?»

Da war sie, die Gelegenheit. Letzter Strohhalm. Trotz ihrer Erschöpfung gelang es Gesa, von dem Kombinationsvorteilspaket zu berichten. Sie kam sich vor wie eine Maschine, die ihren Text herunterratterte, ohne genau zu wissen, was sie sagte.

«Ich nehme das so.» Die Lehrerin wusste offenbar genau, was sie sagte.

Gesa konnte nicht fassen, dass es geklappt hatte. Sie blickte zu Sebastian Fitzek, der ihr zulächelte. *Jetzt freu dich einfach, ich freue mich doch auch*, sprach aus seinem Gesicht. Ohne den Vertrag genauer zu lesen, unterschrieb die Lehrerin und drückte Gesa einen Zwanzigeuroschein in die Hand. «Damit Sie sich nicht mit dieser ollen Kasse abmühen müssen.»

«Das erste Buch ist in diesem Fall kostenlos», gab Gesa zu bedenken.

«Jetzt lassen Sie es mal gut sein und richten Herrn Oevermann meine Genesungswünsche aus.»

Die beiden Frauen verabschiedeten sich. Gesa blieb allein zurück. Unglaublich! Es hatte geklappt! Sie hatte sich inmitten von Büchern aufgehalten und war nicht ohnmächtig geworden, hatte die Panik in Schach gehalten und nicht nur Bücher, sondern auch eine Versicherung verkauft! Was hatte Ole gesagt, als er unter ihrem Fenster gestanden hatte?

Wer sichere Schritte tun will, muss sie langsam tun. Johann Wolfgang von Goethe.

Gesas Herz zog sich zusammen. Sie schaute zu den Wildastern mit den hängenden Köpfen, die, wie sie, den Buchhändler schmerzlich vermissten.

Kapitel 13

S elbst beim dritten Mal konnte es Gesa nicht glauben. Zunächst hatte sie die E-Mail ihres Chefs einfach überflogen. Das zweite Mal mit der Drogeriebrille, die bisher so wunderbar geholfen hatte. Beim dritten Durchgang war die Wahl auf ein Gestell mit zwei Komma fünf Dioptrien gefallen. Auf dem linken Brillenglas klebte noch ein Aufkleber, am rechten Bügel baumelte das Etikett mit dem Preis. Vier Euro fünfundneunzig. Doch Gesa hätte die E-Mail auch mit einer Lupe lesen können, an ihrem Inhalt hätte sich nichts geändert.

Liebe Frau Grambek,

es freut mich außerordentlich zu hören, dass sich die Kooperation mit der Buchhandlung Oevermann als erfolgreich erweist. Vier neue Verträge an nur einem Tag, damit werden Sie noch Mitarbeiterin des Monats.

Gesa hielt inne. Was hatte sie nur angerichtet? Der Unfall von Ole und ihre Sorgen um ihn hatten ihr offenbar das letzte bisschen gesunden Menschenverstands geraubt.

Morgen werde ich persönlich bei Ihnen erscheinen. Immerhin habe ich noch den Gutschein, den ich von den Kollegen zum Geburtstag bekommen habe. Bei dieser Gelegenheit kann ich auch gleich die fertigen Verträge mitnehmen, sodass Sie nicht extra im Büro vorbeischauen müssen. Die Stuttgarter wollen etwas in der Hand haben.

Nach erneuter Kalkulation ist mir aufgefallen: Wir müssen unglücklicherweise weit mehr als nur zehn neue Verträge abschließen. Es sind dreißig. Wenn ich Ihre Zeilen richtig verstanden habe, sollte das kein Problem sein. Zeit bis Weihnachten werden Sie dann wahrscheinlich gar nicht brauchen.

Ich übersende freundliche Grüße und freue mich auf morgen,
Dr. Bruno Penningbüttel

«Vier neue Verträge. Habe ich das wirklich geschrieben?», fragte Gesa den Kuukkeli, der unbeeindruckt auf dem Sideboard saß.

Sie klappte den Laptop zu. Gerade einmal einen Vertrag hatte sie gestern abgeschlossen. Das Buch hatte die Lehrerin nur gekauft, weil sie Fan von diesem Sebastian Fitzek war und vermutlich jedes Buch von ihm verschlang, sobald es erschien. Diese Kundin brauchte keine Beratung, sie wusste selbst, was sie gern las. Und die Buchversicherung hatte sie nur abgeschlossen, weil sie Mitleid mit Ole und wohl auch mit Gesa gehabt hatte. Das war keine Grundlage, um weitere Verträge an Land zu ziehen. Das war nichts als ein Zufallstreffer.

Unruhig lief Gesa im Wohnzimmer umher. Wenn sie das Vorteilspaket mit den Versicherungen der Lübeck-Safe-AG verkaufen wollte, musste sie mehr Bücher an die Kunden bringen, sie musste im Grunde selbst zu einer Art

Buchhändlerin werden. Außerdem hatte sie Ole versprochen, sich um seinen Laden zu kümmern. Ein Versprechen, das sie nie und nimmer würde einhalten können.

Gesa nahm die Brille ab, entfernte das Preisschild vom Bügel und pulte den Aufkleber vom Glas. Wenn sie Ole in seinem Geschäft ernsthaft vertreten wollte, müsste sie theoretisch die Bucherscheinungen der letzten zwanzig Jahre kennen. Titel, Autor, Inhalt, Genre, Hintergrundinformationen, ähnliche Werke.

In der Zeit hatte Gesa kein einziges Buch gelesen. Sie klappte den Laptop erneut auf. Google verriet, dass pro Jahr durchschnittlich siebzigtausend neue Bücher erschienen. Selbst wenn man nur ein Drittel als tatsächlich relevant voraussetzte, waren das fast eine halbe Million Publikationen in zwanzig Jahren. Das war unmöglich zu leisten.

Und dann war da ja noch ihre Buchangst. Gestern hatte Gesa die Zeit zwischen den Regalen besser überstanden, als sie es je für möglich gehalten hätte. Doch schon jetzt löste der Gedanke, heute erneut in den Laden gehen zu müssen, ein unbehagliches Gefühl aus. Zwar schlug Gesas Herz in seinem normalen Rhythmus, doch sie traute dem Frieden nicht. Was, wenn der gestrige Tag eine Ausnahme war und sie heute wieder in Panik verfallen würde, sobald sie sich der Buchhandlung näherte?

Ein ungewöhnliches Geräusch ließ Gesa aufhorchen. Es klang wie eine gigantische Biene, die in einer Flasche mit Zuckerwasser gefangen war und verzweifelt den Weg nach draußen suchte. Gesa blickte aus dem Fenster. Ein Hubschrauber kreiste am Himmel. Das verhieß selten etwas Gutes. Wohin der wohl unterwegs war? Gesa versuchte, ihm keine weitere Beachtung zu schenken, aber unweigerlich rief das Geräusch Erinnerungen an Onnis Unfall wach. Auch auf seinen Kopf war etwas gefallen: der umfangreiche Karton mit den unverlangt eingesandten Manuskripten. Dieser hatte bei Onnis Lektorin in Hamburg auf einem unzureichend in der Wand verankerten Regal gestanden. Onni war auf der Stelle tot gewesen. Gesa fühlte einen Stich in ihrem Herzen.

Ihr Blick fiel auf die Uhr. Es war später als gedacht. Sie musste schleunigst in die Buchhandlung, ihr Chef hatte seinen Besuch angekündigt. Offenbar wusste er noch nicht, dass Ole im Koma lag.

«Bist du nun ein Unglückshäher oder ein Glücksbringer?», fragte Gesa den Kuukkeli. «Ich brauche jemanden, der mir hilft. Schade, dass du dich nicht mit Büchern auskennst.»

Der Angesprochene hielt den Kopf stoisch gesenkt, seine schwarzen Glasaugen fixierten den Anrufbeantworter.

Jost.

Gesa war nicht sicher, ob sie das gedacht oder ob der Kuukkeli tatsächlich zu ihr gesprochen hatte. Oder konnte sie wegen des Hubschraubers, der in der Luft stand und sehr, sehr ausdauernd summte, keinen klaren Gedanken mehr fassen?

Jost war am Telefon vorgestern enorm abweisend gewesen. Warum? Was war passiert? Er war doch der Typ *Fels in der Brandung*. Und gerade jetzt, wo die Schicksalsschläge wie ein Seebeben über Gesa hereinbrachen, war er nicht an ihrer Seite? Ein Fels verschwand doch nicht einfach. Hatte sie etwas falsch gemacht? Hatte sie etwas Verkehrtes gesagt? War Jost sauer, weil sie ihn vor vier Tagen auf der Straße einfach hatte stehen lassen? In das Kreisen ihrer Gedanken mischte sich erneut das Kreisen des Hubschraubers, der wie über dem Haus angebunden wirkte, ganz so, als hätte er etwas entdeckt, das er in Ruhe betrachten wollte.

Neugierig öffnete Gesa das Fenster. Der Hubschrauber hatte die Nachbarn im Wohnblock gegenüber angelockt, wie vor ein paar Tagen, als Ole im strömenden Regen auf der Straße gestanden hatte.

Ole.

Nach dem Treffen mit Penningbüttel würde sie zu ihm ins Krankenhaus fahren. Gesa seufzte und vermeinte, die bedeutungsvoll bassige Stimme des Buchhändlers zu hören. Sie zog den Travemünder Pullover an und die Kapuze über den Kopf. Augenblicklich durchfloss sie Geborgenheit. Gesa schloss das Fenster und wählte Josts Nummer.

«Ja?»

«Ich bin es. Bist du sauer auf mich?»

«Nein.»

«Ich brauche deine Hilfe. Ole liegt im Koma, Penningbüttel will vorbeikommen, ich habe ihm erzählt, es läuft super, aber das tut es nicht.»

Schweigen am anderen Ende der Leitung.

«Jost, ist wirklich alles in Ordnung?»

«Nein. Doch das ist nicht deine Schuld.» Jost atmete aus. Es raschelte im Hintergrund. «In einer halben Stunde vor der Buchhandlung? Ich habe aber nicht viel Zeit.»

«Thank you, du bist meine Rettung», sagte Gesa, doch da hatte Jost bereits aufgelegt.

Sie war froh, sich für Gummistiefel entschieden zu haben. Um die Sohlen herum gluckerte das Wasser, leckte an den gummierten Blockabsätzen wie die kleinen Wellen einer Brandung am Strand. Noch immer schwebte der Hubschrauber über Gesa. Während sie in Richtung Buchhandlung ging, schien er ihr zu folgen, als würde er sie auf keinen Fall aus den Augen lassen wollen. Auf der Hubschrauberflanke stand *Bundespolizei*. Verwundert beschleunigte Gesa ihre Schritte.

Der Weg zu Oles Laden war weit. Normalerweise genoss Gesa lange Spaziergänge, doch ein Blick auf die Uhr verriet, dass sie bereits in zehn Minuten mit Jost verabredet war. Sie musste sich beeilen. Der Hubschrauber wich ihr nicht von der Seite, ließ einmal sogar seine Scheinwerfer aufleuchten, als wollte er Gesa animieren, noch schneller zu laufen.

Als sie sich der Puppenbrücke näherte, stellte sie fest, dass außergewöhnlich viele Menschen unterwegs waren. Der Regen hatte sie nicht davon abgehalten, ihre Wohnungen und Häuser zu verlassen. Hier und da sah Gesa Einsatzwagen der Polizei. Was war nur los? War ein hoher Staatsgast zu Besuch in Lübeck? Gesa nahm ihre beschlagene Brille ab, um sie zu putzen.

Jetzt erkannte sie, dass sich unter den Einsatzwagen auch die Feuerwehr, das Technische Hilfswerk und Laster der Bundeswehr mit Sandsäcken auf den Anhängern befanden. Nun war Gesa klar, weshalb sie ausgerückt waren.

Hochwasser.

Warum war ihr das nicht früher eingefallen? Darauf hätte sie doch kommen müssen. Gesa rannte. Zumindest versuchte sie zu rennen. Aber in Gummistiefeln durch Wasserlachen zu sprinten, ist eine recht mühselige Angelegenheit. Der Hubschrauber über Gesa leuchtete motivierend auf sie herab. Gerade als sie einigermaßen Fahrt aufgenommen hatte, wurde sie jäh gestoppt. Ein kreisrundes Schild mit rotem Rand.

Hochwasser.

Weg gesperrt.

Darunter eine Absperrschranke. Die Trave war über die Ufer getreten. Unbarmherzig bahnten sich die Wassermassen ihren Weg durch die Marlesgrube. Fassungslos schlug sich Gesa die Hand vor den Mund. Was war mit Oles Buchhandlung? Und Geros Bestattungsinstitut? Als könnte ihr Bruder Gedanken lesen, meldete das Vibrieren von Gesas Handy den Eingang einer neuen SMS von Gero.

> Alles gut am Ende der Welt? Was macht die Marzipan-
> kartoffelmetropole? Ich habe eine Katastrophenwarnung
> auf meine Handy-App bekommen.
> Könntest du im Institut mal nach dem Rechten sehen?
> Dankeskuss, Gero

Während Gesa das Handy zurück in ihre Tasche schob, hörte sie jemanden ihren Namen rufen.

«Grambekerin, ich hätte dich fast nicht wiedererkannt.»

Gesa fiel Jost um den Hals, merkte aber schnell, dass ihm das unangenehm war.

«Bist du jetzt unter die Hipster gegangen?»

«Warum?»

«Schau dich an. Gelbe Gummistiefel, rosa Kapuzenpullover, Nana-Mouskouri-Gedächtnisbrille. Du siehst nach Berlin-Mitte oder Hamburger Schanze aus, aber nicht nach Lübeck-Buntekuh.»

Gesa nickte.

«Ist alles gut zwischen uns?», versuchte es Gesa so ruhig wie möglich, denn die Vorstellung, dass die Marlesgrube wegen Hochwasser gesperrt war, ließ sie erschaudern. Dennoch musste sie wissen, warum Jost ihr gegenüber so abweisend gewesen war.

«Any news von Gero?», erkundigte sich ihr Kollege, ohne auf ihre Frage einzugehen.

Gesa runzelte verwirrt die Stirn. Wieso fragte er nach ihrem Bruder? «Er hat gerade geschrieben. Anscheinend hat er die Befürchtung, mit dem Bestattungsinstitut könnte etwas nicht stimmen. Komische Gefühle sind doch eigentlich deine Angelegenheit.»

«Hat er nach mir gefragt?»

«Nein, wieso?» Gesa bemerkte, dass ihre Gummistiefel zur Hälfte im Wasser standen. Da Jost erneut keine Anstalten machte, auf ihre Frage zu antworten, blickte sie sich prüfend nach allen Seiten um und sagte: «Ich sehe jetzt in der Buchhandlung und im Bestattungsinstitut nach dem Rechten. Diese Schilder sind mir egal.»

«Das glaube ich kaum.» Ein Feuerwehrmann war unbemerkt an die Absperrung getreten.

«Die Buchhandlung ...», beeilte sich Gesa zu sagen.

«Ja, die hat ordentlich was abbekommen.»

«Ich muss versuchen zu retten, was zu retten ist.» Gesas Stimme flehte.

«Dann sind Sie Frau Oevermann?»

Gesa zögerte angesichts dieser unwahrscheinlichen Wiederholung einer Einladung zur Namensschwindelei. Sollte sie sich erneut durch Vortäuschung falscher Tatsachen über juristische Vorgaben hinwegsetzen? «Die bin ich, mein Name ist Ophelia Oevermann.»

Jost blickte Gesa verblüfft an.

Der Feuerwehrmann schüttelte den Kopf. Sein Helm

schlackerte. «Tut mir leid, Frau Oevermann. Anweisung ist Anweisung.»

Da griff Jost in die Innentasche seines Regenmantels und zückte eine Karte. «Dr. Jost Kleve, Lübeck-Safe-AG, staatliche Schadensbegutachtung. Wir müssen den Schadensort in Augenschein nehmen.»

Der Feuerwehrmann trat zur Seite. «Wenn das so ist ... Machen Sie sich auf etwas gefasst.»

Gesa und Jost passierten die Schranke.

«Was hast du ihm gezeigt?», flüsterte Gesa.

«Meinen Mitgliedsausweis von EasyFit», flüsterte Jost zurück. «Hab meine Visitenkarten nicht dabei.»

Die beiden lachten. Doch als sie sahen, wie Bücher die Marlesgrube entlangschwammen, blieb ihnen das Lachen im Hals stecken. Den Büchern folgten zwei aufgeweichte *Buchjournal*-Zeitschriften und schließlich ein schnatterndes Entenpärchen.

Kapitel 14

Als Gesa vor der Buchhandlung stand, drehte der Hubschrauber ab. Er hatte seine Aufgabe erledigt, Gesas Aufgabe hingegen fing gerade erst an. Jost war zum Bestattungsinstitut gegangen, um dort nach dem Rechten zu sehen.

An einigen Häusern lagen Sandsäcke, teilweise waren die Türen mit Schotten gesichert. Vor dem Buchladen gab es nichts von beidem. Das Wasser hatte sich ungehindert Zutritt ins Innere des Geschäfts verschaffen können. Ein Amphibienfahrzeug des Technischen Hilfswerks fuhr die Marlesgrube entlang. Links und rechts des Fahrzeugs sprudelten Fontänen auf. Das Wasser ergoss sich von oben in Gesas Gummistiefel. Ihre nassen Strümpfe erinnerten sie an Ole. Sie erinnerten sie daran, wie er unter ihrem Fenster gestanden hatte. Gesa ärgerte sich. Warum nur hatte sie das Hochwasser nach den tagelang anhaltenden Regenfällen nicht kommen sehen? Warum hatte sie sich nicht darum gekümmert, den Laden abzusichern? Was würde Ole von ihr denken? Sie hatte ihm im Krankenhaus versprochen, dass er sich um seine Buchhandlung keine Sorgen machen musste. Der Laden war sein Lebenswerk, er hatte ihm nach dem Tod seiner Frau die

Hoffnung zum Weiterleben gegeben. Und nun war hier Land unter.

Ein Mann stapfte Gesa entgegen. Er trug einen Pudel auf dem Arm wie ein kleines Kind, das keine Lust zum Laufen hatte.

Der Mann blieb stehen. «Das Schlimmste ist überstanden. Der Pegelstand sinkt endlich. Warum haben Sie den Laden nicht verschottet? Beim letzten Hochwasser hat der Buchhändler doch auch die entsprechenden Vorkehrungen getroffen.»

Gesa schaute betreten zu Boden.

«Alles Gute für Sie.» Der Mann lief weiter.

Gesa spürte, der nächste Schritt würde der schwerste werden. Sie ahnte, welches Bild des Grauens sie im Geschäft erwartete. Wasser und Bücher passten ebenso wenig zusammen wie Gesa und Bücher.

In diesem Moment rief erneut jemand ihren Namen. Gesa drehte sich um.

Rotger Grambek trug eine Wathose, Sicherheitsstiefel und einen Allwetter-Parka. «Ich habe von den Hochwassereinsätzen im Polizeifunk gehört und wollte mir vor Ort ein Bild von der Einsatzlage machen.»

Dankbar umarmte Gesa ihren Vater. Wie schön, dass er gekommen war. Tränen liefen ihr über das Gesicht. «Ist ja gut. Deine Mutter und ich sind immer für dich da, das weißt du doch. Wir gehen jetzt gemeinsam hinein. Schaffst du das?» Vater Grambek legte seine Hand auf Gesas Rücken. «Du schaffst das, mit Polizeischutz schafft man alles.»

Die väterliche Hand auf ihrem Rücken gab Gesa tatsächlich Sicherheit, daran hatte sich seit ihrer Kindheit nichts geändert. Ja, Rotger Grambek übertrieb zuweilen.

Ja, er mischte sich in Angelegenheiten ein, die ihn nichts angingen. Aber er war da. Was auch immer in Gesas Leben geschehen war, er war da gewesen, so wie jetzt.

Als damals die Sache mit Onni passierte, hatte er dafür gesorgt, dass Gesa Sitzungen bei der Polizeipsychologin in Anspruch nehmen konnte, obwohl die Therapeutin eigentlich nicht für Zivilisten zuständig war. Zugleich hatte Rotger Grambek angeboten, alle juristischen Hebel in Bewegung zu setzen, um die Lektorin des Verlags, die den Karton mit den unverlangt eingesandten Manuskripten auf das Regal gestellt hatte, zu belangen. Und denjenigen, der das Regal so stümperhaft an der Wand angebracht hatte, dass es zur Gefahr für Leib und Leben werden konnte. Gesa hatte abgelehnt.

Im Inneren der Buchhandlung hatte sich bräunliches Wasser auf dem Boden verteilt. Gesa erkannte im Halbdunkel, dass es vor ein paar Stunden noch wesentlich höher gestanden haben musste. Die Bücher in den unteren Regalreihen waren aufgeweicht und wellig, das Holz war schlammverkrustet.

Vater Grambek hob zwei Exemplare vom nassen Boden auf. *Wassermusik* von T. C. Boyle. *Kalter Grund* von Eva Almstädt. Gesa begann zu zittern.

Als sie das Licht anschalten wollte, um den Schaden genauer zu begutachten, stellte Gesa fest, dass der Strom ausgefallen war.

«Das ist so schrecklich», entfuhr es Gesa.

«Ein ganzes Lebenswerk, unwiederbringlich zerstört. Ich gehe davon aus, Herr Oevermann ist versichert. Immerhin ist Lübeck eine Stadt, die seit jeher mit Hochwassern zu kämpfen hat.»

«Keine Ahnung ...», erwiderte Gesa. Mit spitzen Fingern sammelte sie einige durchweichte Bücher ein, um sie auf die Fensterbank hinter der Kasse zu legen. Dabei registrierte sie mit Erstaunen, dass ihr das weit weniger unangenehm war, als sie es sich vorgestellt hatte. In dem erbärmlichen, unbrauchbar gewordenen Zustand hatten die Bücher offenbar ihre bedrohliche Ausstrahlung verloren. Trotzdem zog sich Gesas Magen zusammen. Ole wäre bestürzt, wenn er das hier sehen müsste. Der Laden bedeutete ihm alles, die Literatur war sein Lebenssinn. Wie sollte sie ihm das hier erklären, wenn er wieder aufwachte?

Gesa versuchte, sich auf die nächsten Schritte zu konzentrieren. Was musste sie tun? Eine Inventarliste der Schäden erstellen, einen Elektriker anrufen, eventuell den Laden absichern, sollte das Hochwasser zurückkommen. Da sah sie Jost vor dem Fenster, der gerade vom Bestattungsinstitut zurückkam.

«Dein Bruder hatte offenbar mehr Glück.» Jost schüttelte Vater Grambek die Hand. «Die Marlesgrube hat eine Steigung. Geros *Immobilien unter Tage* liegt höher. Das Wasser hat es nicht bis zum Laden geschafft.»

Etwas knarzte in Rotger Grambeks Jacke. Ein Funkgerät.

«Wir haben eine 097 in der Dankwartsgrube ... krrrr ... bitte kommen ... krrrr ... verstanden ... krrrr ...»

Vater Grambek schob das Gerät zurück in seine Jacke und überreichte Gesa einen Stapel Papiere. «Hochwasserschutzgesetz, EU-Hochwasserrichtlinie, Wasserhaushaltsgesetz. Ich habe keine Ahnung, ob es hilft, aber ein Blick in die juristischen Grundlagen kann nicht schaden. Ich muss los, 097, du hast es ja gehört. Heute Abend melde ich mich wieder.»

Gesa nickte. Sie überlegte, was der Funkspruch 097 bedeutete. Früher hatte sie Funkkürzel auswendig gelernt. Ein großer Spaß. Am Abendbrottisch hatten sie und Gero versucht, sich in ihrem Wissen über die Abkürzungen zu übertreffen und in Vater Grambeks Gunst zu steigen. Angesichts der derzeitigen Situation allerdings gerieten die Abkürzungen in ihrem Kopf durcheinander. «Danke, dass du immer für mich da bist. Bis später.» Gesa gab ihrem Vater einen Kuss auf die Wange.

Jost Kleve sah Rotger Grambek durch die Schaufensterscheibe interessiert hinterher. «So einen tollen Vater hätte ich auch gerne gehabt.»

«Jost, jetzt erzähl doch mal, was mit dir los ist. Warum hast du dich so seltsam benommen? Wieso bist du nicht ans Telefon gegangen?»

Mit vor der Brust verschränkten Armen betrachtete Jost die tropfenden Bücher auf der Fensterbank. «Es liegt nicht an dir. Ich und dein Bruder, also … well …. Lass uns ein andermal darüber reden, Grambekerin, ich muss weiter. Apropos weiter, wie geht es hier weiter?»

«Ich weiß es nicht.» Über Gesas Augen legte sich ein Schleier banger Verzweiflung.

«Back to the roots. Stell dir vor, das hier wäre ein fremder Schadensfall, der uns gemeldet werden müsste. Stichwort Perspektivwechsel.»

Richtig. Auf diese Idee war Gesa noch gar nicht gekommen. Betriebshaftpflicht-, Inhalts-, Gebäude- sowie Rechtsschutzversicherung. Elementarschadenklausel. Schadenminimierung. Schadendokumentation. Schadensanzeige. Terminvereinbarung für die Schadensbegutachtung. Schnelle Schadensregulierung. Die jahrelang einstudierten Versicherungsabläufe waren für Gesa ein erster

Anker in all dem Chaos um sie herum. Wenn sie Glück hatte, war Ole bei der Lübeck-Safe-AG versichert und sie kannte die richtigen Ansprechpartner, damit alles möglichst schnell geklärt wurde. Wenn sie viel Glück hatte, konnte sie die gröbsten Schäden beheben, bevor Ole die Katastrophe mit eigenen Augen sehen musste.

«Ich muss wirklich los. Penningbüttel hat mich gebeten, Schoko-Nikoläuse für die Belegschaft zu organisieren.»

«Verdammte Scheiße!»

Jost blickte Gesa mit einer Mischung aus Überraschung und Enttäuschung an, wie ein Vater, der zum ersten Mal eine unflätige Bemerkung aus dem Mund seiner Teenager-Tochter gehört hatte.

«Der Chef wollte heute vorbeikommen. Ich habe ein bisschen zu positiv erzählt, wie gut es mit den Buchversicherungen läuft, obwohl …»

Gesas Handy klingelte, Jost hob die Hand zum Gruß und verschwand.

«Hallo?»

«Mein Kind, ich habe gute Neuigkeiten. Dein Ole ist aus dem Koma erwacht. Er ist ansprechbar.»

Die Deckenlampe flackerte auf, erlosch jedoch gleich wieder. Man konnte meinen, sie hätte sich über Asta Grambeks Nachricht gefreut, danach allerdings erkannt, dass das Erwachen aus dem Koma zwar schön, der Zeitpunkt dafür jedoch denkbar ungünstig war.

«Komm her, so schnell du kannst», ergänzte Mutter Grambek.

Die beiden verabschiedeten sich.

Ein Brummen am Himmel zeigte an, dass der Hubschrauber zurück war. Gesa deutete das als Aufforderung, auf direktem Weg ins Krankenhaus zu fahren.

097. Jetzt fiel es ihr ein. Das Funkkürzel für *Havarie*. Gesas gesamter Körper fühlte sich nach 099 an. *Hilflose Person.* Und diese Person war Gesa selbst. Hilflos. Entkräftet. Abgekämpft. Sie wünschte sich sehnlichst eine 020. *Begleitschutz.* Aber ihren nächsten Weg musste sie allein antreten. Sie musste Ole beichten, dass sie auf ganzer Linie versagt hatte.

Kapitel 15

Um von der Marlesgrube zum Krankenhaus zu gelangen, hatte sich Gesa am Straßenrand ein Taxi herangewunken. Auf der Rückbank versuchte sie, die aufgelaufenen Probleme getrennt voneinander zu betrachten. Erneut nummerierte sie diese durch. Das half ihr beim Gedankensortieren. Die Panik beim Betreten der Buchhandlung hatte sich endgültig gelegt, zwar verspürte Gesa bei der Vorstellung davon noch immer ein Ziehen in der Magengrube, aber im nassen Zustand waren ihr die Bücher kaum noch bedrohlich erschienen. Das Problem konnte sie also von ihrer gedanklichen Liste streichen. Dafür waren weitere Probleme zu den bereits vorhandenen hinzugekommen, was die Sache nicht besser machte.

1. die drohende Arbeitslosigkeit
2. die Lüge über die gut laufenden Buchversicherungs-
   verkäufe
3. der Druck, unrealistisch viele neue Versicherungskunden zu akquirieren
4. die durch das Hochwasser zerstörte Buchhandlung
5. die Suche nach möglichen Versicherungsunterlagen

Der Taxifahrer bremste scharf, um einem Einsatzwagen der Feuerwehr die Vorfahrt zu gewähren. Gesa wurde aus ihren Gedanken gerissen und in den Sitz zurückgeworfen. Da fiel es ihr auf. Die Probleme konnten nicht getrennt voneinander betrachtet werden. Sie alle hingen miteinander zusammen. Und, das war das Schlimmste, an jedem einzelnen davon war sie selbst schuld. Hätte Gesa ihren Chef nicht angelogen, müsste sie jetzt nicht dreißig neue Kunden gewinnen. Und überhaupt. Ohne ihre Buchangst wäre Ole weder von der Leiter noch ins Koma gefallen. Er hätte rechtzeitig Vorkehrungen gegen das Hochwasser getroffen und …

«Wir sind da. Das macht dreizehn Euro zwanzig, bitte.»

Gesa bezahlte und stieg aus. Sie atmete tief durch, strich sich über das Haar. Bei all den Grübeleien über ihre Probleme hatte sie aus dem Blick verloren, dass sie auch etwas auf der Habenseite hatte: Ole war aus dem Koma erwacht. Und das war wichtiger als alles andere.

Erfreulicherweise hatte heute weder der Pfleger Uhlenhorst noch die grimmige Silke von Heinicken Dienst. Gesa stellte sich an der Tür zur Intensivstation als Frau Oevermann vor und gelangte, ohne sich ausweisen zu müssen, in Oles Zimmer.

Ole lag im Krankenbett. Aber anders als bei Gesas letztem Besuch hatte er die Augen geöffnet.

Gesas Herz machte einen Sprung. «Ole», setzte sie an.

«Ophelia», sagte er und strahlte sie an. Das Turmalingrün seiner Augen leuchtete. Dennoch sah er schwach und müde aus.

Gesa trat näher. Ophelia? Wahrscheinlich litt Ole noch unter den Nachwirkungen des Komas. Dass es zu Verwirrtheitszuständen kommen konnte, hatte Gesa schon öfter gehört. Oder war das nach Narkosen?

Sie lächelte zaghaft, setzte sich behutsam auf die Bettkante und legte ihre Hand auf Oles Oberarm. «Wie geht es dir?», fragte sie.

«Ophelia», wiederholte der Buchhändler.

«Gesa, ich heiße Gesa», erklärte Gesa, um Oles Erinnerungsvermögen auf die Sprünge zu helfen.

«Ophelia», wiederholte der Buchhändler ein drittes Mal, bevor ihm die Augen zufielen.

Da war nichts zu machen. Wie lange dieser Zustand wohl anhielt? Hinter dem breiten Fenster des Krankenzimmers war die Nacht hereingebrochen, der Regen hatte aufgehört. Mit aufgeblendeten Scheinwerfern kam ein Hubschrauber herangeflogen. Die Dinger scheinen seit Neuestem mein Schatten zu sein, dachte Gesa. Bei genauerer Betrachtung erkannte sie jedoch, dass es sich bei dem Helikopter, der gerade eindrehte, um auf dem Dach des Krankenhauses zu landen, nicht um die Bundespolizei handelte. Dieser Hubschrauber war ein rot-weißer der DRF-Luftrettung.

Während für den Patienten, der gerade eingeflogen wurde, jede Minute zählte, hatte Gesa das Bedürfnis nach Langsamkeit. Langsamkeit, um zu entspannen, sich auszuruhen. Am liebsten hätte sie sich neben Ole ins Bett gelegt und das, was sie in den letzten Stunden erlebt hatte, weggeschlafen. Nach wie vor erinnerte das Krankenzimmer an die Kommandozentrale eines Weltraumlabors. Nach wie vor stampfte, pumpte und piepte es aus den Apparaturen. Aber Ole war aus dem Koma erwacht, das war alles, was zählte.

Dennoch. Die anderen Probleme, die sich angesammelt

hatten, mussten gleichwohl in Angriff genommen werden. Und das besser gestern als heute. Für Schlafen blieb keine Zeit.

«Spannungsteiler, Multimeter, Vorsicherung.»

Gesa zuckte zusammen. *Vorsicherung?* Gesa überlegte, ob Ole vielleicht *Versicherung* gemeint hatte. Sie griff behutsam nach seiner Hand.

Sollte sie ihm jetzt erzählen, dass die über die Ufer gestiegene Trave seine Buchhandlung unter Wasser gesetzt hatte? Sicherlich wäre das seiner Heilung nicht zuträglich. Andererseits würde sie gerne in Erfahrung bringen, wo Oles Versicherungsunterlagen zu finden waren.

«Ich freu mich so, dass du aufgewacht bist. In der Zwischenzeit ist eine Menge passiert, wie du dir vorstellen kannst. Und es ist folgendermaßen, also, der Laden ...»

«Wippschalter mit Steckklemmsystem. Ich habe schrecklichen Durst.» Ole hatte die Augen wieder aufgeschlagen.

«Soll ich dir etwas zu trinken holen? Eine Fanta vielleicht?»

«Das ist lieb von dir. Aber Fanta? So etwas trinke ich nicht gerne, das ist mir viel zu süß. Ein Wasser wäre gut.» Ole lächelte schläfrig.

Gesa hatte Mühe, sich ihre Verwirrung nicht anmerken zu lassen. Ophelia? Wippschalter? Vorsicherung? Steckklemmsystem? Keine Fanta? Zu den Problemen, mit denen es Gesa bisher zu tun hatte, schien sich ein neues hinzugesellt zu haben. Ole ging offenbar davon aus, er wäre noch Elektriker. Und er schien sie für seine Frau zu halten.

Gesa erhob sich. «Ich schaue mal, was ich für dich tun kann.»

Auf dem Krankenhausflur konnte Gesa ihre Tränen nicht

mehr zurückhalten. Du musst jetzt stark sein, dachte sie und ging zum Mitarbeiterbereich. Sie klopfte. Pfleger Uhlenhorst erschien im Türrahmen. Er musste wohl gerade erst zur Arbeit erschienen sein, denn noch trug er statt der Dienstkleidung eine löchrige Jeans und ein T-Shirt, auf dem stand: *Er weiß alles. Er kann alles. Er macht alles. Papa.*

«Glückwunsch», sagte Gesa.

«Danke, aber mein Großer wird nächste Woche vierzehn. Das Shirt hat er mir letztes Jahr zum Geburtstag geschenkt. Wie geht es Ihnen, Frau Oevermann? Waren Sie gerade bei Ihrem Mann?»

«Ähm, ja. Also, ich bin auf der Suche nach ...» Eine neue Träne hatte sich nach oben gekämpft. Sie zitterte auf Gesas Unterlid.

«Ihr Mann ist wach, das ist doch wunderbar. Kann ich Ihnen helfen, brauchen Sie etwas?»

«Ole, also mein Mann, hat Durst», stammelte Gesa.

Der Pfleger nickte, verschwand kurz in dem Dienstzimmer und kehrte mit einer Flasche Mineralwasser zurück. «Wie ist Ihr Eindruck? Ist Herr Oevermann wieder vollständig im Hier und Jetzt angekommen?»

«Nun, er wirkt ziemlich verwirrt.» Wie gern hätte sich Gesa dem jungen Mann anvertraut, gebeichtet, dass Ole sie nicht erkannte beziehungsweise der Meinung war, Gesa wäre seine verstorbene Frau. Aber wie sollte sie das erklären, ohne ihre Lüge preiszugeben? Wahrscheinlich würde man sie hochkant rausschmeißen und nie wieder auch nur in Oles Nähe lassen. Obwohl. Ein Mann, der ein T-Shirt anhatte, das behauptete, sein Träger würde alles wissen, alles können und alles machen, hatte vielleicht sogar für Notlügen Verständnis.

«Das ist vollkommen normal. In den meisten Fällen

kommt es nach dem Aufwachen aus dem künstlichen Koma zum sogenannten Durchgangssyndrom, dem Delir. Die Patienten sind verwirrt, haben Wahrnehmungsstörungen, halluzinieren. Manch ein Betroffener kann sich auch nicht an das erinnern, was vor dem Koma passiert ist.»

«Wie lange dauert diese Phase?»

Uhlenhorst überlegte. «Das ist sehr individuell. Von einigen Stunden über mehrere Tage, manchmal bis hin zu Wochen.»

«Kann man etwas tun, damit dieses Delir schneller verschwindet?», wollte Gesa wissen.

«Selbstverständlich. Bringen Sie Ihrem Mann persönliche Gegenstände von zu Hause mit. Ein Hochzeitsfoto. Ein Andenken an einen gemeinsamen Urlaub, so was in der Art.»

Gesas Mund war trocken. Sie nahm einen kräftigen Schluck aus der Mineralwasserflasche.

«Sie können ihm auch aus seinen Lieblingsbüchern vorlesen. Das wirkt oft am besten. Ich habe gesehen, dass Sie ihm bereits ein Buch mitgebracht haben.»

Gesa nickte und ging zurück ins Krankenzimmer.

Ole lag halb aufgerichtet im Bett. Er hielt den Hemingway in den Händen.

«Du hast es nach all den Jahren noch nicht aufgegeben, mich für Literatur erwärmen zu wollen.» Ole griff nach der Wasserflasche und trank. «Ich packe es erst mal in die Schublade, sei mir nicht böse, ja? Du weißt doch, dass ich mit Büchern nicht viel anfangen kann.»

Gesa wusste nicht, was sie sagen sollte. Sie kam sich vor wie eine 080. *Falschgeld.* Warum nur fielen ihr ausgerechnet jetzt diese dämlichen Polizeifunkabkürzungen ein?

Nachdem Ole die halbe Flasche geleert hatte, räusperte er sich. «Warum bin ich eigentlich hier? Im Krankenhaus, meine ich.»

Gesa beschloss herauszufinden, woran Ole sich noch erinnern konnte. «Du bist von der Leiter im Buchladen gefallen.»

Ole schwieg.

Gesa meinte erkennen zu können, wie es hinter seiner Stirn arbeitete. «Die Buchhandlung. Erinnerst du dich?»

Ole schloss die Augen. Das Nachdenken strengte ihn sichtlich an.

«Das Kombinationsvorteilspaket der Lübeck-Safe-AG? Erinnerst du dich daran?»

Ole schüttelte den Kopf, hielt dann jedoch inne. «Du arbeitest doch in der Stadtbücherei, nicht in der Buchhandlung. Aber Lübeck-Safe-AG .... Haben wir nicht unsere Versicherung bei denen?»

Das ist zumindest etwas, dachte Gesa. Die Versicherung konnte sich allerdings auf die Wohnung und nicht die Buchhandlung beziehen. Sie musste nachbohren. «Wer Großes versucht, ist bewundernswert, auch wenn er fällt. Seneca. Weißt du noch?»

Ole schüttelte erneut den Kopf.

«Es ist schön, den Augen dessen zu begegnen, den man soeben beschenkt hat. Jean de La Bruyère. Sagt dir das etwas?»

Ole verneinte.

Gesa zeigte auf ihren Kapuzenpullover. «Travemünde? Tandem?»

«Es tut mir leid, Ophelia», antwortete Ole mit Grabesstimme.

Heute würde Gesa nichts mehr erreichen. Sie wollte Ole

nicht überfordern. «Kein Problem. Du brauchst jetzt Ruhe. Ich habe mit dem Pfleger gesprochen. Es ist ganz normal, dass man sich nach einem Koma nicht sofort an alles erinnert.» Wie eine Expertin von *NDR-Visite* hatte Gesa diesen Satz ausgesprochen. Medizinisch war er richtig, ihr Verstand begriff das. Vom Gefühl her jedoch konnte sie ihn nicht akzeptieren. Würde Ole je wieder einfallen, wer sie war? Würde er sich jemals wieder daran erinnern, was sie gemeinsam erlebt hatten?

Sie musste jetzt alles auf eine Karte setzen. «Ich habe unseren Wohnungsschlüssel verlegt. Kann ich deinen haben? Dann besorge ich dir frische Kleidung.»

Ole wies mit dem Kopf zum Einbauschrank. In einer Tasche seines Mantels fand sie den Schlüssel. Gesa überlegte, ob sie Ole auch nach den Versicherungsunterlagen fragen sollte, ließ es dann aber bleiben. Wenn er nicht einmal wusste, dass er Buchhändler war, wie sollte er ihr erklären können, wo er seine Dokumente aufbewahrte? Zum Glück hatte Gesa jetzt den Schlüssel. Sie würde selbst danach suchen. In zwei Tagen wäre die Sache erledigt. Immerhin.

«Ich komme morgen wieder und bringe dir Chicken Nuggets von Niederegger mit.»

Über Oles Gesicht glitt ein Lächeln. «Gerne. Die mag ich am liebsten.»

Ein Hoffnungsschimmer lugte durch das Grau von Oles Amnesie. Vielleicht hatten sie Glück. Vielleicht würde die Verwirrtheit nur kurz anhalten. Gesa ging zur Tür.

«Ophelia, eine Bitte hätte ich noch. Könntest du mal fragen, ob sie hier im Krankenhaus schon jemanden haben, der im Dezember den Weihnachtsbaum mit Lichterketten schmückt und sich um die entsprechende Stromversorgung kümmert?»

Kapitel 16

Eine Rastlosigkeit hatte von Gesa Besitz ergriffen, die sie immerhin davon abhielt, über Oles Gedächtnisverlust nachdenken zu müssen. In der Buchhandlung gab es so viel zu tun, dass sie seinen Zustand verdrängte wie eine dritte Mahnung, die man schon gar nicht mehr öffnet, die man vielleicht nicht einmal mehr vom Briefkasten in die Wohnung mitnimmt, sondern sofort in der Papiertonne entsorgt.

Das in den Laden eingedrungene Wasser war fast vollständig abgeflossen. Nur der braune Schlick war zurückgeblieben, er schmatzte unter Gesas Gummistiefeln. Vor ihr auf dem Boden lag ein aufgeweichtes, gelbes Reclam-Heft. *Johann Wolfgang Goethe. Faust. Der Tragödie erster Teil.* Das durfte nicht wahr sein. Womit hatte sie das verdient? Diese vermaledeiten Bücher. Jetzt traute sie sich endlich, eine Buchhandlung zu betreten, und zum Dank machten sich die Bücher über sie lustig. Der Tragödie erster Teil? Gesa hatte weit mehr als nur einen Teil der Tragödie gemeistert. Und, wie sie fand, recht erfolgreich.

Welches Reclam-Buch würde mehr Optimismus verbreiten? Alle Titel, die ihr spontan aus dem Deutschunterricht einfielen, waren nicht besser. Joseph von Eichendorffs *Aus dem Leben eines Taugenichts.* Heinrich von Kleists *Der zerbrochene Krug.* Nichts als Elend. Nichts als Scheitern.

Gesa blickte sich um. Entweder war sie zu müde, oder ihre Augen wurden tatsächlich mit jedem Tag schlechter. Oder lag es an der geballten Menge an Schwierigkeiten, die sie zu bewältigen hatte? Je mehr Probleme, desto mehr Unschärfe? War das etwas Psychosomatisches oder gar Phobisches?

Nach Onnis Tod hatte sich Gesa intensiv mit Phobien auseinandergesetzt. Sie hatte versucht zu verstehen, warum sie allein der Gedanke an Bücher mit solcher Angst erfüllte, dass sie diese aus ihrem Leben verbannen musste. Es gab die abenteuerlichsten Phobien. Anemophobie: die Angst vor Wind. Spektrophobie: die Angst vor dem eigenen Spiegelbild. Gephyrophobie: die Angst vor Brücken. Und schließlich hatte sie ihre Störung gefunden. Die Bibliophobie. Die Angst vor Büchern, Buchhandlungen und Bibliotheken.

Gesa strich sich eine Haarsträhne hinters Ohr. Sie musste schleunigst nach den Versicherungsunterlagen suchen, damit wenigstens die finanzielle Wiedergutmachung des Schadens rasch in die Wege geleitet werden konnte. Ihr Magen knurrte. Den ganzen Tag hatte sie außer dem Frühstück noch nichts gegessen. Akribisch inspizierte sie den kleinen Hinterraum. Nichts.

«Wie dem auch sei», sagte Gesa halblaut, «hier sind auf jeden Fall keine Versicherungsunterlagen.»

Sie beschloss, die Suche in Oles Wohnung fortzusetzen.

Gesa hatte gerade den Laden verlassen, als sie aus dem Augenwinkel einen Schatten bemerkte. Es war ihr Chef.

Richtig, der hatte ja für gestern seinen Besuch angekündigt. Offenbar versuchte er es heute erneut. Dr. Bruno Penningbüttel kam mit ausladenden Schritten auf die Buchhandlung zu. Zwischen ihm und Gesa lagen gerade einmal fünfzig Meter. Hatte er sie bemerkt? Gesa blieb keine Zeit. Hastig betrat sie den Hausflur zu Oles Wohnung. Hinter dem Eingang drückte sie sich an die Wand. Da die Tür mit einer breiten Milchglasscheibe versehen war, blieben Gesa kaum dreißig Zentimeter Platz, um sich zu verstecken. Eindeutig zu wenig für eine Frau, die in den letzten Tagen einer unstillbaren Leidenschaft für Marzipankartoffeln erlegen war.

Gesa zog so viel Bauch wie möglich ein und bemühte sich, so wenig wie möglich zu atmen. Wie beim letzten Besuch roch der Hausflur intensiv nach chemischer Zitrone. Gesa wurde schwindelig. Jemand schaltete oben das Licht ein.

Penningbüttel blieb vor der Haustür stehen. Er las etwas auf seinem Handy. Gesa presste sich dermaßen fest gegen die Wand in ihrem Rücken, dass sie fürchtete, die Mauer würde unter ihrem Gewicht nachgeben.

Plötzlich ging Penningbüttel weiter. Gesa hatte es geschafft. Erleichtert atmete sie aus. Gleich darauf musste sie ein weiteres Mal zurückweichen. Penningbüttel war umgekehrt. Er blieb direkt vor der Tür stehen und studierte die Namen auf den Klingelschildern. Gesa schloss die Augen.

Etwas läutete. Das Geräusch kam aus ihrer Tasche, es kam von ihrem Handy, und Gesa ahnte, wer sie in diesem Moment anrief. Ihr Chef wartete vor der Tür, zwei Armlängen entfernt. Da Gesa ihre Mailbox nicht aktiviert hatte, die dem Lärm schnell ein Ende bereitet hätte, fuhr sie mit der Hand in die Tasche und umschloss das Handy, als würde sie einem bellenden Hund das Maul zuhalten.

Irgendwann legte Dr. Penningbüttel auf. Er trat direkt an die Tür. Sein Kopf kam näher. Penningbüttel legte beide Hände an die Glaseinfassung und spähte ins Innere des Hausflurs. Sein und Gesas Gesicht waren nur noch eine Armlänge voneinander entfernt.

Nach einer gefühlten Ewigkeit gab Penningbüttel endlich auf.

Oben angekommen, legte sich in Gesa ein Schalter um. Sie wurde von einer geradezu meditativen Ruhe erfüllt, ohne sich erklären zu können, warum. Oles Wohnung bestand aus zwei Zimmern, einem großen zur Marlesgrube hinaus, einem kleineren zur Hofseite zeigend. Neben Küche und Bad gab es eine vom Flur abzweigende Abstellkammer, in der ein Staubsauger, ein Wäscheständer, Koffer und Putzmittel standen.

Die Bücherregale im Flur waren umwickelt mit Netzen unterschiedlichster Art.

Gesa lächelte. Ole hatte seine Bücherregale extra für sie abgesichert, um ihr die Angst zu nehmen, wenn sie seine Wohnung zum ersten Mal betrat. Sie vermeinte, den Stoff seines karierten Taschentuchs wieder auf ihren Augen zu spüren und Oles warme Stimme zu hören. *Ganz ruhig. Ich führe Sie.*

Plötzlich merkte Gesa, wie unendlich müde sie war. Sie wollte bloß noch schlafen. Die Ereignisse des Tages forderten unnachgiebig ihren Tribut. Gähnend ging sie durch den Flur, vorbei an den mit Netzen gesicherten Bücherregalen. Wie eine Einbrecherin kam sich Gesa vor, wie jemand, der sich heimlich in ein fremdes Leben schleicht.

Schnell die Unterlagen suchen, dann nach Hause. Dort konnte sie essen, duschen, schlafen.

Im Schlafzimmer fiel ihr Blick auf Oles Bett. Die Müdigkeit wurde übermächtig. Nur fünf Minuten, sagte sie sich. Ich ruhe mich nur fünf Minuten aus. Ihr Handy vibrierte, um ihr den verpassten Anruf ihres Chefs in Erinnerung zu rufen. Gesa beschloss, ihre Mailbox zu aktivieren. Sie wählte sich in das Telefonmenü und folgte den Hinweisen, um ihre Ansage aufzunehmen.

Das ist die Mailbox von Gesa Grambek, leider bin ich gerade nicht erreichbar. Hinterlassen Sie mir bitte eine Nachricht. Ich rufe Sie zurück.

Sie speicherte die Ansage. Gleich darauf war Gesa tatsächlich nicht mehr erreichbar. Sie war eingeschlafen.

Als sie erwachte, fehlte Gesa die Orientierung. In Oles Schlafzimmer war es taghell. Das Handy war ihr aus der Hand gerutscht, es lag auf ihrem Bauch und hatte viel zu vermelden. Drei SMS, einen verpassten Anruf, eine Mailboxnachricht. Auch Gesas Magen hatte Verpasstes zu vermelden, und zwar eine verpasste Mahlzeit.

Der Hunger lotste Gesa in die Küche. Bayern statt Schleswig-Holstein. Eiche rustikal, Landhausstil mit Schnitzereien, Kassettentüren sowie polierten Fronten. Das passte zu Ole, dachte Gesa. Aber woher kam dieser provenzalische Duft? Auf der Fensterbank entdeckte Gesa eine Vase mit getrocknetem Lavendel. Den Duft hatte sie auch in der Buchhandlung gerochen. In der Speisekammer fand Gesa Mehl, Zucker, Reis, Nudeln, Gläser mit Marmelade, Pflaumenmus und Honig und unzählige Fischkonserven. Eine Handvoll 5-Minuten-Terrinen versprach das schnelle Stillen ihres Hungers. Nudeln in Rahmsoße. Kartoffelbrei mit Röstzwiebeln. Kartoffelbrei mit Crème fraiche. Kartoffelbrei mit Rosmarin.

Gesa entschied sich für eine Packung Kartoffelbrei mit Röstzwiebeln. Auf der Suche nach einem Wasserkocher fiel ihr Blick auf den kleinen Wecker neben dem Herd. Sie erschrak. Es war bereits fünfzehn Uhr. Die Zeit drängte. Sie goss den Kartoffelbrei mit lauwarmem Wasser aus dem Hahn auf und betrat Oles Wohnzimmer.

Auch hier bayrischer Landhausstil in Schokoladenfarben. Vor dem gemütlichen Sofa stand eine Holztruhe, die als Tisch diente. Darauf lagen ein besticktes Deckchen sowie ein Buch mit dem Titel *Panikattacken und andere Angststörungen loswerden: Wie die Hirnforschung hilft, Angst und Panik für immer zu besiegen.* Hatte Ole dieses Buch ihretwegen gelesen? Hatte er versucht, ihre Buchangst besser zu verstehen?

Auf einem kakaobraunen Ohrensessel lag eine Patchworkdecke. Sie war akkurat zusammengefaltet. Hinter dem Sessel stand eine Stehlampe mit Troddeln. Der Schreibtisch unter dem Fenster beherbergte eine Schreibmaschine sowie einen Koloss von Laptop, dem man ansah, dass er älteren Baujahres war. Neben dem Schreibtisch erblickte Gesa eine Anbauschrankwand, in der Sammeltassen, Kerzen, Fotos und ein Mini-Eiffelturm aus Messing standen.

Gesa trat näher, um die Fotos besser betrachten zu können. Auf einem war Ole in jungen Jahren an der Seite eines Mannes zu sehen, offenbar sein Vater Bernt. Die beiden trugen Blaumänner. Im Hintergrund war ein Transporter

zu erkennen, auf dessen Heckklappe *Oevermann Elektro-
& Gebäudetechnik* zu lesen war.

Bei dem nächsten Bild handelte es sich um eine
Schwarz-Weiß-Aufnahme eines Paares. Das Foto musste
Anfang der 50er-Jahre aufgenommen worden sein, schätz-
te Gesa. Wahrscheinlich waren das Oles Eltern.

Das dritte und letzte Foto zeigte Ole und Ophelia am Tag
ihrer Hochzeit. Die frisch Vermählten lächelten ausneh-
mend glücklich vor dem Lübecker Rathaus in die Kamera.

Ophelia.

Eine sympathisch wirkende Frau mit einem dunklen
Pagenkopf, hohen Wangenknochen und grünblauen Augen, ganz anders als die Ophelia aus Gesas Traum.

Gesa riss sich vom Anblick des Bildes los. Die 5-Minu-
ten-Terrine wurde kalt. Gesa aß sie trotzdem.

Kurz darauf rief sich ihr Handy in Erinnerung. Es mahnte wiederholt, sich mit den neu eingetroffenen Informationen auseinanderzusetzen. Als Erstes las Gesa die SMS.

Liebes, wie geht es dir? Wenn du etwas brauchst, dann
melde dich! Kuss, Mama.

Grambekerin, what's up? Hast du dich um die Sache mit der
Versicherung für die Buchhandlung gekümmert? Brauchst du
Hilfe? CU

Ist meine SMS nicht angekommen? Ich schicke sie noch mal:
*Alles gut am Ende der Welt? Was macht die Marzipan-
kartoffelmetropole? Ich habe eine Katastrophenwarnung
auf meine Handy-App bekommen.
Könntest du im Institut mal nach dem Rechten sehen?
Dankeskuss, Gero*

Ein Anruf stammte von Dr. Penningbüttel, ein weiterer von einer unbekannten Nummer. Dieser Anrufer hatte eine Nachricht hinterlassen.

Sehr geehrte Kundin, sehr geehrter Kunde, wir gratulieren Ihnen zur erfolgreichen Einrichtung Ihrer Mailbox. Sie können die Ansage jederzeit ändern. Wir wünschen Ihnen viel Erfolg mit Ihrem neuen Feature. Außerdem möchten wir Sie darauf hinweisen, dass es aktuell ein Super-Sparangebot ...

Gesa löschte die Nachricht, ohne sie zu Ende zu hören. Sie legte ihr Telefon beiseite und versuchte, sich auf den Grund zu konzentrieren, weshalb sie hier war: die Versicherungsunterlagen.

Gesa öffnete alle Schubladen der Anbauwand. Nichts. Sie öffnete die Schranktüren. Nichts. Nichts außer einem Fernseher und einem DVD-Player, die mit einer ansehnlichen Staubschicht bedeckt waren. Wo um alles in der Welt bewahrte Ole seine Versicherungsunterlagen auf? Gesa stöberte weiter, ihre Verzweiflung stieg. Schließlich fand sie eine Handvoll linierter Kladden. Neugierig schlug sie eine auf. Ole hatte darin Zitate und Buchtitel notiert. Was hatte es damit auf sich? Da Gesa keine Zeit blieb, darüber nachzudenken, legte sie die Kladden zurück und setzte ihre Suche fort. Auf einem Stapel alter *Lübecker Nachrichten* lag Oles Reisepass.

Neben dem Fernseher entdeckte sie etwas, das ihrer Hektik für einen Moment Einhalt gebot. Die fünfunddreißigteilige DVD-Gesamtbox von *Columbo*. Das war kaum zu glauben. Konnte es wirklich sein, dass Ole die Serie genauso mochte wie sie? Ein Zufall, der fast etwas

Schicksalhaftes hatte. Gesa strich über den Schuber wie über den Kopf eines alten Freundes und nahm sich den Rest der Wohnung vor. Nichts. Nach zwanzig Minuten ließ es sich nicht leugnen: In der Wohnung gab es keine Versicherungsunterlagen.

Erschöpft sank Gesa in den Ohrensessel. Da keimte eine Idee in ihr auf. Eine Idee, die ihr zwar nicht behagte, doch die einzige Möglichkeit darstellte, Gewissheit über Oles Versicherungsstatus zu erlangen. Sie nahm das Deckchen vom Tisch und wählte die Telefonnummer der Zentrale der Lübeck-Safe-AG in Stuttgart. Während die Verbindung über siebenhundert Kilometer ans andere Ende der Republik aufgebaut wurde, legte Gesa das Deckchen über das Mikrofon.

«Lübeck-Safe-AG, Anna Schiller, was kann ich für Sie tun?»

Gesa krächzte, um den Anschein einer Erkältung zu erwecken. «Ole Oevermann hier, leider sind meine Versicherungsunterlagen verloren gegangen. Könnten Sie mir Auskunft geben?»

«Selbstverständlich. Bitte nennen Sie mir Ihr Geburtsdatum», sagte die Frau.

Gesa sprang auf und hastete zur Anbauschrankwand. Sie hustete, um Zeit zu gewinnen.

«Herr Oevermann, sind Sie noch dran?»

«Ja, ich, Moment. Mein Gedächtnis.» Der Reisepass fiel zu Boden. Der Schwindel würde auffallen, daran bestand für Gesa kein Zweifel. Wie konnte es sein, dass jemand so lange brauchte, um sein Geburtsdatum zu nennen? «Auf jeden Fall 1955.»

«Und wie weiter?» Durch die Worte der Versicherungsangestellten schimmerte Misstrauen.

«Siebzehnter August.» Gesa vergaß vorübergehend, ihre Stimme zu verstellen, als sie sah, wie Ole mit vollständigem Namen hieß.

Ole Alrich Bernt Oevermann.

«Siebzehnter August», wiederholte Gesa, nun mit verstellter Stimme.

«Alles klar.»

Gesa lief im Wohnzimmer umher, strich wieder und wieder über den *Columbo*-Schuber.

«Hören Sie, Herr Oevermann. Es tut mir leid, Sie sind nicht mehr bei uns versichert.»

2005

Dass unserem Berufsstand der Nachwuchs fehlt, ist allseits bekannt. Dennoch wäre ich nie auf die Idee gekommen, einmal einen fünfzig Jahre alten Praktikanten zu haben.» Traute Tjarks nahm einen Stapel Bücher aus einem Karton und packte ihn zu den anderen Neuerscheinungen. Die Buchhändlerin hatte zwei betagte Nähmaschinentische zusammengeschoben, um darauf ihre Empfehlungen, ihre drei Lieblingsbücher des Monats, zu platzieren.

Neben der alten Registrierkasse stand ein Krug mit getrockneten Lavendelzweigen. Beim Betreten des Buchladens fühlte sich Ole jedes Mal zurückversetzt in die Provence. Wunderbar. Er und Ophelia hatten die Flitterwochen in Arles verbracht. Die alten Gassen. Das Amphitheater. Ratatouille. Crème brûlée. Die Camargue-Pferde. Die Rhône. Der Lavendel. Immer wieder und überall Lavendel.

Ole wusste, Gerüche waren der direkteste Weg ins Herz. Früher hätte ihn die olfaktorische Erinnerung an seine Hochzeitsreise mit Kummer erfüllt, mittlerweile konnte er damit umgehen. Er war in der vierten Phase der Trauerbewältigung angekommen. Ein langer Weg, ein steiniger, ein schmerzhafter. Vier Phasen, vier Jahre. Mit dem Tod seiner Frau hatte Ole seinen Frieden gemacht, der Schmerz über ihren Verlust war in den Hintergrund gerückt. Aber nicht verschwunden. Ophelia würde nie verschwinden. Sie war stets an seiner Seite. Bei schönen und weniger schönen Erlebnissen hielt Ole Oevermann stumme Zwiesprache mit seiner Frau. Bei wichtigen Entscheidungen fragte er sie um Rat.

Mit Wehmut dachte Ole an die Vergangenheit. Zu ihren Lebzeiten hatte Ophelia hinreißend beharrlich versucht, ihm die Liebe zu Büchern näherzubringen. Für sie waren Bücher ein Lebenselixier gewesen. Sie brauchte sie wie die Luft zum Atmen. Im Nachhinein ärgerte es Ole, dass seine Frau nicht mehr miterleben konnte, wie die Literatur für ihn ein weit hilfreicheres Therapeutikum geworden war als die zahlreichen Sitzungen bei Dr. Scheve. Auch für ihn waren Romane zu einem Lebenselixier geworden. Mehr noch, zu einem Überlebenselixier.

Auslöser waren der Fischer Santiago aus *Der alte Mann und das Meer* und sein stolzer Kampf gegen die Widrigkeiten des Lebens gewesen. Hemingways Geschichte hatte Ole die Kraft gegeben, es mit den Widrigkeiten seines eigenen Lebens aufzunehmen. Danach hatte sich Ole Buch für Buch durch Ophelias Sammlung gelesen. Anfangs lediglich aus dem Impuls heraus, seiner Frau nah zu sein, doch bald merkte Ole, dass die Geschichten ihn in ihren Bann zogen. Sie schienen vor seinen Augen ein Eigenleben zu entwickeln, nahmen ihn mit auf Reisen an entlegene Orte und in ferne Jahrhunderte.

Besonders mitgefiebert hatte Ole mit Holden Caulfield aus *Der Fänger im Roggen*. Er verbrachte mit dem Jungen die letzten Tage im Internat, irrte an seiner Seite durch das New York Ende der 40er-Jahre, und als er das Buch zuklappte, ärgerte er sich, dass Salinger nur einen Roman geschrieben hatte. Mit Kurzgeschichten tat sich Ole hingegen schwer. Wenn er ein Buch zur Hand nahm, wollte er darin versinken, Stunde um Stunde, tiefer und tiefer. Das sich kurzfristige Einlassen auf immer neue Figuren und Geschichten mochte er nicht. Literaturtechnisch war er kein Sprinter, vielmehr war er zu einem Langstreckenläufer geworden. Bei Robert Musils *Der Mann ohne Eigenschaften* musste er jedoch die Segel streichen. Für einen Marathon von tausend Seiten war er dann doch nicht gemacht.

Mittlerweile galt Oles uneingeschränkte Hingabe Shakespeare. Bei der Lektüre von dessen Texten fühlte er sich Ophelia am nächsten. Manchmal las er in seinem Sessel im Wohnzimmer halblaut ganze Seiten vor. In diesen Momenten wünschte Ole sich, Ophelia könnte ihn sehen, würde von oben auf ihn herablächeln. Ein tröstlicher Gedanke angesichts des erlittenen Verlusts.

Du kannst von dem, was du nicht fühlst, nicht reden.

Diese Worte, mit denen der verzweifelte Romeo seine Gefühle für Julia beschreibt, sprachen Ole aus der Seele. Er wusste, was Liebe bedeutete und wie grausam ihr Ende sein konnte. Darüber bei Shakespeare zu lesen, tröstete ihn. Welche Kraft Literatur bei der Überwindung jedweden Problems haben konnte.

In seinem Leben jedoch durfte es nicht so ausgehen wie bei Shakespeare, das hatte Ole sich geschworen. Auch wenn seine Frau gestorben war, wollte er ihr definitiv nicht hinterhersterben. Im Gegenteil, mit seiner Entscheidung, sich künftig auch beruflich den Büchern zu widmen, wollte Ole allen Menschen, zumindest allen Lübeckern, die Zuversicht zurückgeben, die sie in schweren Stunden brauchten. Er selbst war der beste Beweis für die heilende Kraft der Literatur, da war es nur naheliegend, dass er Buchhändler wurde.

«Ich hätte auch nie gedacht, mich in diesem hohen Alter beruflich noch einmal neu orientieren zu müssen», sagte Ole jetzt zu der Buchhändlerin.

«Hohes Alter?» Traute Tjarks lachte laut. «Sie sind vielleicht mein ältester Praktikant. Aber im Vergleich zu mir sind Sie ein junger Hüpfer.»

Ole schloss die Augen. «Niemand weiß vorher, wie groß das Ganze ist, wie viel Lebenszeit einem Menschen geschenkt wird. Leider.»

«Es tut mir leid, Herr Oevermann.» Traute Tjarks legte sich die Hand auf den Mund.

«Alles gut. Wenn ich eines gelernt habe, dann, dass man jeden Augenblick genießen muss.»

«Das stimmt. Sie können stolz sein auf das, was Sie erreicht haben.»

Ole ging zu dem Krug mit dem getrockneten Lavendel und sog den Duft ein, wie an dem Tag vor zwei Jahren, als er die Buchhandlung zum ersten Mal betreten hatte.

Ein dumpfes Geräusch ließ Ole zusammenfahren. Traute Tjarks war ein Buch heruntergefallen. Essenzieller Tremor. Im letzten Jahr hatte das Zittern ihrer Hände stetig zugenommen.

«Warten Sie, ich hebe das auf.» Ole neigte den Kopf zur Seite, um das Cover genauer zu betrachten. *Die Vermessung der Welt* von Daniel Kehlmann. Die Ankündigung dieses Buches hatte er bereits zur Kenntnis genommen, als vor einigen Monaten ein Verlagsvertreter im Laden gewesen war. Eine Art Doppelbiografie von Alexander von Humboldt und Carl Friedrich Gauß, mit einer Prise Abenteuerroman und Liebesgeschichte.

«Mal sehen, was Sie im letzten Jahr gelernt haben.» Traute Tjarks hielt Ole das Buch hin.

«Das Cover ist die Eintrittskarte zum Herzen der Kunden, noch vor dem Titel.»

Lächelnd nickte die alte Buchhändlerin.

«Ein Rätsel, es gibt mehrere Deutungsebenen. Ein rauchender Vulkan, eine Schneefläche mit eingearbeiteten Ortsnamen, eine Reliefkarte, das alles macht neugierig und will den Leser zu einem zweiten Blick verführen.»

«Herr Oevermann, Sie machen mich zu einer glücklichen Frau.»

Ole setzte sich auf den kakaobraunen Ohrensessel, den er insgeheim als seinen Lebensretter betrachtete. In ihm hatte er bei seinem ersten Besuch im Laden gesessen, im *Hamlet* geblättert und war eingeschlafen … Für Ole stand der Sessel für alles, was ihm nach dem Tod seiner Frau neue Kraft gegeben hatte. Sogar ein Foto des Möbelstücks trug Ole in seiner Brieftasche.

«Noch einen gemeinsamen Tee?»

«Sehr gerne, aber einen schnellen. Ich muss gleich los.»

Ole ging ins Hinterzimmer, um den Wasserkocher einzuschalten.

«Alles hier wird bald Ihnen gehören.» Traute Tjarks holte zwei Tassen aus dem Regal. «Ich bin froh, dass Sie ein so eifriger Praktikant waren.»

Ursprünglich hatte Ole darüber nachgedacht, einen Fernlehrgang zu den Grundlagen des Buchhandels zu belegen. Er hatte sich sogar Infomaterial einer Fernuniversität bestellt. Der Lehrgang hätte achtzehn Monate gedauert. Doch bereits die Themengebiete hatten ihn abgeschreckt.

Buchhändlerische Handlungskompetenz.

Die Stellung des Buchhandels in der Gesamtwirtschaft.

Be- und Vertriebsformen des Bucheinzelhandels. Warengruppensystematik.

Die Struktur der Buchbranche.

Zahlungsvorgänge.

Versicherungen.

Schon beim Lesen dieser Wortmonster stiegen zwei Gefühle in ihm auf: schlechte Laune und Angst. Das alles klang ihm viel zu theoretisch. Zu allem Übel sollte der Lehrgang mehr als dreitausend Euro kosten, Geld, das Ole für schlechte Laune und Angst nicht auszugeben bereit war.

Der Wasserkocher klickte. Ole goss den Tee auf.

«Ich musste gerade an den Buchhändlerlehrgang denken.» Ole reichte Traute Tjarks eine dampfende Tasse.

«Sie haben das richtig entschieden», erwiderte die alte Dame. «Man braucht keine Zertifikate, um ein guter Buchhändler zu werden. Zwar macht sich die Büroarbeit nicht von allein, doch Sie haben sich bei mir alles abschauen können. Das Wichtigste jedoch», Traute Tjarks nippte an ihrem Tee, «das Wichtigste sind die persönlichen Beziehungen zu den Kunden. Das kann man nicht lernen. Man sieht nur mit dem Herzen gut. Das ist das Geheimnis.»

«Das haben Sie schön gesagt, das mit dem Herzen, meine ich.»

Traute Tjarks stellte ihre Tasse ab. «Das ist nicht von mir. Das ist aus *Der kleine Prinz* von Antoine de Saint-Exupéry.»

«Das kommt auf die Leseliste und das Zitat in meine

Kladde.» Ole zog ein liniertes Notizbuch aus seiner Sakkotasche und schrieb den Satz sowie den Verfasser hinein. Dann schaute er mit Schrecken auf seine Armbanduhr. «In einer halben Stunde geht mein Zug. Ringvorlesung. Literarische Welterfolge in deutscher Sprache. Bis morgen, Frau Tjarks.»

Ole genoss den Weg zum Bahnhof. Nach Ophelias Tod hatte er das Spazierengehen für sich entdeckt. Eine wunderbare Möglichkeit, um die Gedanken schweifen zu lassen, sie zu sortieren und Lösungen für Probleme zu finden, die ihm in geschlossenen Räumen nie einfielen. Es war ein herrlicher Tag. Keine Wolke trübte den Lübecker Himmel. Die Sonne spiegelte sich in der glatten Oberfläche der Trave unter der Holstenbrücke wie ein erfolgsverwöhnter Filmstar.

Die Vermessung der Welt.

Ole ging der Buchtitel nicht aus dem Kopf. Auch seine Welt hatte nach Ophelias Tod neu vermessen werden müssen. Vater Bernt hatte seinen Sohn in allem unterstützt. Da er selbst zu alt war, um den Betrieb *Oevermann Elektro- und Gebäudetechnik* weiterzuführen, beschlossen die beiden, zu verkaufen und das Geld in die Buchhandlung zu investieren, die Ole bald von Traute Tjarks übernehmen würde.

Der Laden war in die Jahre gekommen. Seine Gründung reichte zurück bis zum Beginn des neunzehnten Jahrhunderts, einer Zeit, in der Lübeck von den Truppen Napoleons besetzt war. Ein Capitaine der Kavallerie, so hatte Frau Tjarks erzählt, war ganz verrückt nach den Romanen von Diderot und den Tragödien Voltaires gewesen. Auf seine Veranlassung hin war der Grundstein für die Buch-

handlung in der Marlesgrube gelegt worden. Traute Tjarks'
Eltern schließlich hatten die fast vollständig zerstörte
Buchhandlung nach dem Zweiten Weltkrieg mit kaum
vorhandenem Budget, doch viel vorhandenem Herzblut
wieder aufgebaut.

Das historische Erbe wussten die Kunden sehr zu
schätzen. Das galt allerdings auch für die Holzwürmer,
diese unerbittlichen Nager, die sich im Holz der Regale
so wohl fühlten wie Maden im Speck. Hartnäckig labten
sie sich an den Holzfasern. Wenn es in der Nacht still war,
glaubte Ole zuweilen in seinem Schlafzimmer über dem
Buchladen knuspernde Geräusche zu hören.

Inzwischen war er am Bahnhof angekommen. Die Regionalbahn nach Kiel stand schon bereit. Ole setzte sich
ans Fenster und zog einen Ordner aus seiner Tasche. Der
Zug fuhr an. Ole blieb eine gute Stunde Zeit zum Lernen.
Mit dem Stoff der Germanistik-Vorlesung tat er sich noch
schwer. Sein bisheriges Leben hatte er mit Schaltplänen
und Fachbüchern verbracht, nach der zehnten Klasse war
er von der Schule abgegangen. Eine Kindheit und Jugend
nur mit Schaltplänen und Fachbüchern waren auf literarischem Gebiet keine günstigen Startbedingungen.

Mit fünfzig Jahren war Ole wahrscheinlich deutsch-
landweit nicht nur der älteste Praktikant im Buchhandels-
wesen, er hatte auch auf dem Universitätscampus keinen
Studenten getroffen, der es altersmäßig mit ihm aufnehmen konnte.

Ole beugte sich über seine Mitschriften der letzten Vor-
lesung. *Wer sichere Schritte tun will, muss sie langsam tun.*
Johann Wolfgang von Goethe. Der Spruch gefiel ihm. Er
glaubte sogar, dass Goethe genau ihn, Ole Oevermann,
damit gemeint haben musste. In fein säuberlicher Hand-

schrift schrieb der angehende Buchhändler das Zitat in seine linierte Kladde.

Der Ballsaal des Columbia Casino Hotels in Travemünde war bis auf den letzten Platz besetzt. Dreihundert Gäste hatten sich in Schale geworfen und schauten gespannt zu den vier Stühlen der schwarzen Sitzgruppe auf dem Podium. Hinter den hohen Panoramafenstern lag die Ostsee. Auch sie schien gespannt in Richtung Podium zu blicken. Ole und sein Vater saßen in der zweiten Reihe. Über ihnen hing einer der beiden eindrucksvollen Kronleuchter, die dem Saal etwas Erhabenes verliehen.

«Ich möchte mal wissen, wie viele Glühbirnen da drin verbaut sind und wie viel Watt die produzieren», flüsterte Bernt Oevermann seinem Sohn zu.

Für die beiden Oevermanns war ein besonderer Tag. Nicht nur, dass Ole heute Geburtstag hatte, es war auch das erste Mal, dass sich die Männer für die Literatur festlich gekleidet hatten. Ole hatte Literaturveranstaltungen bisher ausschließlich im Fernsehen verfolgt. *Lesen!* mit Elke Heidenreich. *Druckfrisch* mit Denis Scheck, wobei Ole Frau Heidenreich sympathischer fand und sich während ihrer Sendung die meisten Aufzeichnungen machte. Obgleich sich Ole durch sein Praktikum bei Traute Tjarks und die Gastvorlesungen am Institut für Germanistik in Kiel literarisch mittlerweile recht sicher fühlte, rutschte er unruhig auf seinem Stuhl umher. Die Karten für das heutige Ereignis hatte er von seinem Vater geschenkt bekommen.

Das dreihundert Stimmen starke Gemurmel erstarb,

als die Gastgeber den Saal betraten. Iris Radisch. Robert Gernhardt. Hellmuth Karasek. Marcel Reich-Ranicki. Die vier Experten in Sachen Bücher waren für eine Sondersendung des *Literarischen Quartetts* anlässlich des fünfzigsten Todestages von Thomas Mann nach Travemünde gekommen.

«Quartett, das klingt ein bisschen wie ein Kartenspiel», raunte Vater Oevermann seinem Sohn zu.

Eine attraktive Mitvierzigerin drehte sich um. Entrüstung lag in ihrem Blick. Bernt Oevermann hatte offenbar zu laut geraunt. Die Frau wollte gerade anheben, sich zu beschweren, als ihr Blick auf Ole fiel. Die Entrüstung in ihrer Miene wich. Sie wurde geradezu liebenswürdig.

«Entschuldigung», flüsterte Ole lächelnd.

«Alles gut. Sind Sie zufällig der Schauspieler Miroslav Nemec?»

Ole verneinte.

«Nicht schlimm.» Die Miene der Frau wurde immer liebenswürdiger.

Applaus brandete auf.

Marcel Reich-Ranicki unterbrach das Klatschen mit einer Handbewegung. «Meine Damen und Herren, das zweite *Literarische Quartett* der neuen Serie, das zweite in diesem Jahr ist Thomas Mann gewidmet ...»

Ole holte seine Kladde hervor und konzentrierte sich auf die Ausführungen der Literaturkritiker. Bernt Oevermann schlief rasch ein. Ole sah es ihm nach. Er rechnete es seinem Vater hoch an, dass er ihn begleitet hatte, dass er überhaupt auf die Idee gekommen war, Karten für diese Veranstaltung zu kaufen. Ole und sein Vater hatten die meiste Zeit ihres Lebens damit verbracht, über Beleuchtungssysteme, Telefonanlagen und die Stromversorgung von Gebäuden zu fachsimpeln und am Abend *Columbo* zu schauen. Die Filme waren, wenn man so wollte, ihr gemeinsamer kultureller Mininmalkonsens. Vater Oevermann begann, leise zu schnarchen. Ole stupste ihn an, um ihn zu wecken. Es klappte nicht. Inzwischen ging es auf der Bühne um die Erzählung *Mario und der Zauberer.*

Reich-Ranicki ergriff das Wort. «Erlauben Sie mir mal einen ganz wilden Spruch. Vielleicht ist das eine Erzählung über die politische Wirkung des Fernsehens.»

Beim Wort *Fernsehen* wachte Bernt Oevermann auf. Er wurde rot, als er bemerkte, dass er eingeschlafen war. «Tut mir leid», flüsterte er Ole zu.

Ein zweites Mal drehte sich die Frau, die vor Ole saß, um. Dieses Mal zwinkerte sie ihm zu, bevor sie sich wieder der Bühne zuwandte.

Nun war es Vater Bernt, der Ole anstupste. Der Anstupser war eine unausgesprochene Frage. Ole schüttelte den Kopf. Ein Kopfschütteln, das bedeutete: Nein, das mit der Liebe, das war für ihn vorbei. Ole und die Liebe, das passte nicht mehr zusammen. Und während das *Literarische Quartett* über Manns Erzählung *Tonio Kröger* diskutierte, gab Reich-Ranicki einen Satz aus dem Buch zum Besten.

Wer am meisten liebt, ist der Unterlegene und muss leiden.

Ole schloss die Augen und dachte an Ophelia.

Kapitel 17

Gegen siebzehn Uhr verließ Gesa Oles Wohnung und trat hinaus in den Spätherbstnachmittag. Grau, bewölkt und trüb. Die Wolken hingen tief. Die Marlesgrube war nach dem Hochwasser wieder freigegeben worden, doch die Spuren der über die Ufer getretenen Trave waren noch zu erkennen. Feuchte Pappkisten, ein alter Kühlschrank und bis zur Unkenntlichkeit durchweichte Holzteile standen am Straßenrand. Die Buchhandlung war nicht das einzige Gebäude, das dem Hochwasser zum Opfer gefallen war. Ein Müllwagen rumpelte heran. Am anderen Ende der Straße parkte ein Reporterteam des NDR und interviewte einen Mann, der starke Ähnlichkeit mit dem Bürgermeister der Stadt hatte. Vielleicht war er es sogar. Von ihrer Position aus konnte Gesa das nicht erkennen. Morgen, schwor sie sich, morgen würde sie sich um die Sache mit ihren Augen kümmern.

Gesa beschleunigte ihre Schritte. Die Anwohner, an denen sie vorbeikam, schraubten die Schotten vor ihren Geschäften und Hauseingängen ab und wuchteten die ausgedienten Sandsäcke auf einen bereitgestellten Laster des THW.

Während Gesa zur Bushaltestelle Lübeck-Schlüsselbuden lief, überlegte sie, was als Nächstes zu tun war. Ole hatte keine Versicherung. Aus irgendeinem Grund hatte er sie gekündigt. Waren die Policen zu teuer gewesen? Hatte er einen finanziellen Engpass gehabt? Davon abgesehen mussten die feuchten Bücher getrocknet werden. Aber wie? Ein einfacher Fön reichte dazu bestimmt nicht aus. Gab es überhaupt eine Möglichkeit, die Bücher zu retten und sie anschließend noch zu verkaufen, oder waren sie hoffnungslos verloren?

Gesa nahm sich vor, im Internet nach einer geeigneten Maßnahme zu recherchieren. Aber zuerst wollte sie nach Hause, um sich umzuziehen, und danach zu Ole ins Krankenhaus. In einen Koffer aus Oles Abstellkammer hatte sie ein paar Kleidungsstücke gepackt, die sie ihm vorbeibringen wollte. Wenn doch alles nur so leicht wäre, wie einen Koffer zu packen. Gesa seufzte beim Gedanken daran, Ole gegenüberzutreten. Die Vorstellung, ihn enttäuschen zu müssen, schnürte ihr die Kehle zu. Sie sah seine traurigen Augen schon vor sich. Wenn er Gesa denn überhaupt erkennen würde. Und was, wenn sich Ole nie wieder an sie erinnerte? Warum nur hatte sie einen Mann so nahe an sich herangelassen? Die Erfahrung hatte doch gezeigt, dass Gesa und die Liebe nicht zusammenpassten.

Die Zeit drängte. Gesa musste schleunigst duschen und brauchte frische Klamotten. In ihrem mehr als einen Tag alten Outfit wollte sie ihm nicht begegnen. Zudem grummelte ihr Magen, missgestimmt über das, was Gesa ihm zugemutet hatte.

Zu Hause angekommen, stellte Gesa eine große Schüssel mit Salat auf den Wohnzimmertisch. Der Kuukkeli blickte sie versonnen an, mehr Glücksbringer als Unglückshäher. Plötzlich fiel ihr wieder ein, dass sie Dr. Bruno Penningbüttel eine optimistische E-Mail zur Kundenakquise geschrieben hatte. Wann war das gewesen? Vorgestern? Gestern? Durch die Ereignisse der letzten Tage war ihre innere Uhr komplett durcheinandergeraten.

«Na du. Du hast mir gefehlt», sagte sie zu dem Kuukkeli auf dem Sideboard. «Es fühlt sich beinahe so an, als wäre ich mehrere Tage unterwegs gewesen. Irgendwelche besonderen Vorkommnisse hier?»

Das ausgestopfte Tier hielt den Kopf gesenkt. Seltsamerweise blinkte das Lämpchen des Anrufbeantworters nicht. Es leuchtete nicht einmal. Gesa untersuchte das Gerät und stellte fest, es war kaputt. Ob das mit der jetzt aktivierten Handy-Mailbox zu tun hatte? Machte das den Anrufbeantworter arbeitslos, konnte er spüren, dass die Konkurrenz seine Aufgabe übernommen hatte? Jetzt werde ich verrückt. Was für ein seltsamer Gedanke. Reicht es nicht, einem ausgestopften Vogel menschliche Attribute anzudichten? Gesa verließ das Wohnzimmer, um zu duschen.

Während sie eine Kirschtomate aufspießte, wählte Gesa die Telefonnummer ihres Bruders. Sofort meldete sich eine Computerstimme, die erklärte, der Teilnehmer sei nicht erreichbar. Gesa überlegte. Wie viel Zeitverschiebung lag genau zwischen Deutschland und Tuvalu? Neun oder zehn Stunden? Auf jeden Fall war es dort später als in Lübeck. Am Ende der Welt musste es mitten in der Nacht sein. Kauend begann Gesa zu tippen.

Tut mir leid, dass ich mich erst jetzt melde. Hier ist so viel los, das kannst du dir nicht vorstellen. Immobilien unter Tage geht es gut. Ruf mich an, wenn es passt.
Deine Gesa

Nach der Dusche und dem anschließenden Salat konnte Gesa wieder klarer denken. Recherche oder Krankenhaus? Mittlerweile war es so spät geworden, dass Gesa sich beeilen musste, wenn sie es noch zur Besuchszeit ins Krankenhaus schaffen wollte. Ihr blieben eineinhalb Stunden Zeit. Das war nicht viel. Dennoch wollte sie versuchen, vorher noch schnell ein wenig zum Thema Büchertrocknen zu recherchieren. Wenn sie eine Idee hatte, wie sich der Schaden eindämmen ließe, würde sie beruhigter an Oles Bett treten können. Wie die Sanierung des Ladens finanziert werden sollte, konnte sie sich auf dem Weg überlegen.

Gesa nahm gerade ihr Handy vom Tisch, als Jost anrief.

«Grambekerin», sagte er zur Begrüßung. «Damn, wo verdammt noch mal steckst du? Penningbüttel ist kurz davor, eine Vermisstenanzeige bei der Polizei aufzugeben.»

«Was hast du ihm erzählt?», fragte Gesa zögerlich.

«Die Wahrheit natürlich. What else?»

«Welche?»

«Ich habe ihm erklärt, dass die Buchhandlung unter Wasser stand, aber Herr Oevermann versichert ist, du die Schadensmeldung einreichst und dich danach weiter um die Kundenakquise kümmerst.»

Gesa schwieg.

«Das stimmt doch alles, oder?»

Gesa schwieg.

«Hallo? Das stimmt doch?», hakte Jost nach.

«Nein.»

«Shit.»

«Jost, ich weiß nicht weiter. Ole hat keine Versicherungen für den Laden mehr, er muss sie irgendwann gekündigt haben. Außerdem hat er sein Gedächtnis verloren und weiß nicht einmal, dass er Buchhändler ist. Keine Ahnung, wie die Schadensbeseitigung bezahlt werden soll. Und Kunden kann ich in dem ramponierten Laden auch nicht empfangen, also dort auch keine Buchversicherung abschließen. Ich fürchte, das ist das Ende.»

«Gibt es nicht einen anderen Ort für den Verkauf der Buch-Elementar-Risiko-Versicherungen?»

«Ich kann ja schlecht im Bestattungsinstitut solche Policen abschließen und Bücher unter die Leute bringen», entfuhr es Gesa.

«Why not? Gero hätte bestimmt nichts dagegen. Apropos, hat er sich bei dir gemeldet?»

Das war nun bereits das dritte Mal, dass sich Jost nach Gero erkundigte. Hatten die beiden etwas miteinander? Gesa verdrängte die Vorstellung. «Leider nein.»

«Schade.»

Gerade als Gesa versuchte, ihre Gedanken zu Jost und ihrem Bruder in Worte zu kleiden, piepte es in der Leitung. «Grambekerin, ich bekomme einen Anruf rein. Halt die Ohren steif, ich melde mich bald wieder.»

Für die Recherche war es jetzt zu spät, sie musste sich sofort auf den Weg zum Krankenhaus machen. Kaum hatte Gesa im Flur den Mantel angezogen und Oles Koffer in die Hand genommen, fiel ihr Blick auf Oles kariertes Taschentuch. Ein Film begann sich vor ihrem inneren Auge abzuspulen.

Oles Besuch in ihrem Büro kurz vor Ablauf des Ultimatums.

Das gemeinsame Essen im Café Niederegger.
Das Tandemfahren in Travemünde.
Sein Auftritt unter ihrem Fenster.

Der Mann ohne Gedächtnis. Zumindest ohne Erinnerung an sie. Ob Ole ihre wundervolle gemeinsame Zeit wirklich für immer vergessen hatte? Gesa schlang den Mantel enger um ihren Oberkörper. Sie überlegte. War dieser Gedanke nicht egoistisch? Hauptsache, Ole kam schnell wieder auf die Beine. Er hatte sich beim Versuch, Gesas drohende Arbeitslosigkeit abzuwenden, mehr als aufopferungsvoll verhalten. Selbst wenn Ole sich nie wieder an sie erinnern würde, sie war ihm bereits jetzt zu ewiger Dankbarkeit verpflichtet.

Gesa hatte bereits die Hand auf die Klinke der Wohnungstür gelegt, als ihr Handy klingelte.

Es war Gero. «Raus mit der Sprache!»

Gesa nahm die Hand von der Klinke, stellte Oles Koffer ab und lehnte sich mit dem Rücken gegen die Wohnungstür.

Im Hintergrund, am anderen Ende der Welt, waren laute Musik und Lachen zu hören. Gero schien auf einer Party zu sein.

«Ich weiß einfach nicht weiter, Gero, ich bin am Ende.»

«Erzähl mir, was los ist, Schwesterherz.»

Gesa erzählte. Mehr noch, aus ihr sprudelten die Worte nur so heraus. Sie ließ kein Detail aus, nicht die winzigste Begebenheit der letzten Tage verschwieg sie. Mit jedem Wort, das ihren Mund verließ, fühlte sie sich leichter. Gesa hatte die kirchliche Beichte immer für Humbug gehalten, doch während sie im Flur stand und sich ihrem Zwillingsbruder anvertraute, war es, als würde eine Last von ihren Schultern genommen. Gesas Beichte wurde im Hintergrund von drei Partyliedern untermalt.

Like a Prayer von Madonna.

Toxic von Britney Spears.

Atemlos durch die Nacht von Helene Fischer.

Eine Viertelstunde hatte Gesa gesprochen, ohne von ihrem Bruder unterbrochen zu werden.

«Das ist wirklich starker Tobak. Dennoch. Du hast dir absolut nichts vorzuwerfen, Gesa», sagte Gero schließlich. «Du konntest nicht ahnen, dass das Hochwasser kommen würde. Bestimmt finden wir eine Lösung. Lass mich überlegen.»

Gesa ging ins Wohnzimmer. Neben dem Kuukkeli stand die Schale mit den Marzipankartoffeln.

«Ich weiß, ich weiß», flüsterte sie dem Vogel zu. «Jetzt guck nicht so vorwurfsvoll, das ist ein Notfall. Ein Notfall, der nach Zucker schreit.»

«Hast du Besuch?», fragte Gero. «Ich dachte, dein Buchhändler liegt im Krankenhaus.» In Geros Stimme lag Verunsicherung.

«Ich halte seit Neuestem Zwiesprache mit dem Kuukkeli.»

«Buchangst, Wasserschaden, Buchhändler mit Amnesie, drohende Arbeitslosigkeit, das alles ist schon schlimm genug. Kein Zweifel. Doch dass du dich mit ausgestopften finnischen Vögeln unterhältst, macht mir ernsthaft Sorgen.» Im Hintergrund liefen die ersten Takte von *The Final Countdown*.

Gesa war gerührt. Sie streichelte dem ausgestopften Tier über das Gefieder. «Wie soll es denn nun weitergehen?»

«Also, die klammen Bücher müssen schnellstens getrocknet werden. Das werden trotzdem nur noch Mängelexemplare sein. Du brauchst einen Luftentfeuchter. Die ganze Prozedur könnte vermutlich Wochen dauern.»

Aus der Schublade des Sideboards holte Gesa Stift und Papier und schrieb mit. Sie fürchtete, die Hinweise ihres Bruders sonst umgehend zu vergessen.

«Wie das mit dem feuchten Boden und den Möbeln am besten zu lösen ist, weiß ich nicht. Für die Sache mit dem Büchertrocknen habe ich allerdings eine Idee», fuhr Gero fort.

Gesa hielt beim Schreiben inne. An das zerstörte Mobiliar hatte sie noch gar nicht gedacht.

«Im Perlmuttbirnenweg gibt es einen Laden, der Bautrockner vermietet. Frag nach Lars Becker, sag, du bist meine Schwester, dann kriegst du einen fairen Preis.»

Gesa dämmerte, was es mit diesem Lars auf sich hatte. Da fiel ihr Jost ein. Sollte sie Gero auf ihn ansprechen?

«Die Bücher, die keinen Schaden aufweisen, bringst du zur Zwischenlagerung ins Bestattungsinstitut und versuchst, dort deine Versicherungen zu verkaufen. Das passt doch sogar ganz gut. Immerhin erhalten die Leute durch das Vorteilspaket einen Rabattgutschein auf meine Urnen.»

Während sie Gero zuhörte, kehrte in Gesa die Hoffnung zurück, wie eine entfernte Bekannte, die man lange nicht mehr gesehen hatte und über deren Besuch man sich zur eigenen Verwunderung unglaublich freute.

«Wenn du das geschafft hast, rufst du Penningbüttel an und lädst ihn ein vorbeizukommen. Wenn er feststellt, dass du die Lage im Griff hast, wird er dir bestimmt noch etwas mehr Zeit geben.»

«Gero, dich schickt der Himmel. Wie schaffst du es bloß, so schnell einen Schlachtplan auszuhecken?»

«Distanz. Aktuell geografisch und …»

Es knackte in der Leitung. Es ruschelte. Es rauschte. Geros Stimme klang verzerrt.

«… geografisch und emotional», dröhnte es blechern aus der Leitung.

«Hallo? Bist du noch dran?»

Aber Gero antwortete nicht mehr, nur die Musik war noch zu hören.

We're leavin' together
But still it's farewell

Die Zeilen klangen, als würden sie von unter Wasser gesungen. Schließlich erstarb die Verbindung. Gesa ärgerte sich, dass sie Gero weder auf Jost angesprochen noch gefragt hatte, wie es mit dem attraktiven australischen Trauerredner lief, wegen dem ihr Bruder überhaupt erst ans Ende der Welt gereist war. Gesa blickte auf die Uhr. Neunzehn Uhr. Nun war es endgültig zu spät, um noch ins Krankenhaus zu fahren. Das würde bis morgen warten müssen.

Kapitel 18

Und grüßen Sie Ihren Bruder. Er kann sich jederzeit bei mir melden. Privat, meine ich.» Lars Becker hob die Hand an den Schirm seiner Mütze, hupte und fuhr davon.

Geros Bekannter hatte darauf bestanden, Gesa und den Bautrockner persönlich mit seinem Sprinter in die Marlesgrube zu transportieren und anzuschließen. Dabei hatte er unentwegt die Vorzüge des Geräts gepriesen.

Für Raumgrößen bis zu einhundertdreißig Quadratmetern. Externer Wasserbehälter von fünfundsechzig Litern. Anschlussspannung zweihundertdreißig Volt.

Bei den Voltangaben kam Gesa nicht umhin, an Ole zu denken. Heute würde sie so lange wie möglich bei ihm im Krankenhaus bleiben. Sie hatte schon den halben Tag überlegt, welches Buch sie ihm mitbringen würde, und stellte zu ihrer Verwunderung fest, dass die Vorstellung, ihm vorzulesen, allenfalls ein leises Unbehagen hervorrief.

Das mit den Büchern war doch eine seltsame Angelegenheit. Auch wenn Ole sich bei ihrem letzten Besuch nicht daran hatte erinnern können, dass er Buchhändler war, hoffte sie, die Literatur würde sich als Medizin herausstellen und seine Heilung unterstützen. Gesa fühlte den Büchern gegenüber eine gewisse Dankbarkeit. Keine Liebe, keine Hingabe, jedoch den Hauch eines Gefühls: Ich stehe in eurer Schuld.

Wenn sie die gestern verpasste Zeit heute nachholen wollte, musste Gesa bis spätestens vierzehn Uhr mit allem fertig sein. Nach dem Aufwachen hatte sie Dr. Bruno Penningbüttel eine SMS geschrieben. Sie hatte sich für ihre späte Rückmeldung entschuldigt und ihn gebeten, gegen Mittag in der Buchhandlung vorbeizuschauen.

Glücklicherweise funktionierte der Strom wieder, der Bautrockner machte einen Höllenlärm. Er grollte wie ein startendes Kleinflugzeug, ein Geräusch, das in Gesas Ohren wie Musik klang. Zum Trocknen der Bücher würde sie zweigleisig fahren. Wäscheleinen für die schlimmsten Schäden, das Bestattungsinstitut für die fast unversehrten Exemplare. Gesa begann, Hakenschrauben in die Regalbretter zu drehen. In dem Baumarkt unweit ihrer Wohnung hatte sie zweihundert Meter reißfeste Wäscheleine gekauft. Diese wickelte sie um die Haken.

Gesa begutachtete ihre Arbeit. Das sah Erfolg versprechend aus. Nach und nach holte Gesa die feuchten Bücher aus den unteren Regalreihen und hängte sie zum Trocknen auf. Bei der Zuordnung der verschiedenen Bände auf die verschiedenen Leinenabschnitte hielt sich Gesa an die Genres, die auf den hölzernen Plaketten standen.

Nach zwei Stunden hatte sie es fast geschafft. Links neben ihr lag nur noch ein kleiner Stapel Bücher. Gesa griff nach dem obersten.

Die unerträgliche Leichtigkeit des Seins von Milan Kundera.

Wie hatte sie diesen Roman einst geliebt. Gesa betrachtete den Einband. Das Bild darauf, *Die Liebenden* von Francis Picabia, wirkte ein wenig gruselig, doch Gesa hatte gut in Erinnerung, wie sehr sie mit Teresa und Tomas geliebt und gelitten hatte. Zwei ganze Nächte lang hatte sie kaum geschlafen, so sehr hatte sie die Geschichte zwischen der Kellnerin und dem Chirurgen in ihren Bann gezogen. Beim Frühstück hatte sie Onni übermüdet, aber glücklich von Kunderas Romanhelden erzählt.

Gesa seufzte, als sie an die Zeit zurückdachte. Nie wäre sie auf die Idee gekommen, dass das Schicksal sie und Onni so früh auseinanderreißen würde. Argwöhnisch betrachtete sie das Buch in ihren Händen. Und ehe sie es sich anders überlegen konnte, schlug sie den Roman auf.

Die ewige Wiederkehr ist ein geheimnisvoller Gedanke, und Nietzsche hat damit manchen Philosophen in Verlegenheit gebracht: alles wird sich irgendwann so wiederholen, wie man es schon einmal erlebt hat, und auch diese Wiederholung wird sich unendlich wiederholen!

Gesa riss sich von den Zeilen los. Als hätte Kundera über sie selbst geschrieben. Was mit Onni passiert war, hatte sich mit Ole wiederholt, wenngleich mit glücklicherem Ausgang. Überrascht stellte sie fest, dass sie sich am liebsten mit dem Roman in Oles Ohrensessel gesetzt und bei einer Tasse Tee weitergeschmökert hätte. Doch sie musste die restlichen Bücher versorgen.

Als Gesa zum vierten Mal den Sargtransportwagen mit Umzugskartons voll intakter Bücher zum Bestattungsinstitut schob, war es viel später als geplant. Eine Frau kam ihr entgegen. Gesa erkannte sie erst auf den zweiten Blick, denn ihr fehlte ein Accessoire, ohne das sie Gesa bisher nicht begegnet war: der Pudel.

«Frau Grambek, wie schön, Sie zu treffen.»

«Frau Egge.» Gesa wischte sich die Hände an ihrem Rock ab. «Wo ist King Kong?»

Isa Egge schob sich eine Locke aus der Stirn. «Beim Friseur.»

Nur mit Mühe konnte Gesa ein Lachen unterdrücken.

«Erst der Sturz, danach das Hochwasser», fuhr Isa Egge fort. «So viel Pech hat der arme Buchhändler nicht verdient. Wie geht es Herrn Oevermann?»

Schnell erzählte Gesa, was passiert war. «Alles», endete sie und versuchte damit, sich selbst Mut zuzusprechen, «alles wird gut. Wir haben die Sache im Griff. Es tut mir leid, ich möchte nicht unhöflich sein, doch ich muss hier weitermachen.»

«Kein Problem, Frau Grambek. Melden Sie sich, wenn Sie Hilfe benötigen.»

«Das ist lieb von Ihnen.»

Isa Egge war gerade im Gehen begriffen, als sie innehielt. «Beinahe hätte ich es vergessen. Diese Aktion, das Angebot mit den Versicherungen und dem Rabatt, nun, meine Pudelfreundinnen und ich haben nach wie vor Interesse.»

Verblüfft stellte Gesa den Transportwagen ab. Durch die Steigung der Marlesgrube drohte er, ihr entgegenzurollen. Gerade noch rechtzeitig stoppte Gesa das Gefährt. «Wirklich?»

«Nun, alle Pudelfreunde konnten wir nicht überzeugen.»

Zu früh gefreut. Gesa seufzte leise.

«Nur neun, tut mir leid.» Isa Egge stand jetzt Gesa genau gegenüber.

«Neun?»

Die Pudelbesitzerin nickte schuldbewusst, so schuldbewusst, als wäre sie von einem Kaufhausdetektiv gerade beim Ladendiebstahl erwischt worden.

Gesa fiel der Frau um den Hals. «Entschuldigung. Ich wollte nicht ... also, Ihnen zu nahe treten. Es ist bloß ..., neun Abschlüsse, das ist großartig.»

Die beiden Frauen gingen in die Buchhandlung. Gesa überreichte Frau Egge die Verträge, die neben der Kasse gelegen hatten und dem Wasser glücklicherweise nicht zum Opfer gefallen waren. «Tausend Dank. Melden Sie sich, wenn Sie Hilfe beim Ausfüllen brauchen», bot Gesa an. Sie konnte ihr Glück immer noch nicht fassen.

Eine Stunde später versuchte Gesa, in Dr. Penningbüttels Gesicht abzulesen, was ihn bewegte. War er verärgert, dass sie ihn versetzt und so lange nicht auf seinen Anruf reagiert hatte? Hatte er vielleicht das alberne Versteckspiel im Hausflur doch mitbekommen?

Nichts.

Dr. Bruno Penningbüttel lächelte makellos und hielt Gesa eine Tüte hin. «Ich habe uns etwas zum Essen organisiert, eine Entschuldigung für meine Verspätung. Ich hoffe, Sie mögen Döner?»

«Und wie.»

«Jost Kleve hat mir alles erzählt.»

Jost? Hatte er ihr angeboten, mit dem Chef zu sprechen? Nach den ereignisreichen Tagen geriet Gesas Erinnerungsvermögen genauso in Bedrängnis wie der Vorsatz, sich vollwertig zu ernähren.

«Das mit dem Koma und dem Hochwasser, meine ich, und die Idee, die Buchversicherungen vom Bestattungsinstitut Ihres Bruders aus zu verkaufen», ergänzte Penningbüttel.

«Lassen Sie uns hineingehen, bevor das Essen kalt wird», sagte Gesa.

Die beiden setzten sich auf das Ledersofa im Verkaufsraum und wickelten die Alufolie von ihren Dönern.

Nun lieferten sich Gesas Gewissensbisse ein Stelldichein, und zwar ohne Rücksicht auf Verluste. «Also ... ich war nicht ganz ehrlich zu Ihnen.»

Penningbüttel blickte auf, ein Zwiebelstreifen klebte an seinem linken Mundwinkel.

«Diese Mail, in der ich behauptete, vier neue Verträge abgeschlossen zu haben, war nicht korrekt. Damals hatte ich noch nicht so viele.»

Mit einer schnellen Handbewegung schob sich Gesas Chef den Zwiebelstreifen in den Mund.

«Aber mittlerweile habe ich immerhin zehn, also fast.»

Penningbüttels Gesichtsausdruck war unergründlich. «Nun ja, immerhin. Das ist doch ein Anfang, nicht?»

Zerknirscht nickte Gesa.

«Frau Grambek, danke, dass Sie so ehrlich zu mir waren. Sie legen sich richtig ins Zeug, das gefällt mir. Aber Zahlen sind Zahlen.»

Durch das Fenster sah Gesa, dass Isa Egge zurückkehrte.

«Bleibt es bei dreißig neuen Verträgen?», erkundigte sich Gesa.

«Ja.»

«Bis Weihnachten?»

Penningbüttel nickte.

Das waren noch acht Wochen. Eigentlich viel Zeit, doch bei dem Gedanken, dass Gesa ohne Isa Egges Pudelfreunde gerade einmal eine einzige Versicherung verkauft hatte, war das erschreckend wenig.

Dr. Bruno Penningbüttel aß den Rest seines Döners. Er stand auf und wischte sich die Krümel von der Hose. «Ich vertraue Ihnen auf ganzer Linie. Halten Sie mich bitte engmaschig auf dem Laufenden», sagte er zum Abschied. «Eine Sache noch, die Idee ist ja originell, und ich will Ihnen nicht den Wind aus den Segeln nehmen. Aber ich fürchte, ein Bestattungsinstitut ist nicht der geeignete Ort, um Bücher an die Kunden zu bringen. Die Leute trauen sich eher selten freiwillig da hinein.»

«Liebes, er schläft noch», erklärte Asta Grambek. «Man hat ihm ein leichtes Hypnotikum gegeben, weil er die ganze Nacht nicht einschlafen konnte. Geh ruhig zu ihm, in einer halben Stunde kommt allerdings eine Gruppe Medizinstudenten, um Herrn Oevermann zu begutachten. Heute wirst du leider nicht viel von ihm haben.»

Gesa hatte gar nicht daran gedacht, dass heute der Tag für Mutter Grambeks Singtherapie war.

«Ich habe gehört, du hast dich als Herrn Oevermanns Frau ausgegeben», flüsterte Asta.

«Ja, ich weiß, mit Lügen kommt man nicht weit, aber ich wusste mir einfach nicht anders zu helfen.»

Asta legte ihrer Tochter eine Hand auf den Rücken. Mit der anderen Hand vollführte sie eine Bewegung, als würde sie ihren Mund abschließen und danach den Schlüssel in hohem Bogen hinter sich werfen.

Gesa stellte den Koffer mit Oles Kleidung vor dem Schrank ab und nahm vorsichtig auf der Bettkante Platz. Sie betrachtete sein Gesicht. Es war nicht mehr so blass wie beim letzten Mal. Fast schien es, als würde Ole im Schlaf lächeln. Draußen war es bereits dunkel, fahles Mondlicht fiel durch das Fenster.

Auf dem Weg zum Krankenhaus war Gesa verschiedene Gesprächsszenarien durchgegangen. Die ganze Wahrheit. Die halbe. Nur ein Viertel. Doch als sie jetzt in sein sanftes Gesicht blickte, ahnte sie, es musste wohl die ganze Wahrheit sein, sonst nichts. Ohren schlafen nie. Vielleicht sollte sie ihre Beichte üben, solange Ole noch nicht wach war.

«Ole», hob Gesa sacht an, «ich fürchte, ich habe es vermasselt. Ich weiß, wie viel dir die Buchhandlung bedeutet. Warum habe ich die Zeichen nicht gesehen? Regen, Regen, pausenlos dieser Regen und schließlich das Hochwasser. Ich hätte es verhindern müssen. Ich habe herausgefunden, dass du deine Versicherung gekündigt hast. Vielleicht hattest du Geldsorgen. Leider habe ich keine Ahnung, wie wir den Schaden bezahlen sollen.» Gesa stoppte. Sie versuchte, in Oles schlafendem Gesicht eine Regung abzulesen. Vergeblich.

«Na ja, jedenfalls, der Bautrockner von Geros Freund arbeitet, doch ich fürchte, ein Großteil der Bücher ist verloren. Vom Mobiliar fange ich gar nicht erst an. Mit den Einnahmen durch die Mängelexemplare kommst du nicht über die Runden. Und wenn die Menschen immer weniger Bücher kaufen, dann kaufen sie erst recht keine Mängelexemplare. Oder?»

Das zarte Lächeln auf Oles Gesicht erlosch.

Gesa ging zum Fenster und sah hinaus. Zur Scheibe gewandt, sprach sie weiter. «Wir brauchen Einnahmen, nur wie? Wer kommt schon in eine klamme Buchhandlung mit lauter lädierten Büchern? Und ich fürchte, leider ist auch ein Bestattungsinstitut kein geeigneter Ort für erfolgreiche Buchverkäufe. Da muss ich Penningbüttel recht geben. Und mein Job, also die drohende Arbeitslosigkeit ... Penningbüttel hat mir noch mehr neue Verträge aufgehalst, ich weiß beim besten Willen nicht ...» Gesa drehte sich um. Erschrocken stellte sie fest, dass die Blässe in Oles Gesicht zurückgekehrt war. Sie setzte sich zurück auf das Bett und streichelte sanft über seine Stirn. «Werd schnell gesund. Allein schaffe ich das nicht, ich brauche dich.» Sie ärgerte sich, sich derart um Kopf und Kragen geredet zu haben. Sie hatte sich doch vorgenommen, stark zu sein, Ole gegenüber Leichtigkeit auszustrahlen, die unerträgliche Leichtigkeit des Seins.

Gesa zog das Buch von Milan Kundera aus ihrer Tasche. Ohne den Spender mit den Einmalhandschuhen auch nur eines Blickes zu würdigen, überblätterte Gesa die philosophischen Gedanken zur ewigen Wiederkehr, zur Französischen Revolution, zu Jesus Christus, zum Schweren und zum Leichten. Sie fand die Seite, auf der die Geschichte zwischen Teresa und Tomas ihren Anfang nahm.

Gesa begann zu lesen. Ihre Stimme klang warm und sicher, innig und verlässlich, ganz so, als hätte sie ihr Leben lang nichts anderes getan, als aus Büchern vorzulesen. Gesa war sich sicher, dass sogar der Mond milde lächeln würde angesichts dessen, was er miterlebte.

Sie war weder Geliebte noch Gemahlin. Sie war ein Kind, das er aus einem pechbestrichenen Körbchen gehoben und an das Ufer seines Bettes gelegt hatte. Sie war eingeschlafen. Er kniete sich neben sie. Ihr fiebri-

ger Atem wurde schneller, und er hörte ein schwaches
Stöhnen. Er presste sein Gesicht an ihres und flüsterte
ihr besänftigende Worte in den Schlaf.

Es klopfte. Asta Grambek steckte den Kopf zur Tür herein.
Sie zeigte auf ihre Armbanduhr. Als sie das Buch auf Gesas
Schoß entdeckte, nahm ihr Gesicht einen erstaunten Ausdruck an. Schließlich legte sie die rechte Hand auf ihr Herz
und lächelte mütterlich zufrieden. Gesa blickte zu Ole. Es
schien ihr, als habe sein Gesicht wieder ein bisschen Farbe
bekommen.

Kapitel 19

Als Gesa im Bett lag, kreisten ihre Gedanken nur um
ein Thema: Wie konnte sie die Buchhandlung retten?
Durch den Bautrockner war ein Anfang gemacht. Mehr
aber nicht.

Dreh- und Angelpunkt waren die Buchverkäufe. Dass
die Menschen immer weniger Bücher kauften, war eine
Tatsache. Schon vor dem Hochwasser war Ole mehr
schlecht als recht über die Runden gekommen, durch den
entstandenen Wasserschaden und den Verlust des Bü-
cherbestands war die Lage desolat geworden. Wie Gesa
es auch drehte und wendete, während sie sich zeitgleich
in ihrem Bett drehte und wendete, ohne Geld gerieten all
ihre Pläne ins Stocken. Doch Gesa hatte kaum etwas auf
die hohe Kante gelegt.

Im Internet stand, dass die Trocknung eines Wasser-
schadens mittlerer Größe etwa zweitausendfünfhundert
Euro kosten würde.

Obendrauf kamen die Kosten für neue Regale und an-
deres Inventar, der Abtransport der alten Möbel und der
Kauf neuer Bücher. Gesa warf sich erneut auf die andere
Seite. Ihr sorgenangefüllter Kopf wollte einfach keine
Ruhe geben, und dabei hatte er sich noch nicht mal mit

ihrer drohenden Arbeitslosigkeit und der Unmöglichkeit beschäftigt, in so kurzer Zeit zwanzig neue Abschlüsse ihrer Buchversicherung zu erzielen. Gesa rechnete und rechnete. Sie kam, als sie alle anfallenden Ausgaben addierte, auf eine geschätzte Summe von zehntausend Euro. Zehntausend Euro waren nötig, um die Buchhandlung zu retten.

Diese Zahl trieb sie endgültig aus dem Bett. Gesa stand auf und setzte sich auf das Sofa im Wohnzimmer.

«Entschuldige, dass ich dich mitten in der Nacht störe, aber ich brauche jemanden, der mir zuhört.»

Der Kuukkeli hielt den Kopf demütig gesenkt.

«Manchmal möchte ich gerne mit dir tauschen. Den ganzen Tag auf dem Schrank hocken und nichts anderes tun als eine Schale Marzipankartoffeln und einen kaputten Anrufbeantworter bewachen.»

Lautes Rumpeln von draußen ließ Gesa aufhorchen. Unten auf der Straße stand ein Lkw. Er hatte die Warnblinkanlage eingeschaltet. Auf der Seitenplane stand *Grünzeug-Oase. Obst & Gemüse wie frisch vom Markt.* Ein Lächeln stahl sich auf Gesas Gesicht. Das war die Idee. Das war vielleicht nicht die Lösung, nicht die Rettung. Aber vielleicht ein Ansatz, ein Ansatz mittlerer Größe. Gesa drückte dem Kuukkeli einen Kuss auf den winzigen Kopf und setzte Kaffeewasser auf.

Bereits um sechs Uhr morgens war am Hasenweg im Stadtparkviertel eine Menge los. Mit mehr Koffein, als medizinisch vertretbar war, inspizierte Gesa das Treiben auf dem Marktplatz. Zahlreiche Händler bauten ihre Stände auf. Hier ein Wagen mit schlesischen Wurstspezialitäten, dort einer mit Korbwaren, ein Stück weiter Stände mit Strickerzeugnissen sowie Wolle, Blumen, Obst und Gemüse, Tische mit Kaffeespezialitäten, Feinkost, Oliven und ein Händler mit portugiesischem Gebäck.

Gesa hielt sich ein wenig abseits unter einer Kastanie. Links und rechts neben ihr standen zwei große Rollkoffer. Gefüllt mit Büchern. In dem einen die gut erhaltenen Bände, in dem anderen die weniger gut erhaltenen mit leichten Wasserschäden.

In aller Herrgottsfrühe war Gesa in der Marlesgrube gewesen, hatte die Bücherstapel im Laden und im Bestattungsinstitut durchgesehen und in die Koffer gepackt, was sich für den Verkauf noch eignete. Dann war sie mit einem Taxi zum Wochenmarkt am Hasenweg gefahren. Vielleicht war es eine Verzweiflungstat, vielleicht war sie einfach übernächtigt, doch hier Oles Bücher zu verkaufen, war immer noch besser, als nichts zu tun.

Eine innere Stimme mahnte Gesa, unverzüglich mit dem Aufbau zu beginnen. Eine andere innere Stimme mahnte zur Vorsicht und brachte das gewichtigste Argument gegen den sofortigen Aufbau hervor. *Du hast keine Standgenehmigung.* Das stimmte.

In diesem Augenblick fiel genau vor Gesa eine offenbar zurückgebliebene Kastanie zu Boden. Gesa hob den Blick. Wie auf ein Zeichen hin ging sie in die Hocke und klappte die beiden Koffer auf. Dabei ließ sie den Platz nicht aus den Augen, aus Angst, jemand könnte sich nach ihrer Verkaufsgenehmigung erkundigen.

Eine Stunde später hatte sich der Markt gefüllt. Immer mehr Menschen kamen, um zu schlendern, einzukaufen und sich mit den Händlern zu unterhalten.

Doch kein einziger Marktbesucher war vor dem Bücher-Koffer-Stand stehen geblieben. Da Gesa über keinerlei Erfahrungen als Marktverkäuferin verfügte, hatte sie versäumt, sich jahreszeitengemäß zu kleiden. Das Wetter kümmerte sich nicht um diesen Anfängerfehler. Zwar war der Himmel wolkenlos und sonnig, doch Anfang November schaffte es die Sonne unter Aufbietung ihrer ganzen Kraft nicht, Lübeck über fünf Grad zu erwärmen.

Die Kälte setzte Gesas Fingern und Füßen zu. Sie trat von einem Bein auf das andere und hauchte in ihre hohlen Hände. Viel half das nicht. Gesa schielte zum Stand mit den Strickwaren. Tatsächlich. Die ältere Dame, die auf einem Klappstuhl hinter dem Tapeziertisch saß, auf dem sie ihre Waren anbot, hatte fingerlose Handschuhe im Angebot. Konnte Gesa es wagen, ihre Bücher-Koffer für einen Augenblick unbeaufsichtigt zu lassen?

«Hast du *Gregs Tagebuch*?»

Gesa zuckte zusammen. Vor ihr stand ein Mädchen von ungefähr zehn Jahren.

«Gregs was?» Gesa versuchte, ihre Ahnungslosigkeit durch ein warmes Lächeln zu übertünchen.

«Tagebuch. Ich brauche Band vier. *Ich war's nicht.*» Das Mädchen sah Gesa direkt in die Augen. Es schien keinerlei Verdacht ob Gesas Unwissenheit zu schöpfen.

«Wie heißt du?»

Das Mädchen verschränkte die Arme vor dem Oberkörper. «Meine Omi hat gesagt, ich soll Fremden keine privaten Sachen verraten.»

Unwillkürlich musste Gesa grinsen. Ihr war ein Name für das Mädchen eingefallen. «Hör mal, Fräulein Privat. Du hast eine schlaue Oma. Ich mache dir einen Vorschlag. Du suchst in den Koffern nach deinem Greg und passt hier fünf Minuten auf. Ich gehe rüber und kaufe mir ein Paar Handschuhe. Als Dank darfst du dir ein Buch aussuchen.»

Nach einigem Zögern nickte das Mädchen und beugte sich neugierig über die beiden Koffer.

«Mein kleiner Sonnenschein», sagte die Dame und sah von ihrem Strickzeug auf. Gesa schätzte sie auf etwa Mitte sechzig.

Im ersten Augenblick dachte sie, die Frau hätte sie gemeint. Doch nun deutete die Verkäuferin der Strickwaren auf das Mädchen mit der Schwäche für *Gregs Tagebuch*.

«Meine Enkelin ist ein richtiger Bücherwurm. Das liegt bei uns in der Familie.»

«Ja, Bücher sind etwas Wertvolles», erwiderte Gesa. Sie kam nicht umhin festzustellen, dass sie diesen Satz ganz und gar aufrichtig meinte.

«Schon meine Eltern hatten eine große Leidenschaft für Romane. Überhaupt, die schönsten Bücher sind für mich die, die das Schicksal von Familien über Generationen hinweg erzählen.» Die Frau legte ihr Strickzeug beiseite. Sie griff unter den Tisch und zog ein Buch hervor. *Die Sonnenschwester* von Lucinda Riley.

Afrikanische Landschaft, Tiere, ein Segelflieger, Zweige mit roten Blüten. Das Buchcover strahlte Wärme und Ruhe aus. Gesa sah es zum ersten Mal. Um sich nicht erneut die Blöße zu geben und um eine potenzielle Kundin nicht zu vergraulen, versuchte es Gesa mit einer allgemeinen Aussage. «Liebe, Familie, Freude, Angst, Hoffnung, Romantik.»

«Ganz genau, Sie kennen das Buch?»

«In Auszügen.» Gesa sah zu ihrem Koffer-Stand. Noch immer kramte das Mädchen in den Beständen.

«Wissen Sie», die alte Dame senkte die Stimme, «nach dem Tod meiner Eltern habe ich erfahren, dass ich adoptiert wurde. Ein großer Schock. Ich war wütend, ich war enttäuscht, ich habe mich allein auf der Welt gefühlt. Doch die Saga um die sieben Schwestern hat mir geholfen, mich mit meinem Schicksal zu versöhnen.»

Gesa nickte. Die Worte der Frau rührten sie.

«Ich selbst konnte mich nie auf die Suche nach meinen Wurzeln machen.»

«Wie schrecklich, diese Hilflosigkeit. Warum haben Sie sich nie auf die Suche begeben?»

«Kommen Sie mal herum.»

Gesa schob sich an dem Tisch vorbei. Die Frau zog eine Decke von ihrem Schoß, sie saß im Rollstuhl.

«Ich kann nicht reisen, ich bin an dieses Ding hier gefesselt. Aber die Bücher geben mir Kraft, entführen mich überallhin, wo ich will. Ich war in mehr Ländern und auf mehr Kontinenten als Christoph Kolumbus, Vasco da Gama, Marco Polo und James Cook zusammen. Glauben Sie mir ...»

«Omi, ich habe was.» Fräulein Privat war zurück. Freudestrahlend hielt sie ihrer Großmutter ein Buch entgegen. *Oma Hertha und die Schmugglerbande.* «Lesen wir das heute Abend gemeinsam?»

«Selbstverständlich.» Sanft streichelte die Frau über den Kopf ihrer Enkeltochter.

Die Zärtlichkeit dieser Szene versetzte Gesa einen Stich. Sie und Onni hatten sich immer Kinder gewünscht. Doch der richtige Zeitpunkt war nie gekommen. Sie hatten sich kennengelernt, als sie nicht mehr ganz jung waren, dann eine Fernbeziehung geführt. Und dann ... Gesa schob die Erinnerung beiseite.

«Ich muss wieder. Ich hätte gerne noch diese hier.» Sie zeigte auf ein Paar grüne, fingerlose Handschuhe und holte das Portemonnaie aus ihrer Tasche.

Gerade als sie der Frau einen Zwanzigeuroschein in die Hand drückte, ertönte ein Tumult in ihrem Rücken. Es klang, als würde etwas Schweres ausgekippt werden. Und dieser Klang sollte Gesa nicht getäuscht haben. Als sie sich umdrehte, sah sie zwei hochgewachsene Männer vom Marktplatz wegrennen, jeder einen Koffer in der Hand. Ihre Koffer. Die Bücher hatten die Diebe einfach auf den Boden gekippt.

Es war Gesa unmöglich, sich auch nur einen Millimeter zu rühren. Einige Verkäufer kamen aus ihren Wagen oder hinter ihren Ständen hervor und auf die Kastanie zugeeilt, um ihre Hilfe anzubieten.

Sollen wir die Polizei rufen?

Ehrliche Leute haben es schwer heutzutage.

Die schönen Koffer, die waren bestimmt teuer.

Warum sind einige Bücher so feucht?

«Das ist sehr lieb von Ihnen», sagte Gesa matt. «Bitte rufen Sie nicht die Polizei, ich stand ohne Genehmigung hier. Vielleicht habe ich es nicht besser verdient.»

Die Verkäufer bildeten einen Halbkreis und beratschlagten. Schließlich trat der schlesische Wurstverkäufer einen Schritt nach vorne. «Lassen Sie es gut sein. Am besten, Sie verschwinden. Gleich kommt das Ordnungsamt und will die Standberechtigungen sehen. Wir halten dicht. Die Bücher sammel ich gleich mit meinem Transportwagen ein. Wo soll ich sie hinbringen? Heute Abend hätte ich Zeit.»

Gesa nannte Name und Adresse der Buchhandlung.

«Alles klar, und mit dem illegalen Stand – Schwamm drüber.»

«Danke. Sie sind der netteste Fleischer, den ich kenne. Und dabei ist Ihr Metier seit den letzten Jahren ja unheimlich umstritten.»

Gesa verabschiedete sich, der Wurstverkäufer zwinkerte ihr zu und raunte verschwörerisch: «Fleisch ist mein Gemüse.»

Enttäuscht darüber, dass ihr Plan, wenigstens ein bisschen Geld für die Renovierung der Buchhandlung zu verdienen, so gründlich schiefgegangen war, zog sie ihr Handy aus der Tasche. Ihre Mutter hatte vier Mal versucht, sie zu erreichen. Gesa wählte Astas Nummer.

«Liebes, gut, dass du zurückrufst. Es ist etwas Schreckliches passiert. Herr Oevermann ist aus dem Krankenhaus verschwunden.»

Gesa

2000

Er ist nun schon ein Jahr nicht mehr da, und ich erwarte immer noch, dass sich jeden Augenblick der Schlüssel im Schloss dreht und Onni wieder zur Tür hereinkommt.»

Gero nickte mitfühlend. «Trauer ist ein langwieriger Prozess. Ich bin ja dafür, dass es als Schulfach angeboten werden sollte. Was bringen uns der Satz des Pythagoras, was Ablativ oder Vokativ oder die kosmologische Inflation, wenn wir nicht wissen, wie wir mit dem Verlust eines geliebten Menschen umgehen sollen?»

Gesa schwieg. Ihr Bruder hatte recht. Seit dreihundertsiebzig Tagen und zehn Stunden war Onni nicht mehr da, und noch immer konnte sie nicht begreifen, was passiert war. Warum hatte sich das Schicksal ausgerechnet sie ausgesucht, um unter Beweis zu stellen, wozu es fähig war? Wie viele Risse konnte ein Herz aushalten, bevor es endgültig in Stücke sprang? Onni und sie hatten keine Gelegenheit gehabt, sich zu verabschieden oder ein letztes Mal zu umarmen. Gesa blieb nur ein Davor und ein Danach. Dazwischen die Katastrophe. Eine Katastrophe, wie man sie sich nicht elender hätte vorstellen können.

Nach Jahren des Anlaufs mit Telefonaten, gegenseitigen Besuchen, Briefen mit Travemünder Sand und finnischen Kiefernnadeln hatten sie kurz vor der Hochzeit gestanden. Und dann hatte das Schicksal sie von einem Tag auf den anderen auseinandergerissen. Vielleicht hatten sie zu viel Anlauf genommen. Vielleicht hatten sie sich zu viel Zeit gelassen, um sich ihre gemeinsame Zukunft auszumalen. Wäre es besser gewesen, schneller Nägel mit Köpfen zu machen? Oder hätte es keinen Unterschied gemacht, wenn sie eher zusammengezogen wären, eher geheiratet hätten?

«Ich weiß nicht, ob ich das schaffe.» Gesa erhob sich vom Sofa und blieb vor den Bücherregalen stehen. «Ich kann sie alle nicht mehr sehen.»

«Was meinst du?»

«Diese verdammten Bücher. Sie erinnern mich zu sehr an Onni, unser Kennenlernen, unsere Leserituale und letztendlich ...», Gesas Stimme bebte, «letztendlich haben die Bücher mir das Liebste in meinem Leben genommen. Ich finde, sie haben kein Recht mehr, mich hier so gleichmütig anzustarren.»

Nachdem der Hamburger Verleger extra zu Gesa nach Lübeck gekommen war, um die Nachricht von Onnis Tod zu überbringen, hatte Gesa lange mit sich gehadert. Aus einem ersten Impuls heraus hätte sie am liebsten die kreuz und quer stehenden Umzugskartons, Möbel, Reisetaschen und Tüten zusammengerafft, um sich nach einer anderen Bleibe umzusehen. Vielleicht gab es eine Möglichkeit, aus dem Mietvertrag, dessen Unterschrift kaum getrocknet war, herauszukommen und neu anzufangen, in einer Wohnung, die keine Spuren von Onni enthielt. Sie brauchte eine Gesa-Wohnung, keine Onni-und-Gesa-Wohnung. Am Ende hatte Gesa die Kraft gefehlt.

Onni war in einer kleinen Trauerfeier beigesetzt worden. Neben Gero, Asta und Rotger Grambek waren Onnis Eltern und seine Schwester Tuuli dabei gewesen. An den Großteil der Beerdigung hatte Gesa nur diffuse Erinnerungen. Was ihr jedoch noch sehr gut im Gedächtnis war, war das Abschluss-Ritual: Alle Trauergäste bildeten einen Kreis um den Sarg und schwiegen. Dann stimmte Tuuli leise Onnis Lieblingsvolkslied an.

Winde wehn, Schiffe gehn
weit ins fremde Land'
Nur des Matrosen allerliebster Schatz
bleibt weinend stehn am Strand.

Wein doch nicht, lieb Gesicht,
wisch die Tränen ab!
Und denk an mich und an die schöne Zeit,
bis ich dich wieder hab.

Nach einem gemeinsamen Essen, das nach Nichts und Leere schmeckte, war Onnis Familie mit dem Schiff zurück nach Finnland gefahren. Gesa hatte entschieden abgelehnt, sie zu begleiten. Die Vorstellung, einsam am Olkkajärvi-See zu sitzen, versetzte Gesa in ein Gefühl lähmender Trostlosigkeit, die ihr, das spürte sie genau, endgültig den Gnadenstoß versetzen würde.

Kurz bevor Onnis Familie an Bord ging, überreichte Tuuli Gesa eine Schachtel. Darin lag ein ausgestopfter kleiner Vogel mit tiefschwarzen Knopfaugen, die seltsamerweise wirkten, als würden sie Gesa munter anblicken. So war der Kuukkeli in ihren Besitz gekommen, das einzige Stück konservierter finnländischer Natur, dem sie in ihrem Leben von da an Platz einräumte. Ein stummer Zeuge ihres einstigen Glücks.

Kapitel 20

Gesa war auf direktem Weg in die Marlesgrube gefahren, in der Hoffnung, Ole bei der Buchhandlung vorzufinden. Fehlanzeige. Leider. Gerade als sie beschlossen hatte, in seiner Wohnung nachzuschauen, betrat ein Mann den Laden.

Er war um die vierzig, leicht untersetzt, hatte seine Haare zu einem hohen Dutt zusammengebunden und grüßte freundlich. «Ach du meine Güte», sagte er, nachdem er sich umgesehen hatte.

«Hochwasser», antwortete Gesa knapp.

«Schrecklich. Läuft der Verkauf denn trotzdem weiter? Ich bin seit Jahren Stammkunde bei Herrn Oevermann, er hat mich immer so gut beraten.»

«Herr Oevermann hatte leider einen Unfall, er liegt im Krankenhaus.» Nein, er *lag* im Krankenhaus, jetzt ist er spurlos verschwunden, korrigierte Gesa sich im Stillen.

Wieder einmal galt es, eine zügige Entscheidung zu treffen. Gerade nach dem Reinfall mit dem Bücher-Koffer-Stand auf dem Markt konnte Gesa es sich nicht erlauben, den Kunden wegzuschicken. Auf der anderen Seite trieb sie der Umstand, dass Ole höchstwahrscheinlich irgendwo orientierungslos herumirrte, beinahe zur Verzweiflung.

Der Mann lief umher und betrachtete die wenigen übrig gebliebenen Bücher in den oberen Reihen.

Gesa folgte ihm. «Lassen Sie sich von den leeren Regalen nicht täuschen. Ich kann Ihnen alles jederzeit bestellen. Suchen Sie denn etwas Bestimmtes?»

«Ich interessiere mich für Biografien von Schriftstellern und Schreibratgeber. Eigentlich bin ich Busfahrer, hatte jedoch schon immer den Traum, selbst ein Buch zu schreiben.»

«Alles klar.» Gesa warf einen kurzen Blick auf ihre Armbanduhr. Schriftstellerbiografien? Schreibratgeber? Eine Biografie von Friedrich Dürrenmatt hatte Gesa früher einmal gelesen und natürlich eine von Franz Kafka. «Thomas Mann», erkundigte sich Gesa, «kennen Sie seine Biografie schon?»

«Über den habe ich schon mehrere Bücher gelesen, als Lübecker ist man dazu ja irgendwie verpflichtet. Stephen King soll etwas in der Richtung veröffentlicht haben. Also, über seinen Alltag als Schriftsteller. Wie heißt dieses Buch gleich noch?»

Na toll, ging es Gesa durch den Kopf, nun bin ich wieder in der Bredouille. Stephen King scheint es den Leuten angetan zu haben. «Überraschungspaket», entfuhr es Gesa.

«Komischer Buchtitel.»

«Ich meinte, wie wäre es, wenn ich Ihnen ein Überraschungspaket zusammenstelle? Eine literarische Wundertüte zum Thema Ihrer Wahl.» Gesa konnte sich selbst nicht erklären, wie sie auf diese Wundertüten-Idee gekommen war.

«Ich weiß nicht ...» Der Busfahrer schob die Hände in seine Hosentaschen.

«Mit Rückgabegarantie», schob Gesa nach, deren Sorgen um Ole sich inzwischen bis ins Unerträgliche gesteigert hatten.

«Kann ich den Preis für die Wundertüte selbst festlegen?»

«Absolut, das Thema auch.»

«Klingt eigentlich super, je länger ich darüber nachdenke. Sagen wir achtzig Euro, Thema: Schriftsteller werden.»

«So machen wir das. Sie werden nicht enttäuscht sein. Notieren Sie mir Ihre Telefonnummer, und ich rufe Sie an, wenn alles fertig ist. Ich denke, spätestens übermorgen können Sie Ihre Buchschätzchen abholen.» Gesa reichte dem Mann Zettel und Stift. «Ach, übrigens, Sie als Mann der Literatur dürfte vielleicht interessieren, dass wir eine Versicherung im Angebot haben, die ...»

«Seien Sie mir nicht böse, aber Versicherungsunternehmer sind Halsabschneider. Mit denen will ich nichts zu tun haben.» Damit verließ der Mann die Buchhandlung, und Gesa war mit ihrer Sorge um Ole wieder allein.

Wo steckte er nur? In der Buchhandlung oder in seiner Wohnung war er nach wie vor nicht aufgetaucht. Und in seine Wohnung würde er auch gar nicht kommen, wie Gesa erst jetzt einfiel. Sie hatte ja die Schlüssel. Was nun? Gesa atmete tief durch. Keine Panik. Sie versuchte, sich in den Kopf eines verwirrten, aus dem Koma erwachten Mannes hineinzuversetzen. Jetzt sollten die Spiegelneuronen mal zeigen, ob sie ihrem Namen gerecht wurden.

War Oles Erinnerung zurückgekehrt? Wusste er inzwischen wieder, wer sie war? Oder hatte er womöglich noch mehr vergessen?

Obwohl die Gedanken in ihrem Kopf wie wild hin und

her sprangen, ergriff Gesas Körper eine Langsamkeit, die sie nicht abschütteln konnte. Sie kam sich vor wie im Auge des Orkans, wie in einer trügerischen Ruhe, wie beim Luftholen kurz vor dem Ausbruch des Chaos.

Sie schlenderte zum Ufer der Wakenitz, in der Hoffnung, der Fluss würde ihr beim Nachdenken helfen. Auf einer Bank am Ufer ließ sie sich nieder. Und tatsächlich. Nach dem Abwägen aller Möglichkeiten hatte in Gesas Kopf eine Liste mit möglichen Orten, an denen Ole sich aufhalten könnte, Gestalt angenommen.

1. Oles Wohnung
2. Oles Buchladen
3. Travemünde
4. Café Niederegger
5. Friedhof
6. meine Wohnung
7. Lübeck-Safe-AG

Unmöglich. Gesa konnte nicht sämtliche denkbaren Aufenthaltsorte abklappern. Auch wusste sie gar nicht, ob Ole sich überhaupt an all diese Orte erinnern konnte. Und selbst wenn, konnte er ebenso gut zu seinem alten Elektrobetrieb gegangen sein. Und Gesa hatte keine Ahnung, wo sich dieser befand.

Hinzu kam, dass sich die Suche zu einem Katz-und-Maus-Spiel entwickeln könnte. Wenn Gesa beispielsweise nach Travemünde fuhr, konnte Ole zeitgleich auf dem Friedhof sein. Kam sie zum Friedhof, stand er vielleicht vor seiner Wohnung. Der Friedhof setzte obendrein voraus, dass Ole um den Tod seiner Frau wusste. Wo genau war Ophelia Oevermann überhaupt beigesetzt? Lag sie in

Waldhusen? Oder auf dem Burgtorfriedhof? Oder auf dem Friedhof, auf dem auch Onni lag, dem Vorwerker-Friedhof aus Gesas Albtraum vor einigen Tagen?

Sofort kamen alle Gefühle wieder hoch. Trauer. Trübsal. Hoffnungslosigkeit. Über zwanzig Jahre war Onnis Tod her, doch der Schmerz über seinen Verlust war keinen Tag gealtert. Gesa versuchte, die Gedanken an Onni zu vertreiben. Jetzt war nicht die Zeit für Kummer, jetzt musste sie nüchtern und logisch vorgehen.

Warum hatte Ole kein Handy? Das Aufheulen eines Martinshorns holte Gesa aus ihrem Grübeltief. Was, wenn Ole etwas passiert war? Wenn er irgendwo draußen in der Kälte herumirrte? Kurz entschlossen rief sie ihren Vater an.

«Ole ist verschwunden, und ich brauche deine Hilfe», eröffnete Gesa das Gespräch.

«Deine Mutter hat mich bereits davon unterrichtet», erklärte Rotger Grambek. «Hast du Hinweise zum aktuellen Aufenthaltsort des Buchhändlers?»

«Leider nicht. Wir haben eine 099, eigentlich auch eine vermisste Person. Wenn ich es mir recht überlege, wäre auch eine 091 möglich.»

«Geisteskranker.»

«Das klingt wahrscheinlich etwas übertrieben, aber ich kann nicht einschätzen, wie zurechnungsfähig Ole ist», ergänzte Gesa.

«Ich freue mich, dass du mich um Hilfe bittest. Sonst hatte ich immer den Eindruck, dir wäre es unangenehm, wenn sich dein alter Vater ungefragt in alles einmischt.»

Ohne auf diesen Einwand einzugehen, erzählte Gesa von ihren Überlegungen zu Oles Aufenthaltsort.

«Eigentlich bräuchte ich eine Hundertschaft, doch dermaßen viele Leute kann ich auf die Schnelle nicht organisieren. Ich trommele die Ehemaligen zusammen. Die freuen sich, wenn sie endlich mal wieder eine sinnvolle Aufgabe haben. Zumeist sitzen sie zu Hause und drehen Däumchen. Die Unsympathischen schreiben Falschparker auf.»

«Danke, du bist der Beste.»

«Deine Mutter sagt, Herr Oevermann ist seit etwa zwei Stunden verschwunden. Also Ringfahndung in einem Umkreis von fünfzig Kilometern. Es wird allerdings nur eine gemäßigte Form möglich sein, da wir nicht genügend Fahrzeuge haben. Bei einigen Ehemaligen ist es zudem nicht ratsam, sie hinter das Steuer zu lassen.»

Gesas Euphorie legte eine Verschnaufpause ein. Ringfahndung? War das nicht ein bisschen dick aufgetragen? Eine Ringfahndung veranlasste man für gewöhnlich nur bei besonders schweren Verbrechen wie Geiselnahme oder Bankraub.

«Personenbeschreibung?», soufflierte sie.

«Korrekt», erwiderte Vater Grambek und flüsterte: «Min Deern, sei so gut, mach mir ein paar belegte Brote und eine Thermoskanne mit Tee. VP-Einsatz, SoKo Buchhändler. Möglicherweise bin ich die ganze Nacht unterwegs.»

Dieser Wunsch nach leiblicher Versorgung war an Asta Grambek gerichtet, die neben Rotger sitzen musste. Die Versorgungspakete von Asta Grambek waren legendär unter den Beamten, die von Mitte der 50er bis zum Beginn der Jahrtausendwende ihren Dienst versehen hatten. Bergeweise Leberwurstbrote mit sauren Gürkchen, literweise Ostfriesentee. Und, wenn Asta genug Zeit für die Vorbereitung gehabt hatte, blecheweise Mandel-Butter-Kuchen.

Gesa erhob sich von der Bank. «Ole Oevermann ist

siebenundsechzig Jahre alt, etwa eins fünfundachtzig groß. Er hat grüne Augen, graue Locken. Er sieht aus wie der Schauspieler Miroslav Nemec. Du weißt schon, einer der Tatort-Kommissare aus München.» Gesa wusste, wie unglücklich ihr Vater mit der Darstellung der Polizeiarbeit im Fernsehen war. Darum war *Columbo* zur Familienserie geworden. Die Serienfigur arbeitete in Los Angeles. Die Stadt war so weit von Lübeck entfernt, dass Rotger Grambek gar nicht erst versuchte, die dargestellten Ermittlungsmethoden mit der Arbeit der hiesigen Polizei zu vergleichen.

«Was trägt die VP?»

Damit war Gesa überfragt. Bei ihrem Besuch hatte Ole ein Krankenhaushemd angehabt. In seinem Schrank hing, ihrer Erinnerung nach, ein brauner Mantel. Und Schuhe? Wo waren die geblieben? Hatte er vielleicht Kleidung aus dem Koffer genommen, den Gesa ihm vorbeigebracht hatte? Gesa erzählte ihrem Vater von der Kleidung, die Ole vermutlich trug.

«Sehr schön», schloss Rotger Grambek. «Es geht los. Die Rentner-SoKo nimmt jetzt ihre Arbeit auf. Es wäre gut, wenn du an Orte gehst, die früher, also zu Herrn Oevermanns aktiver Zeit als Elektriker, wichtig waren.»

«Über diese Zeit weiß ich so gut wie nichts, aber ich versuche mein Glück bei den Stadtwerken.»

Das Glück war Gesa nicht hold. Im Café Niederegger kein Ole weit und breit. Gesa hatte ihre Kontaktdaten hinterlassen, für den Fall, dass er dort auftauchen würde. Auch die Lübecker Stadtwerke hatten sich als Misserfolg herausgestellt. Auch hier keine Spur von Ole.

Inzwischen war es achtzehn Uhr. Ole blieb wie vom

Erdboden verschluckt. Noch einmal fuhr Gesa in die Marlesgrube. Vor dem Laden standen zwei Kisten mit der Aufschrift *Schlesische Wurstwaren*. Richtig. Gesa hatte vollkommen vergessen, dass der freundliche Händler die Bücher, die sie bei ihrem überstürzten Aufbruch vom Wochenmarkt zurückgelassen hatte, vorbeibringen wollte. Sie war dem Mann zu großem Dank verpflichtet. Was für hilfsbereite Menschen es doch gab. Irgendwann würde sie sich erkenntlich zeigen, sie wusste ja, wo er zu finden war.

Sie räumte die Kisten in den Laden und warf einen Blick hinein. *Das Kind in dir muss Heimat finden* stand auf dem Band, der obenauf lag. Auf dem Cover war ein leeres Nest abgebildet. Konnte das ein Zufall sein? Gesa griff nach dem Buch und steckte es in ihre Handtasche. Zeit, nach Hause zu fahren.

Gesa klebte von innen einen Zettel mit ihrer Telefonnummer an das Schaufenster. Sollte Ole doch noch herkommen, wusste er, wo er sich melden musste. Auch an die Haustür klebte Gesa einen Zettel mit ihrer Telefonnummer und der Bitte, sie anzurufen. Zur Sicherheit unterschrieb sie mit Gesa und Ophelia. Für heute würde sie die Suche einstellen. Vielleicht wartete Ole bei ihrer Wohnung auf sie. Eine letzte, leise Hoffnung.

Zu Hause angekommen, zerfiel die letzte, leise Hoffnung zu Staub. Ole war nicht da. Gesa klingelte sogar bei Herrn Wobbecke und fragte, ob jemand sie hatte besuchen wollen. «Leider nein», antwortete der Nachbar und schickte ein «Nach schlechten kommen auch wieder gute Zeiten» hinterher.

Gesa quälte sich die Stufen in die dritte Etage hinauf. Ernüchtert betrat sie ihre Wohnung. Sie zog das Buch mit dem leeren Nest auf dem Umschlag aus ihrer Tasche und ließ sich auf das Sofa fallen. Da läutete ihr Handy.

«Kurzer Lagebericht, der leider *sehr* kurz ausfällt. Nichts.» Im Hintergrund waren die Stimmen mehrerer Männer zu hören, die wild durcheinandersprachen.

«Wir haben Travemünde, alle Friedhöfe, Lübeck und Umgebung abgesucht. Herr Oevermann scheint sich in Luft aufgelöst zu haben.» Rotger Grambek hustete.

Gesa presste die Lippen fest aufeinander.

«Wie dem auch sei, wir haben an strategisch günstigen Punkten Posten abgestellt. Mach dein Handy über Nacht nicht aus.»

Noch ehe Gesa sich bedanken konnte, hatte ihr Vater das Telefonat beendet.

Um sich abzulenken, griff Gesa nach dem Buch. *Das Kind in dir muss Heimat finden.* Unter dem leeren Nest prangte ein roter Aufkleber. *Spiegel-Bestseller Platz 1.* Das Thema des Buches schien auf breites Interesse zu stoßen. Offenbar hatten viele Leser den Eindruck, ein leeres Nest hätte etwas mit ihrem inneren Kind zu tun. Erst jetzt las Gesa den Untertitel. *Der Schlüssel zur Lösung (fast) aller Probleme.* Ihren Ole brachte ihr das nicht zurück, doch ein Blick in das Buch konnte nicht schaden.

An der Oberfläche unseres Bewusstseins erscheinen unsere Probleme oft verworren und schwer lösbar. Auch fällt es uns manchmal schwer, die Handlungen und Gefühle anderer Menschen zu verstehen.

Gesa blickte zum Kuukkeli, der zu sagen schien: *Siehst du, die Bücher wissen ganz genau, wie es in uns aussieht, und stehen uns immer mit Rat und Tat zur Seite. Hast du das etwa vergessen? Vielleicht muss nicht dein inneres Kind Heimat finden, vielleicht solltest du die einst buchverliebte Gesa einfach wieder vollständig an die Oberfläche lassen.*

Bewundernd starrte Gesa zu dem ausgestopften Tier auf dem Sideboard, und es war, als würde sie Onni vor sich sehen, der ihr aufmunternd zunickte. Gesas Hände begannen zu zittern.

Sie legte das Buch beiseite. Die durchgemachte Nacht forderte ihren Tribut. Gesa holte ihre Zahnbürste und schaltete den Fernseher ein, um die Spätnachrichten auf dem Lokalsender zu sehen. Gerade als sie zurück ins Bad gehen wollte, wurde das Programm unterbrochen.

«Liebe Zuschauerinnen und Zuschauer, eine Eilmeldung.»

Gesas Putzbewegung fror ein.

«In der Thalia-Filiale im Citti-Park Lübeck hält ein Mann die Mitarbeiter und Kunden in Atem.»

Gesa nahm die Zahnbürste aus dem Mund.

«Der Mann ist auf eines der halbhohen Bücherregale geklettert und macht sich an der Deckenbeleuchtung zu schaffen. Wie der Filialleiter gegenüber dem NDR betonte, gehe zwar keine Gefahr von dem Unbekannten aus, der vom Aussehen her an den beliebten Tatort-Kommissar Ivo Batic erinnert, allerdings ...»

Den Rest hörte Gesa nicht mehr. Obwohl im Fernsehen nur eine unscharfe Rückansicht des Mannes zu erkennen war, gab es keinen Zweifel. Er hatte graue Locken und trug einen braunen Mantel, unter dem ein Krankenhaushemd hervorlugte.

Kapitel 21

Gesa traf kurz nach ihren Eltern vor der Polizeistation ein. Das Gebäude mit den dreizehn Etagen machte einen heruntergekommenen Eindruck. Ein Zustand, den Gesa inzwischen auch für sich in Anspruch nahm. Aber dass man Ole gefunden hatte, ließ sie auch diesen deprimierenden Gedanken ertragen.

Vor dem Eingang der gegenüberliegenden Garagen warteten Gesas Eltern, neben ihnen auf dem Boden stand eine große Einkaufstasche. Asta trat von einem Fuß auf den anderen. Ob wegen der nächtlichen Kälte oder der Aufregung, konnte Gesa von Weitem nicht ausmachen. Ihr Vater kaute auf etwas herum, das sich beim Näherkommen als Leberwurstbrot herausstellte.

«Liebes, was du alles durchmachen musst.» Asta Grambek fiel ihrer Tochter um den Hals.

Rotger Grambek schluckte den letzten Rest seines Leberwurstbrotes herunter. «Herr Oevermann hat die Kollegen wahrscheinlich mächtig auf Trab gehalten. Juristisch gesehen ein kniffliger Fall, dennoch liegt meines Erachtens keine Straftat vor.»

«Warum hat man ihn dann verhaftet?» Skeptisch blickte Gesa zu einem der erleuchteten Fenster.

«Das finden wir gleich heraus.»

Als Gesa die Polizeistation betrat, rechnete sie mit dem Schlimmsten. Hatte Ole randaliert? Hatte er sich der Verhaftung entzogen? Hatte man ihm Handschellen angelegt? Saß er in einer Zelle auf einer harten Pritsche wie ein Schwerverbrecher?

In der Wache hatten sich vier Beamte im Halbkreis um einen Schreibtisch versammelt, an dem Ole saß. Das Krankenhaushemd trug er nicht mehr, man hatte ihm einen Polizeitrainingsanzug gegeben. Ole blickte mit gesenktem Kopf auf zwei Funkgeräte. Daneben lag Werkzeug. Gesa trat näher. Ole hatte ihre Anwesenheit bisher nicht bemerkt.

Rotger Grambek räusperte sich. Ole und die vier Polizisten schauten auf.

«Wie schön, dass du mich abholen kommst.»

Das Turmalingrün von Oles Augen strahlte eine solche Wärme aus, dass Gesa wie ferngesteuert auf ihn zulief und ihn umarmte. «Was machst du nur für Quatsch? Du sollst dich doch schonen.»

«Sind Sie eine Angehörige?», erkundigte sich einer der Beamten. Im Beantworten dieser Frage hatte Gesa mittlerweile Übung. Sie löste sich von Ole und hob gerade zu einer Antwort an, als ihr Vater zu sprechen begann.

«Rotger Grambek, ich denke, Ihnen ist bekannt, wer ich bin. Für die, die es sträflicherweise nicht wissen, schleswig-holsteinischer Landespolizeidirektor a. D.»

Die Polizisten nahmen Haltung an.

«Was wird Herrn Oevermann zur Last gelegt?»

Niemand antwortete.

«Wenn ich die Lage richtig einschätze, hat er das Krankenhaus auf eigenen Wunsch verlassen. Das ist erlaubt, wenn er mögliche gesundheitliche Risiken selbst trägt.»

Ole nickte.

Die Polizisten standen noch immer in angespannter Haltung neben dem Schreibtisch.

«Ich glaube, wir können uns ferner darauf verständigen, dass Herr Oevermann der Thalia-Filiale keinen Schaden zugefügt hat. Im Gegenteil, er hat sich um die Beleuchtung gekümmert. Daraus spricht seine Sorge um das Allgemeinwohl.»

Einhelliges Nicken.

«Hat er sich der Zuführung verweigert?»

Kopfschütteln.

«Es ging lediglich darum, seine Personalien aufzunehmen.» Der jüngste der vier Polizisten war vorgetreten. «Herr Direktor, ich möchte anmerken, Herr Oevermann ist der netteste Gast, den wir je bei uns hatten.»

Zustimmendes Gemurmel.

«Er hat sogar zwei Funkgeräte repariert, die hatten einen technischen Defekt.» Der Mann machte einen Schritt zurück in die Reihe.

«Sehr gut. Dann sind wir hier fertig. Kollegen, gute Arbeit, danke für Ihre Hilfe.»

In diesem Augenblick betrat Asta Grambek mit der Einkaufstasche die Polizeistation. Sie förderte zwei Bleche Mandel-Butter-Kuchen zutage und begann, die Stücke zu verteilen. Als sie bei Ole angekommen war, lächelte sie. «Herr Oevermann, wie fühlen Sie sich?»

«Großartig.»

«Wissen Sie noch, dass Sie im Koma lagen?»

«Irgendwie schon, aber meine Erinnerungen sind etwas diffus.»

«Ich bin Gesas Mutter und außerdem Krankenschwester. Sie hatten beziehungsweise haben ein Schädel-Hirn-Trauma infolge Ihres Sturzes. Im Grunde sollten Sie permanent unter ärztlicher Aufsicht sein. Erlauben Sie mir einige Untersuchungen?»

Ole war einverstanden. Asta Grambek bat einen der Polizisten um eine Taschenlampe. Sie zog ihr Halstuch ab, legte es zur Abschwächung des Lichtstrahls über die Lampe und überprüfte Oles Pupillenreaktion. Sie hielt ihm drei Finger entgegen und fragte, wie viele das seien. Danach bat sie ihn, mit geschlossenen Augen seine Nasenspitze zu berühren. Einmal mit der linken, einmal mit der rechten Hand. Zum Schluss fragte sie ab, welches Jahr gerade war und wie der aktuelle Bundespräsident hieß.

«2022, Frank-Walter Steinmeier.»

«Ich bin beeindruckt. Sie bringt so schnell nichts aus dem Lot. Bitte melden Sie sich trotzdem morgen bei Ihrem Hausarzt. Sie sollten in den nächsten Tagen viel Mozart und Phil Collins hören, das ist Balsam für die Seele.»

«Das mache ich. Vielen Dank, auch für die Verpflegung. Es sieht ganz danach aus, als wären Sie eine vorzügliche Bäckerin.» Ole nahm zwei Stück Kuchen vom Blech und reichte Gesa eins davon.

Die beiden stellten sich ein wenig abseits. Gesa hatte viele Fragen, wollte Ole jedoch nicht überfordern. Sie wollte mit ihm allein sein, sie wollte verarbeiten, was geschehen war, zur Ruhe kommen.

Der junge Polizist kam kauend herüber. «Und Sie sind?», wandte er sich an Gesa.

«Das ist Gera.»

Zufrieden und betreten zugleich knabberte Gesa an ihrem Kuchen. Immerhin glaubte Ole nicht mehr, sie wäre seine verstorbene Frau. Das Wichtigste war jedoch, dass sie Ole wohlbehalten und unversehrt wieder an ihrer Seite wusste. Der Rest würde sich schon finden.

«Interessanter Name», nahm der Polizist den Faden wieder auf. «Eine Hommage an die Stadt in Thüringen?»

«Ich heiße Gesa», flüsterte Gesa in Oles Ohr.

«Entschuldigung. Gesa mit s. Der Name geht auf die altdeutsche Form Gertrud zurück. Er kann mit *starke Speerkämpferin* übersetzt werden.»

Gesa jubelte innerlich. Ole war zurück, und zwar nicht nur körperlich, sondern auch geistig. Er wusste, wer sie war, er wusste, dass er Buchhändler war. Anders konnte sie sich nicht erklären, wie er wie aus der Pistole geschossen die Herkunft ihres Namens hatte herleiten können.

«Schön, dass du wieder auf den Beinen bist», sagte Gesa. «Und das mit der Buchhandlung kriegen wir auch noch hin, ich arbeite jedenfalls dran.»

Ole kratzte sich am Kopf. «Gesa, es tut mir leid, ich verstehe nicht, was du meinst.»

Gesa und Ole übernachteten gemeinsam in der Wohnung in der Marlesgrube. Gemeinsam, aber in verschiedenen Betten. Ole hatte darauf bestanden, dass Gesa die Nacht im Schlaf- und er im Wohnzimmer verbrachte.

Asta Grambek hatte ihrer Tochter das Versprechen abgenommen, sich um Ole zu kümmern. Gesa war hin- und hergerissen gewesen. Sie war einerseits glücklich, dass Ole zurück war. Ein Teil in ihr jedoch wäre ihm lieber aus dem Weg gegangen. Konnte er sich wirklich nicht daran erinnern, was zwischen ihnen gewesen war?

Am nächsten Morgen wurde Gesa von Kaffeeduft geweckt. Sie hatte wirr geträumt, ohne jedoch Genaueres in den neuen Tag hinüberretten zu können. Vielleicht ist das gut so, dachte sie, schlug die Decke zurück und folgte dem Kaffeeduft, der sie in die Küche führte.

Der Tisch war liebevoll gedeckt. Frische Brötchen, Vollkornbrot, Orangensaft, Pflaumenmus, die heutige Ausgabe der *Lübecker Nachrichten*, die Vase mit dem getrockneten Lavendel in der Mitte. Wann hatte Ole das alles organisiert? Gesa musste so tief geschlafen haben, dass sie nicht bemerkt hatte, wie er einkaufen gegangen war. Vollkornbrot? Pflaumenmus? Hatte Gesa Ole erzählt, was ihr Lieblingsfrühstück war? Oder war es ein Zufall, dass er genau das ausgesucht hatte, was sie am liebsten mochte?

«Guten Morgen, das sieht ausgezeichnet aus. Hast du überhaupt geschlafen?»

«Etwas, aber ich lag ja im Koma, wie ich hörte. Da habe ich wahrscheinlich reichlich vorgeschlafen.»

Ole machte einen angeschlagenen Eindruck. Die Nachwirkungen der Tage im Krankenhaus zeichneten sich in seinem Gesicht deutlich ab.

«Ich bin in den Nachrichten.» Ole griff nach der Zeitung.

Ein Artikel in der Rubrik *Panorama* berichtete davon, wie ein Mann, der sich als Elektriker ausgegeben hatte, auf ein Bücherregal in der Thalia-Filiale im Citti-Park geklettert war, um eine defekte Glühbirne auszutauschen.

Unbekannter will Licht ins Dunkel bringen lautete die Überschrift über dem dazugehörigen Artikel.

Gesa betrachtete den Küchentisch. Unbekannter? Sie musste herausfinden, inwieweit sich Ole selbst noch unbekannt war. Sie wollte es langsam angehen lassen. Sie nahm Platz. «Danke für das schöne Frühstück. Hast du gewusst, was ich am Morgen gerne esse?»

Ole schnitt ein Brötchen auf, antwortete jedoch nicht.

«Weißt du, woher wir uns kennen?», fragte Gesa zaghaft. Sie wollte nun doch herausfinden, ob Ole noch wusste, dass mehr zwischen ihnen gewesen war als Freundschaft.

«Leider nicht. Du heißt Gesa. Wir sind befreundet. Das war bedauerlicherweise schon alles.»

Gesa faltete die Zeitung zusammen und seufzte innerlich. Oles Antwort war eindeutig. *Befreundet.* Die Erinnerungen an ihre gemeinsame Zeit waren vollständig in Vergessenheit geraten. Da Ole Gesa eingehend musterte und sie fürchtete, er könnte ihre Gedanken erraten, fragte sie: «Was ist dein Beruf?»

«Ich bin Elektriker. Ich heiße Ole Oevermann, bin siebenundsechzig Jahre alt, geboren in Lübeck und seit 2001 verwitwet.» Ole schloss kurz die Augen. «In meinem Flur stehen unzählige Bücher, das wundert mich. Ich lese eigentlich nur Fachartikel und Sachbücher aus dem Bereich Elektronik. Gestern auf der Polizeistation hast du eine Buchhandlung erwähnt. Die ganze Nacht habe ich darüber nachgedacht, was das bedeutet. Meine Frau war Bibliothekarin, das weiß ich noch. Hat es damit zu tun?»

Gesa schüttelte den Kopf, dann begann sie zu erzählen. Sie erzählte, wie Ole nach Ophelias Tod die Buchhandlung von Traute Tjarks übernommen hatte. Sie erzählte von Onnis Tod und davon, wie sie die Bücher daraufhin aus ihrem Leben verbannt hatte. Sie erzählte von ihrem Beruf als Versicherungskauffrau und von ihrem gemeinsamen Plan, ihre drohende Kündigung bei der Lübeck-Safe-AG abzuwenden. Anschließend beschrieb sie die Buch-Elementar-Risiko-Versicherung, das Kombinations-Vorteilspaket mit Geros Urnen und den Tag, an dem Oles Unfall passiert war. Sie erzählte von dem Hochwasser und dem Bautrockner und davon, wie sie die feuchten Bücher zum Trocknen auf Leinen gehängt und die unversehrten Exemplare zum Bestattungsinstitut gebracht hatte. Sie erzählte von ihrem Versuch, auf dem Wochenmarkt aus zwei Koffern heraus Bücher zu verkaufen, von dem Diebstahl, dem netten Wurstverkäufer, dem Busfahrer mit den schriftstellerischen Ambitionen und ihrer Idee einer literarischen Wundertüte.

Ole hörte aufmerksam zu.

Gesa trank einen Schluck Kaffee. Er war kalt geworden und schmeckte bitter.

«Danke für alles, was du für mich getan hast», sagte Ole schließlich.

«Sind deine Erinnerungen an das Geschehene tatsächlich weg?»

«Schwer zu sagen. Einiges weiß ich noch genau, manches schemenhaft, anderes überhaupt nicht. Es scheint nur fast so, als sei alles, was mit Büchern zu tun hat, aus meinem Kopf verschwunden.»

Gesa stellte die Kaffeetasse ab. Sie blickte zu der Vase mit dem Lavendel. «Wahrscheinlich dauert es einfach noch ein wenig, bis alles zurückkehrt. Hauptsache, du wirst wieder richtig gesund.»

Ole nickte.

Gesa räusperte sich. «Und wie soll es jetzt weitergehen? Um ehrlich zu sein, bin ich ein wenig überfordert, wir brauchen auf alle Fälle einen neuen Plan.»

«Mir fehlen die Bucherinnerungen aus meiner Vergan-

genheit, doch in der Gegenwart bin ich voll zurechnungsfähig. Wenn ich das richtig sehe, müssen wir jetzt schleunigst diese Buchhandlung auf Vordermann bringen und
deine Versicherungen verkaufen.»

Gesa spielte mit dem Henkel ihrer Kaffeetasse. «Das
denke ich auch. Das Problem ist nur, dass wir beide aktuell
nicht wirklich Ahnung von Büchern haben. Keine guten
Voraussetzungen. Vom Geld möchte ich gar nicht erst anfangen.»

«Das stimmt.»

Plötzlich fiel Gesa etwas ein. Hastig schob sie ihren
Stuhl zurück und eilte ins Wohnzimmer, um die Kladden
mit den Buchtiteln und Zitaten aus der Anbauschrankwand zu holen.

Neugierig schlug Ole eines der Notizbücher auf.

«Kommt dir das bekannt vor?»

«Kein bisschen. Ich erkenne meine Handschrift, der
Rest besteht aus lauter Fragezeichen.»

Auch Gesa griff sich eine Kladde. «Methode ist die
Mutter des Gedächtnisses. Thomas Fuller. Oder: Die Erinnerung steht immer dem Herzen zu Diensten. Antoine
de Rivarol.»

«Unglaublich, dass ich das alles aufgeschrieben haben
soll.» Ole nippte an seinem Orangensaft.

«Wie wäre es, wenn wir in die Buchhandlung gehen?
Vielleicht fällt dir dort mehr ein.»

«Das machen wir. Nach dem Frühstück. Halb verhun-
gert können wir uns nie aus diesem Dilemma befreien.»

Während des Essens trat Schweigen zwischen Gesa und
Ole. Sie kauten, sie lächelten sich an. Trotzdem lag Hilf-
losigkeit auf ihren Gesichtern. Der Himmel hinter dem
Küchenfenster war leicht bewölkt. Ein Schwarm Kraniche

flog vorüber. Ihre Gru-Gru-Rufe vermischten sich mit den Geräuschen, die von der Straße heraufzogen.

«Gesa, sag mal, dieses Zitat mit der Erinnerung und dem Herzen, nun, wie soll ich es sagen? Wir beide waren doch kein Liebespaar, oder?»

Gesa wischte sich einen nicht vorhandenen Krümel aus dem Mundwinkel. Was sollte sie darauf antworten? Seine Frage könnte bedeuten: Mach dir keine falschen Hoffnungen. Sie könnte allerdings auch bedeuten, dass er mehr für sie empfand als nur Freundschaft und Angst hatte, sie würde seine Gefühle nicht erwidern. War es überhaupt möglich, an das anzuknüpfen, was sie verbunden hatte, wenn Ole keine Erinnerung an die gemeinsam verbrachte Zeit hatte? Es war zum Verzweifeln. Gesa und die Liebe, die beiden hatten sich wieder in der Wolle. Eine Sache jedoch stand über Gesa und ihrem Gedankensalat. Ihre Gefühle Ole gegenüber hatten sich keinen Millimeter verändert.

Kapitel 22

ichts?»

«Null Komma nichts. Totaler Blackout. Es ist, als wäre eine Sicherung in meinem Kopf durchgebrannt.» Ole stand in seiner Buchhandlung und schüttelte betrübt den Kopf. Seine grauen Locken hingen trostlos herab, als wären auch sie bekümmert darüber, dass ihr Besitzer sein Wissen über die Literatur verloren hatte.

«Wirklich nichts?»

«Die letzte Erinnerung, die ich an diesen Ort habe, ist, wie ich hier bei Traute Tjarks im Laden war. Ophelia war gerade gestorben, und ich ...» Ole unterbrach sich für einige Augenblicke, «und ich fand keinen Sinn mehr im Leben. Irgendwann habe ich mich in den Ohrensessel gesetzt, der jetzt in meinem Wohnzimmer steht. Die alte Buchhändlerin hat mir ein Buch von Shakespeare in die Hand gedrückt, dann bin ich eingeschlafen.»

«Du hast eine ungewöhnliche Form von Amnesie. Alles, was mit Büchern zu tun hat, ist ausgelöscht.»

«Mein Logikvermögen allerdings funktioniert uneingeschränkt. Ich weiß, dass es die Firma meines Vaters nicht mehr gibt. Mir ist auch bewusst, dass mein Vater vor zehn Jahren gestorben ist. Doch beim besten Willen kann ich mich nicht entsinnen, was ich seitdem den ganzen Tag gemacht, wo ich gearbeitet habe.»

Gesa ging zu dem Bautrockner, der vor sich hin lärmte, und stellte ihn ab. Die plötzliche Ruhe tat gut.

«Wenn ich das richtig verstehe, muss ich mich schnell in die Welt der Literatur einarbeiten», seufzte Ole.

«Das ist kein leichtes Unterfangen, ich habe es auch versucht», sagte Gesa. «In jedem Jahr erscheinen Tausende neue Bücher. Sich da umfassend einzuarbeiten, ist unmöglich. Bei den alten Werken kann ich ja noch mithalten, doch das, was nach Onnis Tod erschienen ist, kenne ich nicht.»

Ole lief nachdenklich an den Regalen vorbei. Sein Blick fiel auf die Wäscheleinen. Die meisten Bücher, die darauf hingen, waren inzwischen getrocknet, die Seiten jedoch wellig, die Einbände fleckig.

«Danke, dass du dich um das alles hier gekümmert hast.» Ole legte seine Hand auf einige der getrockneten Ausgaben.

Gesa beschlich der Eindruck, er wollte versuchen, die Geschichten, die in den Büchern schlummerten, zum Leben zu erwecken, als könnten sie sich über seine Hand auf seinen Kopf übertragen.

«Im Auswendiglernen war ich seit jeher gut», erklärte Ole. «Ich werde mir die Bestsellerlisten der letzten Jahre organisieren und sie wie Vokabeln pauken. Natürlich mit den entsprechenden Klappentexten. Vielleicht können wir bei den Verlagshäusern nachfragen, ob sie uns Verzeichnisse ihrer Publikationen zukommen lassen.»

«Warte.» Gesa hastete in den hinteren Raum der Buchhandlung, um einen Stapel Verlagskataloge zu holen. «Das ist zumindest ein Anfang. Jeder Verlag veröffentlicht zwei

Kataloge pro Jahr. Einen im Frühjahr, einen im Herbst. Wie viele Verlage in Deutschland existieren, weiß ich nicht, es sind wahrscheinlich mehr, als man denkt. Hinzu kommen die Texte, die im Eigenverlag veröffentlicht wurden.»

«Du klingst, als wärst du vom Fach.»

Da hatte er recht. Gesa war selbst überrascht, welches Wissen in ihr steckte. Vermutlich aus der gemeinsamen Zeit mit Onni. Wie lieb und teuer ihr Romane damals gewesen waren. Marianne Dashwood. Bridget Jones. Jane Marsh. Santiago und Fatima. Die Familie Buendía. Und die Briefe zwischen Franz Kafka und Felice Bauer. All die Figuren aus den Büchern, ob ausgedacht oder echt, hatten Gesa einst die Kraft gegeben, über ihre Liebesenttäuschungen hinwegzukommen. Und dann war all das auf einen Schlag vorbei gewesen. Wie sehr sich ihr Leben seitdem verändert hatte. Noch vor ein paar Wochen hätte sie sich nicht vorstellen können, ein Buch auch nur anzufassen, geschweige denn, eine Buchhandlung zu betreten.

Und nun stand sie hier in Oles Laden und sprach über Verlage und ihre Publikationsroutinen. Ohne Ole hätte sie ihre Angst vor Büchern nie überwunden, so viel stand fest. Doch auch wenn sie in den letzten Tagen der Literatur ein wenig nähergekommen war, in *Die unerträgliche Leichtigkeit des Seins* und *Das Kind in dir muss Heimat finden* geschmökert hatte, war das nur ein Anfang. Für eine Karriere als Buchhändlerin reichte das lange nicht. Beim Stichwort Karriere fiel Gesa ein, dass sie sich längst bei Dr. Penningbüttel hätte melden sollen. Sie zog ihr Handy aus der Tasche und tippte rasch eine SMS.

Die Sache mit den neuen Verträgen läuft gut. Ich habe fünf
weitere Policen für die Lübeck-Safe-AG abschließen können.
Mit freundlichen Grüßen, Gesa Grambek

Kurz nachdem Gesa auf *Senden* gedrückt hatte, lief sie
rot an. Hatte sie nicht schon genug Probleme? Hatte sie
ihrem Chef nicht gerade erst gestanden, bei der Anzahl
der abgeschlossenen Policen geflunkert zu haben? Warum
brachte sie sich immer wieder in neue Schwierigkeiten?
Aber gesendet war gesendet. Vielleicht war ihr das Schicksal wohlgesinnt, und ihre dreiste Lüge würde sich in den
nächsten Tagen wie von Zauberhand bewahrheiten. Sie
musste es nun auf einen Versuch ankommen lassen.

Ole lief im Laden auf und ab. «Um die Lage zusammen-
zufassen: Ich brauche Geld für den Wiederaufbau der
Buchhandlung. Da ich keine Versicherung habe, muss
das Geld durch den Verkauf möglichst vieler Bücher ein-
gespielt werden, wozu uns beiden allerdings das nötige
Buchwissen fehlt. Und dann ist da noch die Sache mit deiner drohenden Kündigung und den Versicherungen, die
wir mit meinen Büchern zusammen verkaufen wollen.»
Ole sah plötzlich ganz müde aus, sein Gesicht wirkte grau.
«Das klingt alles ziemlich kompliziert.»

«Mach dir keine Sorgen um mich, deine Buchhandlung
steht an erster Stelle», sagte Gesa schnell.

«Wie du meinst. Wenn ich es richtig verstanden habe,
lässt sich deine Versicherung nur über Buchverkäufe an
den Mann und die Frau bringen. Sich in die gesamte Literatur einzuarbeiten, dauert Jahre, wenn nicht Jahrzehnte.»

«Mit YouTube geht es schneller. *Sommers Weltliteratur
to go* und so.»

Gesa und Ole fuhren herum. In der Tür stand ein junger

Mann, fast noch ein Teenager. Er mochte sechzehn Jahre alt sein, vielleicht siebzehn. Die Hose des Neuankömmlings hing so tief, dass es an ein Wunder grenzte, dass sie nicht herunterrutschte. Dazu trug er ein weites T-Shirt, darüber ein kariertes Sakko. In seinem rechten Ohr steckte ein Bluetooth-Kopfhörer. Seine Haare glichen denen von Ole, allerdings in Schwarz.

«Können wir dir helfen? Oder soll ich lieber ‹Ihnen› sagen?» Ole machte einen Schritt auf die Tür zu.

«‹Du› geht klar, bin siebzehn. Denke, wir können uns gegenseitig helfen. Ich bin Mattis. Meine Ma schickt mich.»

Gesa blickte den Jungen neugierig an. Hatte sie ihn hier schon einmal gesehen? Wer war seine Mutter, und warum hatte sie ihn herbeordert? Er wirkte sympathisch, und nachdem sie ihn eingehender betrachtet hatte, meinte sie doch, ihm irgendwo schon einmal begegnet zu sein.

Mattis betrat den Laden. «Hier ist ja Land unter. Das hat meine Ma gar nicht erwähnt. Bin gekommen, weil der Buchhändler wohl im Koma liegt. Wie der Schriftsteller Stefan Heym, der lag auch im Koma, nach einer Blinddarm-OP, wenn ich mich richtig erinnere.»

«Wie es scheint, bist du nicht mehr auf dem neusten Stand, in Bezug auf das Koma, meine ich. Ich bin Ole Oevermann, ich bin hier wohl der Buchhändler. Das ist Gesa. Warum bist du gekommen?» Ole lächelte.

Mattis fuhr sich durch seine schwarzen Locken. Er nahm den Kopfhörer aus dem Ohr. «Meine Ma war neulich hier. Sie ist Deutschlehrerin und Fitzek-Fan-Girl. Der Typ ist nicht so meins. *Die Therapie* habe ich noch gerne gelesen, doch spätestens bei *Passagier 23* war ich raus. Immer dasselbe Strickmuster, abwegige Wendungen, teilweise

Redundanzen, Logikbrüche. Der Pappaufsteller von Fitzek steht bei uns im Flur. Leicht gruselig.»

In Gesa flackerte Hoffnung auf. Mattis war offenbar nicht nur literaturinteressiert, sondern trotz seines jungen Alters bereits ein wahrer Profi auf dem Gebiet. «Du bist also hier, um zu helfen», sagte sie vorsichtig, um der Hoffnung nicht zu viel Raum zu geben.

«Ma meinte, Sie, Frau Gesa, haben nicht so viel Ahnung von Literatur. Nicht böse gemeint. Sie fand, ich sollte hier aushelfen, wenigstens ein bisschen. Mit Ihnen, Herr Oevermann, kann ich es büchertechnisch natürlich nicht aufnehmen.»

Begeistert nahm Gesa den jungen Mann an die Hand. «Genau da liegt unser Problem. Herr Oevermann hat im Koma sein Bücherwissen verloren. Du kommst wie gerufen. Hast du Zeit?»

«Immer.» Mattis musterte die Wäscheleinen. «Spannend. Die sind ja nach Genres sortiert.»

«Musst du nicht in die Schule?», hakte Ole nach.

«Rausgeflogen, lange Geschichte.»

«Das klingt nicht so gut.»

«Und Sie?», wandte sich Mattis an Ole. «Müssten Sie nicht im Krankenhaus sein, so kurz nach dem Koma?»

«Abgehauen, lange Geschichte.»

Die beiden Männer grinsten sich an, eine Art Großvater-Enkel-Grinsen, das große Vertrautheit ausstrahlte.

«Wie stehst du zu Chicken Nuggets, Mattis?»

«Würde ich meine rechte Hand für geben.»

Das Eis war gebrochen. Nicht nur frisurentechnisch, auch kulinarisch lagen Ole und Mattis auf einer Wellenlänge. Wie perfekt wäre die Harmonie erst, wenn Oles verschüttetes Wissen über die Literatur hoffentlich wieder aus den Tiefen des Vergessens ans Tageslicht kommen würde?

Ole zwinkerte Gesa zu. «Ich lade den jungen Mann hier zum Essen ein und bespreche mich mit ihm. Mein Gefühl sagt mir, uns ist gerade ein Sechser im Lotto in den Buchladen geflattert.»

«Mit Zusatzzahl», ergänzte Gesa ausgelassen.

«Vor allem bin ich neugierig, was es mit *Sommers Weltliteratur to go* auf sich hat», meinte Ole und wandte sich an Gesa. «Ist es in Ordnung, dass ich dich kurz allein lasse?»

«Natürlich. Viel Spaß euch beiden. Ich mache noch ein bisschen Ordnung.»

«Danke, Gesa. Ich denke, in zwei Stunden bin ich spätestens zurück.»

Gesa blickte sich im Verkaufsraum der Buchhandlung um. Das Wasser hatte deutliche Spuren hinterlassen, noch immer war der Fußboden dreckig. Da Gesa keine Putzmittel finden konnte, lief sie zu einem Drogeriemarkt in der Nähe. Sie kaufte Eimer, Wischmopp und Essigreiniger. Die Schlickspuren erwiesen sich als hartnäckig. Drei Mal musste Gesa das Wischwasser wechseln, bis sie schließlich die gröbsten Verschmutzungen beseitigt hatte.

Als sie fertig war, nahm Gesa ihr Handy und setzte sich auf die Treppe vor der Buchhandlung. Beim Aufräumen war ihr die literarische Wundertüte wieder in den Sinn gekommen, die sie dem Busfahrer versprochen hatte. Als Gesa den Begriff *Schreibratgeber* im Internet recherchierte, erhielt sie eine schier unübersichtliche Auswahl an Sachbüchern. *Über das Schreiben* von Sol Stein. *Wie man einen verdammt guten Roman schreibt* von James N. Frey. *Ro-*

mane schreiben und veröffentlichen für Dummies von Axel Hollmann und Marcus Johanus.

Während Gesa rätselte, welcher der Ratgeber am besten geeignet war, vermeldete ihr Handy das Eintreffen einer SMS. Dr. Bruno Penningbüttel hatte auf ihre Nachricht geantwortet. Noch bevor Gesa das erste Wort gelesen hatte, spürte sie, dass sie richtig tief in Schwierigkeiten steckte.

Liebe Frau Grambek,

was für schöne Neuigkeiten. Am besten, wir übernehmen die fünf neuen Policen gleich in unser elektronisches System. Ich bin heute bis siebzehn Uhr im Büro.
Bis gleich,
Dr. Bruno Penningbüttel

Gesa war froh zu sitzen. Sie hatte das Gefühl, die Farbe würde aus ihrem Gesicht weichen, und noch ehe sie überlegen konnte, wie sie mit dem von ihrem Chef anberaumten Termin umgehen sollte, sah sie Ole auf die Buchhandlung zuschlendern. Seine gesamte Erscheinung ließ darauf schließen, dass das Chicken-Nuggets-Gespräch mit Mattis ein voller Erfolg gewesen war. Ole wirkte glücklich. Sein Gesicht hatte einen gesunden Ton, seine Augen strahlten, sogar seine grauen Locken schienen neue Sprungkraft gewonnen zu haben.

Ole umarmte Gesa zur Begrüßung und geriet sofort in einen begeisterten Redeschwall. Er erzählte ihr von *Sommers Weltliteratur to go*, einem YouTube-Kanal, auf dem bekannte literarische Werke mit Playmobil-Figuren nachgespielt wurden. Der Kanal war im Jahr 2018 sogar mit dem Grimme Online Award ausgezeichnet worden. Ole erzählte von Buch-Bloggern auf Instagram, von Hörbüchern, von Literatur-Podcasts, Apps, die in fünfzehn Minuten Romane zusammenfassten. Ole erzählte von Büchern mit Titeln wie *Und am Ende sind alle tot*, *Weltliteratur für Eilige* und *Brockhaus Literaturcomics*.

Bei dem Wort Brockhaus zuckte Gesa zusammen. Immerhin war es eine sechzehnbändige Brockhaus-Enzyklopädie gewesen, die Ole auf den Kopf gefallen war. Doch seine Euphorie war so grenzenlos und ansteckend, sein Glaube, alles werde sich zum Guten wenden, wirkte so unerschütterlich, dass Gesa die Lüge ihrem Chef gegenüber für einen Moment weniger bedeutsam erschien. Doch als der viel zu kurze Moment vorbei war, wurde Gesa klar: Sie musste mit Penningbüttel reden.

«Zwar habe ich keine Ahnung, wie ich die Sanierung und die Anschaffung neuer Bücher finanzieren soll, ein Anfang jedoch ist gemacht. Mattis hat sogar eine Instagram-Seite für meine Buchhandlung eingerichtet.»

Gesa versuchte sich an einem Lächeln. «Ich freu mich so für dich. Das sind großartige Neuigkeiten. Übrigens, ich muss noch mal los, mein Chef will mich sprechen.»

«Da komme ich natürlich mit. Der wird sich sicherlich freuen, dass wir einen Weg aus der Misere gefunden haben.»

«Also, nein … wirklich nicht … Ich …»

«Keine Widerrede. Das ist doch selbstverständlich nach dem, was du für mich und meine Buchhandlung getan hast.»

Ein wiederholter Protest würde nichts bringen, erkannte Gesa. Ole zog sie von den Stufen hoch und bot ihr seinen Arm zum Unterhaken.

Kapitel 23

rau Grambek.» Dr. Bruno Penningbüttel strahlte über
das ganze Gesicht. «Sie werden noch meine Mitarbeiterin des Monats. Ich wusste, alles würde sich zum Guten
wenden.»

Gesa brachte kein Wort heraus.

«Bitte, kommen Sie herein.»

Gesa betrat das Büro. Sie war froh, Ole überredet zu
haben, unten auf sie zu warten. Die Sonne, die durch das
Fenster schien und ihre Strahlen fächerförmig auf dem
Schreibtisch von Dr. Penningbüttel streckte, tauchte das
Büro in warmes Licht. Trotzdem war es Gesa, als würde
sie einen Eiskeller betreten. Gesa wusste, was gleich passieren würde. Sie wusste es so sicher, wie Vögel wissen,
dass es gleich zu regnen beginnt, und ihren Gesang einstellen, um sich in Sicherheit zu bringen. Aber für Gesa gab
es keine Sicherheit mehr, in die sie sich bringen konnte.

«Frau Grambek, geht es Ihnen nicht gut? Sie sehen
recht kränklich aus.»

«Ich bin alles andere als Ihre Mitarbeiterin des Monats.
Ich habe gelogen, zwei Mal hintereinander habe ich Sie
angelogen. Der Verkauf der zehn Policen, von denen ich
Ihnen erzählt habe, war nichts als Zufall.»

Penningbüttel starrte Gesa verblüfft an.

«Und was noch viel schlimmer ist: Die fünf neuen sind komplett erstunken und erlogen», fügte Gesa mit gesenktem Kopf hinzu.

Penningbüttel schwieg. Als die Stille im Raum nicht mehr auszuhalten war, räusperte er sich. «Versicherungen nicht verkaufen zu können, ist das eine. Die angespannte Lage ist mir bekannt. Darum habe ich Ihnen bereits Aufschub gewährt. Doch dass Sie mir dreist ins Gesicht lügen», seine Stimme wurde lauter, «Frau Grambek, das ist vollkommen inakzeptabel. Warum haben Sie nicht das Gespräch gesucht? Ich habe Sie oft genug gefragt, wie Sie vorankommen, und Ihnen unermüdlich meine Unterstützung angeboten. Nach so vielen Jahren ... Ich bin maßlos enttäuscht. Es geht um Integrität, Moral und ...» Penningbüttel blickte sie forschend an. «Bestand denn in Ihren Augen überhaupt je eine Chance, die geforderte Menge an Versicherungen zu verkaufen?»

Gesa schüttelte den Kopf. Wenn sie ehrlich zu sich selbst war, war die Idee mit dem Kombinationsvorteilspaket von vornherein zum Scheitern verurteilt gewesen, eine Verzweiflungstat, die nur durch Zufall ein paar Abschlüsse hervorgebracht hatte. Bruno Penningbüttel musterte seine Fingernägel.

Nach einigen Augenblicken löste er sich aus seiner Erstarrung. Er langte unter seinen Tisch und hielt Gesa einen kleinen Karton entgegen. «Sie sind entlassen. Fristlos. Bitte gehen Sie jetzt und räumen Sie unverzüglich Ihr Büro.»

Gesa stellte den Karton auf ihren Schreibtisch.

Wie in Trance sah sie sich um. Über vierzig Jahre ihres Lebens hatte sie hier verbracht. Sie erinnerte sich an ihren ersten Arbeitstag bei der Lübeck-Safe-AG, als wäre es gestern gewesen. 1980. Sie hatte gerade ihr Abitur abgelegt und sich danach für eine Ausbildung zur Versicherungskauffrau entschieden. Dr. Bruno Penningbüttel saß damals gerade erst seit ein paar Wochen im Chefsessel und hatte sie unter seine Fittiche genommen. Er war ihr von Beginn an mit Wohlwollen und Geduld begegnet. Und jetzt? Jetzt hatte sie ihn bitter enttäuscht. Ihre wiederholten Lügen hatten mit einem Schlag vierzig Jahre ihres Berufslebens zunichtegemacht.

Gesa zog die Schreibtischschublade auf. Ein Foto von sich und Gero bei der silbernen Hochzeit ihrer Eltern, eine Packung Kopfschmerztabletten, Stifte, ein Apothekenkalender aus dem Jahr 2012, Briefumschläge, ein Locher, ein Handyladekabel, eine Ersatzstrumpfhose, ein Fusselroller und eine angefangene sowie eine ungeöffnete Tüte Marzipankartoffeln. Gesa hatte den Eindruck, ein sehr emsiges Ameisenvolk würde in ihrem Körper herumwuseln. Sie musste hier raus. Hastig warf sie ihre Habseligkeiten in den Karton, einen letzten Blick aus dem Fenster und verließ ihr Büro.

Im Flur standen die Kollegen der Lübeck-Safe-AG wie zu einem Standbild fixiert. Sie mussten auf Gesa gewartet haben. Wie schnell hatte sich ihre Kündigung herumgesprochen? Gesa konnte die Mienen der Anwesenden nicht deuten. Lag Enttäuschung darin? Oder Mitleid? Eine Person fehlte. Jost. In den letzten Tagen hatten sich die Ereignisse derart überschlagen, dass Gesa keine Gelegenheit gehabt hatte, Jost auf den neuesten Stand zu bringen. Sie hielt den Karton vor sich wie ein Friedensgeschenk, von dem sie wusste, dass es niemand akzeptieren würde.

Mit gesenktem Kopf lief Gesa zum Ausgang. In diesem Augenblick kam ihr Jost entgegen. Er hatte eine Bäckertüte in der Hand und biss gerade in ein Marzipan-Croissant. Als er Gesa erblickte, hielt er abrupt inne, seine Gesichtszüge verhärteten sich. Er hörte auf zu kauen. Gesa versuchte sich an einem Lächeln. Doch es prallte an Jost ab. Er schüttelte den Kopf und sagte etwas, das Gesa nicht mehr mitbekam, denn sie stürmte hinaus.

Es war zum Verzweifeln. Die fristlose Kündigung erfüllte Gesa mit Angst. Einer diffusen Angst, als würde sie alles um sich herum wie durch eine Glasglocke wahrnehmen. Nur der Gedanke an Ole tröstete sie ein wenig. Er wartete unten auf sie, er würde ihr zuhören.

Als sie aus dem Gebäude der Lübeck-Safe-AG trat, sah sie Ole neben einer fremden Frau stehen, die beiden waren in ein Gespräch vertieft. An der Straße parkte eine schwarze Limousine. Die Frau war ungefähr in Oles Alter, sehr elegant gekleidet und legte ihre Hand ständig auf Oles Arm. Wer war das denn? Warum waren die beiden so vertraut miteinander? Als Ole schließlich den Kopf wendete und Gesa bemerkte, wurde er rot. Rasch umarmte er die Frau, die in die Limousine stieg und davonfuhr. Wind frischte auf und wurde schnell stärker, als wollte er versuchen, Gesa zum Gehen zu animieren.

«Lief alles gut bei dir?» In Oles Stimme lag keinerlei Argwohn, aber auf Gesa wirkte er irgendwie verlegen. Er machte auch keine Anstalten zu erklären, wer die Dame gewesen war.

Bevor Ole ihre Tränen entdecken konnte, drehte sie sich um und nutzte den Rückenwind, um so schnell wie möglich zu verschwinden.

Als Gesa die Haustür öffnete, fühlte sich der Karton in ihrer Hand schwer an und wie ein Fremdkörper aus der Vergangenheit. Sie eilte durch den Flur zum Hinterhof, um die Büroutensilien in die Mülltonne zu werfen. Wenn schon, denn schon. Klarer Bruch. Es war ohnehin alles verloren. Sie schloss den Deckel der Mülltonne fester als nötig, um dem klaren Bruch besonderen Nachdruck zu verleihen.

In ihrer Wohnung spulte sie ihr altbewährtes Problemverarbeitungsprogramm ab. Sie duschte ausgiebig, zog sich ihren Schlafanzug über, öffnete eine Tüte Marzipankartoffeln und schlurfte ins Wohnzimmer.

«Du hast es gut. Du hast keine Ahnung von Kündigungen und Liebeskummer», sagte Gesa zum Kuukkeli.

Sie hockte sich vor die Schublade, in der die *Columbo*-DVD-Box lag. Unschlüssig nahm sie eine DVD nach der anderen heraus, konnte sich allerdings für keine entscheiden. Das Problemverarbeitungsprogramm stockte unvermittelt, als hätte es einen Programmierfehler.

Gesas Situation war mit keiner vorherigen vergleichbar. Seit Onnis Tod war sie nicht mehr so verzweifelt gewesen. Nachdenklich musterte Gesa die Schale mit den Marzipankartoffeln. Allein beim Gedanken an deren breiig braune, zuckersüße Masse drehte sich ihr der Magen um. Kurzerhand erklärte sie diesen unseligen Tag für beendet.

Mitten in der Nacht erwachte Gesa, weil sich ihre Blase meldete. Zurück im Bett, versuchte sie, wieder einzuschlafen. Sie drehte sich mehrfach von der einen auf die andere Seite, streckte mal den einen, mal den anderen Fuß unter der Decke hervor, weil ihr zu warm war. Ein Fuß im Freien allerdings ließ sie vor Kälte erschaudern.

Nach einer Stunde gab Gesa den Versuch, in den Schlaf zurückzufinden, auf. Sie nahm ihr Handy und wählte die Nummer ihres Bruders. Seine Stimme zu hören, würde ihr guttun. Leider klingelte es am Ende der Welt ins Leere.

Gesa ging in die Küche, um sich eine warme Milch mit Honig zuzubereiten. Mutter Asta hatte den Grambek-Zwillingen dieses tröstliche Getränk immer dann zubereitet, wenn sie krank, traurig oder ängstlich gewesen waren, Monster unter dem Bett vermuteten, Erkältungen hatten, bei Panik vor Klassenarbeiten oder dem ersten Liebeskummer. Selbst nach Onnis Tod, nach dem Asta viele Stunden und Tage an der Seite ihrer Tochter verbrachte, hatte es oft warme Milch mit Honig gegeben. Zwar konnte diese gegen den Kummer nichts ausrichten, doch das Tryptophan der Milch, diese Vorstufe des Glückshormons Serotonin, hatte Gesa stets zuverlässig beim Einschlafen geholfen.

Als Gesa den Kühlschrank öffnete und nach der Milchflasche greifen wollte, hielt sie inne. Alles war verschwommen. Stärker als je zuvor. Nur undeutlich erkannte sie die Umrisse der Butter, des Pflaumenmuses, des Käses, des Gemüses.

Im Wohnzimmer fand sie die Brille. Sie schob sie auf ihre Nase. Nichts. Die Brille war wirkungslos. Gesa überlegte, wo sie die Modelle mit den höheren Dioptrienwerten hingelegt hatte. Sie fand sie schließlich in ihrer Handtasche, die an der Garderobe im Flur hing. Drei Komma fünf Dioptrien. Wieder nichts. Nach wie vor wirkte alles um sie herum schwammig und diffus. Lag es vielleicht an der Dunkelheit? Angsterfüllt schaltete Gesa alle Lampen in ihrer Wohnung ein. Keine Besserung.

Gesa ließ sich mit Tränen in den Augen auf das Wohnzimmersofa fallen. Dort saß sie still. Sie starrte auf die Wand wie auf einen Teleprompter, der jeden Augenblick die Lösung für ihre ausweglose Situation verkünden würde. Doch es gab keine Lösung. Die Zeit stand still und lief gleichzeitig in doppelter Geschwindigkeit. Und während sich draußen vor dem Fenster die ersten Bewohner aus ihren Betten schälten, um ihr Tagwerk zu beginnen, fielen Gesa endlich die Augen zu.

Beim Aufwachen fühlte sich Gesa wie eine zerknüllte Zeitung von vorgestern. Sie war im Sitzen eingeschlafen. Ihre Muskulatur rebellierte gegen diese Zumutung. Die Zunge pappte Gesa am Gaumen, war pelzig, ihr Herz galoppierte. Der rechte Brillenbügel, der beim Schlafen zwischen Schläfe und Sofalehne gepresst worden war, hatte sich verbogen und einen Abdruck auf ihrem Gesicht hinterlassen. Hastig nahm Gesa die Brille ab und schmetterte sie von sich.

Erschrocken über diesen Ausbruch, sagte Gesa zu dem Kuukkeli: «Es tut mir leid, ich weiß auch nicht, was in mich gefahren ist.»

Gesa rappelte sich auf, sackte jedoch sofort zurück in die Sofapolster. Ihr Körper war schwer wie Blei. Noch immer hatte sie Sehschwierigkeiten. Sie rieb sich über die Augen, hielt dann verwundert inne.

«Warum brennen hier alle Lampen?», fragte Gesa den Kuukkeli. In ihre Überlegungen, ob sie eventuell selbst für die eingeschaltete Beleuchtung in ihrer Wohnung verantwortlich war, mischte sich ein unangenehmer Geruch. Zum zweiten Mal versuchte Gesa, vom Sofa hochzukommen. Als sie endlich aufrecht stand, hatte sie den Eindruck, kräftige Fausthiebe würden ihr in die Magengrube fahren. Gesa krümmte sich, versuchte, ihren Atem zu kontrollieren, und blickte sich um. Woher nur kam dieser widerliche Gestank?

In der Küche fand sie die Antwort. Der Kühlschrank stand sperrangelweit offen. Gesa fluchte.

Hätte sie nur auf Gero gehört, der ihr letztes Jahr geraten hatte, ein Modell mit eingebautem Türalarm zu kaufen.

Auf dem Boden vor dem Gerät hatte sich eine beachtliche Pfütze gebildet. Der Gestank stammte von einem Limburger Weichkäse.

Gesa schnappte sich den Mülleimer und entsorgte den gesamten Kühlschrankinhalt. Im Anschluss nahm sie die beiden Küchenhandtücher vom Haken und wischte damit das ausgelaufene Wasser auf. Kurz bevor sie den Kühlschrank schließen wollte, fiel ihr Blick auf das Gefrierfach im oberen Teil. Energisch öffnete sie die Klappe. Ein Wasserschwall ergoss sich auf ihre Füße. Gesa fluchte zum zweiten Mal. Sie zog den Kühlschrankstecker aus der Dose und überlegte, warum ihr in der letzten Zeit ausgerechnet Wasser zum Verhängnis wurde.

Gesa taumelte ins Schlafzimmer. Mit nassen Füßen legte sie sich auf das Bett und zog sich die Bettdecke über den Kopf. Sie wollte verschwinden. Die Welt hatte ihr nichts mehr zu geben.

Sämtliche Vorhänge in Gesas Wohnung waren seit drei Tagen zugezogen, jegliches Zeitgefühl hatte sich verflüchtigt.

Die Bilanz der letzten zweiundsiebzig Stunden war besorgniserregend. Gesa fühlte sich wie gelähmt. Das Gefühl, dass etwas Furchterregendes ihren Rücken heraufkroch, eine Art Krake, der seine acht Saugnapfarme um Gesas Oberkörper schlang und ihr die Luft abschnürte, hielt sie davon ab, das Haus zu verlassen. Oder wenigstens ihre Eltern um Hilfe zu bitten. Das Einzige, worum Gesa gebeten hatte, war eine Pizza Mista im Wumbo-Format, die ihr ein gewisser Thorben liefern sollte. Wumbo war die größte Ausfertigung, die man sich bestellen konnte. Durchmesser achtunddreißig Zentimeter. Gesas Kühlschrank war leer. Noch immer hatte sie ihn nicht wieder in Betrieb genommen.

Bei ihrem Anruf beim Pizzadienst hatte Gesa jedoch darum gebeten, dass ihre Bestellung vor der Tür abgelegt wurde. Sie wollte keinem Menschen begegnen, zumindest nicht von Angesicht zu Angesicht. Der Kuukkeli, der heute besonders aufmunternd zu gucken schien, war ihr Gesellschaft genug, und natürlich der Fernseher. Allerdings musste sie sich sehr dicht davorsetzen, da sie immer noch nicht richtig sehen konnte. Wenigstens ging es langsam bergauf. Zumindest mit der Sehfähigkeit.

Mit ihrem schlechten Gewissen allerdings, ihrem Gefühl, auf ganzer Linie versagt zu haben, ging es ihr keinen Deut besser. Im Gegenteil. Tiefer und tiefer rutschte Gesa in ein schwarzes Loch, das eine starke Gravitation auf sie ausübte, der sie nichts entgegenzusetzen wusste. Vor ein paar Wochen noch war die Buchangst ihr schlimmstes Problem gewesen. Nun kam es ihr vor, als läge ihr gesamtes Leben in Scherben. Sie war in einen Abgrund gefallen, aus dem sie nicht herauskam.

Ihr aktueller Zustand war verheerend. Gesa dachte an Ole. Warum hatte er nicht angerufen? Sollte sie sich bei ihm melden? Die Erinnerungen an Jan, den Zahnarzt, und seine Sprechstundenhilfe tauchten aus den Tiefen der Vergangenheit plötzlich an die Oberfläche. Ich und die Liebe, das passt einfach nicht zusammen, dachte Gesa. Und dann fiel ihr die elegante Frau ein, mit der sie Ole gesehen hatte, und sie verwarf die Idee, sich bei ihm zu melden.

Gesa platzierte den Pizzakarton auf dem Wohnzimmertisch und zappte sich durch die Sender. Bei einer Tier-Doku über Einsiedlerkrebse blieb sie hängen.

… wächst ihr Schneckenhaus nicht mit. Darum brauchen Einsiedlerkrebse einen neuen Schutz. Es kommt zu einem Häusertausch. Dieser verläuft sehr schnell, denn die kleinen Krebse sind bestrebt, nicht für lange Zeit schutzlos zu sein.

Gesa klappte den Deckel des Pizzakartons auf und pulte einen Champignon unter der fettigen Käsedecke hervor.

Die Bezeichnung ‹Einsiedlerkrebse› ist nicht wörtlich zu verstehen, im Gegenteil. Die Tiere, die bis zu vier Kilo schwer werden können, leben gerne in Gruppen.

In diesem Augenblick klingelte es an der Wohnungstür. Gesa griff nach der Fernbedienung, schaltete den Ton aus und versuchte, das Atmen einzustellen. Es klingelte erneut. War das der Pizza-Bote? Hatte Gesa zu wenig Geld vor die Tür gelegt? Unwahrscheinlich. Die Pizza war bereits vor einer halben Stunde geliefert worden. Das Fehlen des Geldes wäre viel früher aufgefallen.

Gesa starrte auf den Fernseher, auf dem tonlos zwei Einsiedlerkrebse miteinander kämpften. Jetzt klopfte es.

Ole konnte es kaum sein. Bestimmt hatte er alle Hände voll zu tun mit der eleganten, reichen Frau, die ihr Leben so sehr im Griff hatte, dass sie sich sogar eine Limousine leisten konnte. Eine weitaus bessere Partie als eine lügende, arbeitslose Versicherungsangestellte.

Erneutes Klopfen. Sehr heftig. Irgendwie polizeilich. In diesem Moment wusste Gesa, wer gekommen war, um sie zu besuchen. Sie schlurfte zur Tür.

«Donnerwetter, ich habe befürchtet, dass du schrecklich aussiehst, aber das übertrifft meine Erwartungen.»

Vater Grambeks Gesicht nahm schlagartig die Farbe von Milch an. Aber nicht von warmer Milch mit Honig, sondern von kalter, beinahe gefrorener.

«Ich war gestern bei der Lübeck-Safe-AG, weil ich etwas wegen unserer Versicherungen klären musste», fuhr er fort. «Nun, dein Chef hat so einige Andeutungen gemacht. Und deine Mutter sagt, du gehst nicht ans Telefon. Darf ich reinkommen?»

Zur Antwort trat Gesa einen Schritt beiseite. Vater Grambek stellte eine große Einkaufstasche im Flur ab.

«Schau mal, das steckte unten in deinem Briefkasten.» Rotger Grambek reichte Gesa etwas, das in braunes Packpapier eingeschlagen war.

Sie wickelte den Gegenstand aus. Es war ein Buch. *Leben im Hier und Jetzt. Ein Achtsamkeitstagebuch für positives Denken im Alltag.*

Kapitel 24

„Ich möchte ehrlich sein. Vielleicht ist es unangemessen, dass ein über Achtzigjähriger einer fast Sechzigjährigen so etwas sagt, aber du bist meine Tochter. Ich erlaube mir das jetzt.» Rotger Grambek blickte betreten zu Boden. «Du riechst unangenehm, und deine Wohnung auch.»

«Das kommt vom Käse, weil ...», versuchte Gesa sich an einer Erklärung, brach ihren Satz jedoch ab und verschwand im Bad.

Kurz bevor sie sich unter die Dusche stellte, warf sie einen Blick auf ihr Handy. Niemand außer ihrer Mutter hatte versucht, sie anzurufen. Keine Nachricht. Jetzt hatte sie endgültige Gewissheit: Ole wollte nichts mehr mit ihr zu tun haben. Gesa schaltete das Handy aus und stellte sich unter die Dusche. Das warme Wasser, das ihr über den Körper rann, kam ihr vor wie eine Kaskade aus Tränen. Tränen, die nie versiegen würden.

Als Gesa in einer ausgeleierten Jogginghose und dem rosafarbenen Kapuzenpullover, den Ole ihr in Travemünde gekauft hatte, in die Küche trat, drückte Rotger Grambek gerade den Kühlschrankstecker zurück in die Steckdose. Ein sanftes Brummen setzte ein. Es klang beruhigend. Gesa nahm ihre Brille ab, um sie zu putzen. Als sie die Kühlschranktür öffnete, konnte sie wieder klar und deutlich sehen. Das ist ja seltsam, dachte sie und erinnerte sich, wie sie vor ein paar Tagen darüber nachgegrübelt hatte, ob ihr schwindendes Sehvermögen Zeichen einer sich anbahnenden Krankheit war.

Grauer Star?

Eine Sehnerv-Entzündung?

Eine Netzhautablösung?

Ihr Körper schien ihr etwas sagen zu wollen. Aber was?

Vater Grambek hatte inzwischen das Wohnzimmer aufgeräumt. Auf dem Tisch lag das Buch, das er vorhin aus dem Briefkasten gezogen hatte. Daneben standen ein Blech mit Mandel-Butter-Kuchen und ein Teller mit Leberwurstbroten, garniert mit sauren Gürkchen. Mutter Astas legendäres SoKo-Versorgungspaket.

Vater und Tochter setzten sich. Gesa griff hungrig nach einem Brot. Sie überlegte, wie sie beginnen sollte. «Ich habe meinen Chef angelogen wegen der Policen, zweimal», sagte sie schließlich, «da hat er mich gefeuert.»

Gesa schluckte den letzten Rest des Leberwurstbrotes herunter, nahm sich ein Stück Kuchen vom Blech und begann, von den Details ihrer Kündigung zu erzählen. Die unbekannte Frau, mit der sich Ole so angeregt unterhalten hatte, ließ sie allerdings aus.

Vater Grambek runzelte die Augenbrauen.

«Du hast gehandelt aus, nun … wie soll ich sagen.»

«Aus Angst vor dem Jobverlust? Aus Liebe?», half Gesa ihrem Vater.

«Genau, also unter anderem, also beides, aber mehr aus Liebe. Ich bin nicht gut in diesen Dingen, also mit Gefühlen.»

«Ich offenbar auch nicht.»

Während ihres Gesprächs hatte Gesa sich die ganze Zeit an dem Versorgungspaket ihrer Mutter bedient. Ihr Magen war vollkommen überfordert mit dieser Zumutung. Ein Mandelplättchen bahnte sich den Weg in die Speiseröhre zurück. Gesa musste husten. Sie hustete und hustete und rannte schließlich ins Bad, wo sie sich in der Toilette erbrach.

«Ach, Kind», seufzte Vater Grambek und stellte eine dampfende Tasse Kamillentee vor Gesa auf den Tisch.

«Ich weiß einfach nicht weiter, Papa. Ich bin fast sechzig Jahre alt, wie soll ich eine neue Stelle finden? Und da du vorhin von der Liebe gesprochen hast: Ole Oevermann hat sich in der Zwischenzeit offenbar anderweitig orientiert.»

Zärtlich strich Rotger Grambek seiner Tochter über den Kopf.

«Sicher? Gibt es Indizien oder sogar Beweise?»

«Absolut. Ich habe ihn mit dieser anderen Frau sprechen sehen.»

«Das ist doch kein Grund, den Buchhändler gleich abzuschreiben. Vielleicht war das nur eine Bekannte? Ruf ihn an und frag nach.»

Gesa verschränkte die Arme vor dem Oberkörper. «Nein, auf keinen Fall. Ich weiß, wie die Männer ticken. Und davon abgesehen: Wenn die Frau nur eine Bekannte ist, warum meldet er sich dann nicht bei mir?»

Rotger Grambek legte die Stirn in Falten. «Das lässt sich bestimmt aufklären.»

Entschieden schüttelte Gesa den Kopf.

Eine Weile schwiegen Tochter und Vater. Irgendwann fiel Gesas Blick auf das Buch, das ihr jemand in den Briefkasten gelegt hatte. Wer konnte das gewesen sein? Oder war das Buch vielleicht nur aus Versehen bei ihr gelandet und eigentlich für einen Nachbarn bestimmt?

Leben im Hier und Jetzt. Ein Achtsamkeitstagebuch für positives Denken im Alltag.

Verbittert betrachtete Gesa den türkisfarbenen Umschlag, auf dem Blumen und Schmetterlinge abgebildet waren.

Leben im Hier und Jetzt.

Als ob das ein erstrebenswerter Zustand wäre. Was für positive Momente sollte sie aus dem Hier und Jetzt notieren? Kraken, die ihr den Rücken heraufkrochen? Fausthiebe, die ihr in die Magengrube fuhren? Gesa warf einen Blick in das Buch.

Ich bin dankbar für
1)
2)
3)

Wem schenke ich Liebe?
1)
2)
3)

Meine Wahrnehmungen
Berührung:
Geruch:
Geschmack:
Gehör:
Sehen:

Gesa wurde derart wütend, dass sie das Achtsamkeitstage-buch am liebsten weit von sich geschmettert hätte. Nur mit Mühe konnte sie diesen Impuls unterdrücken. Immer-hin war vorhin schon eine Brille durch das Wohnzimmer geflogen, glücklicherweise unter alleiniger Zeugenschaft des Kuukkeli.

«Hast du denn zufällig etwas von Herrn Oevermann gehört, also ich meine, von seinem Laden?», fragte Gesa ihren Vater.

«Leider nicht. Ich war vorhin kurz bei deinem Bruder im Bestattungsinstitut, um nach dem Rechten zu sehen. Da kam ich an der Buchhandlung vorbei. Die Fensterscheiben waren von innen mit Zeitung beklebt. An der Tür hing ein Zettel, auf dem *Geschlossen* stand.»

Der Krake drückte seine Saugnapfarme kräftiger um Gesas Oberkörper.

«Ich muss jetzt leider los. Deine Mutter wartet mit dem Essen. Vielleicht begleitest du mich zur Haustür? Der gan-ze Müll muss raus, allein schaffe ich das nicht.»

Unten angekommen, zögerte Gesa einen Augenblick, be-vor sie den Briefkasten aufschloss. Wider alle Vernunft wünschte sie sich, dort eine Nachricht von Ole zu finden. Der Briefkasten war leer.

Vor der Haustür umarmte sie ihren Vater und versprach, sich am nächsten Tag zu melden. Gesa winkte Rotger Grambek nach, bis er um die Ecke verschwunden war.

Doch gerade als sie die Tür schließen wollte, kam etwas auf sie zugestürmt. Es war ein Hund, ein Pudel. Ein Kö-nigspudel mit Strasshalsband.

«King Kong, was machst du denn hier?» Gesa kraulte das gelockte Tier zwischen den Ohren. «Wo ist dein Frauchen?» Gesa sah sich um, in der Erwartung, Isa Egge würde auftauchen. Doch da war niemand.

«Bist du weggelaufen?»

Der Pudel bellte einmal kurz.

«Ich deute das als Bestätigung. Du kannst bei mir bleiben, komm, wir gehen nach oben, ich muss mich ausruhen. Danach bringe ich dich zurück nach Hause», setzte Gesa hinzu, obwohl sie nicht wusste, wo Isa Egge genau wohnte, vermutlich in der Nähe der Buchhandlung. Vielleicht würde der Pudel den Weg finden.

Umstandslos folgte King Kong Gesa in die dritte Etage. In der Wohnung trottete er ebenso umstandslos, als hätte er nie etwas anderes gemacht, zum Sideboard im Wohnzimmer, wo er dem Kuukkeli kurz über das Gefieder leckte, wie um einen alten Freund zu begrüßen. Und als Gesa sich auf das Sofa legte, legte sich King Kong umstandslos davor, als wäre es seit eh und je seine Aufgabe, Gesa beim Schlafen zu bewachen.

Mittlerweile war Gesas Tag-Nacht-Rhythmus vollkommen durcheinander. Als sie und King Kong sich auf den Weg machten, schliefen die meisten Lübecker tief und fest. Die Nacht war sternenklar. Ein Windstoß kletterte unter Gesas Mantel und ließ sie frösteln. Gesa war froh, den Pudel an ihrer Seite zu haben. Gestärkt durch die Reste der Wumbo-Pizza, lief King Kong zielstrebig voraus. Gesa hingegen genoss es, sich treiben zu lassen.

Lübeck bei Nacht war so bezaubernd. Der Anblick ließ für einen Moment alle Sorgen in den Hintergrund treten.

Die Königin der Hanse präsentierte ihre Postkartenmotive in hinreißender Beleuchtung. Das Holstentor glänzte safranfarben, das Rathaus kupfern. Die beiden Türme der

Marienkirche schimmerten pistazienartig, der Turm der St.-Petri-Kirche wie Jade. Während Gesa mit King Kong durch die fast menschenleeren Straßen schlenderte, über-legte sie, wie der Pudel zu ihr gekommen sein könnte. War Isa Egge vielleicht in der Nähe von Gesas Wohnung spazieren gewesen, und King Kong hatte sich losgerissen? Woher wusste der Hund aber, wo Gesa wohnte? Oder war das alles ein großer Zufall?

Die Gesellschaft des Vierbeiners bereitete Gesa mehr und mehr Vergnügen. Zwar musste sie zugeben, dass ein Pudel nicht gerade ihrem ästhetischen Ideal eines Hundes entsprach, doch das freundliche Wesen des Tieres tat ihr gut. Wenn King Kong zu weit vorausgelaufen war, blieb er an jeder Ecke stehen, um sich umzuschauen und zu warten, bis Gesa zu ihm aufgeschlossen hatte. An roten Ampeln hielt das Tier. Bei grünen blickte er nach links, nach rechts und erneut nach links und überquerte erst im Anschluss die Fahrbahn. Konnten Pudel Farben unterscheiden? Gesa wusste nur, dass Kolibris mehr Farben erkennen konnten als Menschen. Wie gerne, ging es Gesa mit Verbitterung durch den Kopf, hätte sie Aussicht auf ein wenig bunte Farbe in ihrem Leben. Aktuell war ihr persönliches Farb-spektrum ausnahmslos auf der Grauskala anzusiedeln.

Plötzlich stoppte King Kong. Sie hatten die Marlesgru-be erreicht. Dann wohnte der Hund wohl tatsächlich hier in der Nähe. King Kong bellte zwei Mal, leckte Gesa über die Hand und verschwand.

Das mit Zeitungen verklebte Schaufenster der Buch-handlung mit eigenen Augen zu sehen, schmerzte Gesa noch mehr als bei der Erzählung ihres Vaters. Ole war doch so voller Tatendrang gewesen. War ihm in den letzten Ta-gen klar geworden, dass es für seine Buchhandlung keine

Rettung mehr gab? Hatte er aufgegeben? Wie schwer das für ihn sein musste! Und auch Gesa versetzte die Vorstellung, dass *Oevermanns Buchhandlung & Antiquariat* nicht mehr existierte, einen Stich, ganz egal, was zwischen Ole und ihr war oder nicht war. Sie hatte sich gerade wieder an Bücher gewöhnt, sogar Gefallen an ihnen gefunden, und auch die Liebe, ja, auch an der hatte sie wieder Gefallen gefunden. Doch das Leben hatte offenbar andere Pläne.

Anfang und Ende. Hier vor dem Buchladen hatte es begonnen. Hier waren sich Gesa und Ole das erste Mal begegnet. Hier hörte ihre Geschichte auf. Der furchterregende Krake rief sich in Erinnerung. Er umklammerte Gesa und zog und zerrte an ihr. Alles begann sich zu drehen. Sie musste diesen Ort schleunigst verlassen.

Der Pudel war nirgends zu sehen. Hoffentlich war er inzwischen bei seinem Frauchen angekommen. Entschieden richtete sich Gesa auf. Einen letzten Blick. Einen allerletzten Blick nach oben würde sie wagen, sich stumm verabschieden. Gesa legte langsam den Kopf in den Nacken. So langsam, als hätte sie sich die Halswirbelsäule verklemmt und wäre nur eingeschränkt bewegungsfähig.

In Oles Wohnzimmer brannte Licht. Gesa hob schwach die Hand. Sie winkte der warmgelben Scheibe zu. Da näherte sich eine Silhouette. Sie bewegte sich immer weiter auf das Fenster zu und warf auf die Wand des gegenüberliegenden Hauses einen größer werdenden Schatten. Rasch drehte Gesa sich um und eilte davon. Sie hörte, wie ein Fenster geöffnet wurde, und war schon fast um die Ecke gebogen, als sie Oles Stimme in ihrem Rücken vernahm: «Sei dir selber treu! Und darauf folgt, so wie die Nacht dem Tage, du kannst nicht falsch sein gegen irgendwen. Shakespeare. Kommst du rauf, Gesa?»

Kapitel 25

Das Wohnzimmer war nur durch den schwachen Schein der Troddellampe erleuchtet. Ole, bereits im Schlafanzug, ein Modell mit blassblauen Streifen, saß in seinem Ohrensessel, Gesa auf der Kante des Sofas. Sie hockte dermaßen knapp auf der Kante, dass sie fürchtete, jeden Augenblick herunterzufallen. Sie versuchte zu vermeiden, Ole anzustarren, doch weder die Holztruhe mit dem bestickten Deckchen noch die Anbauschrankwand mit den Sammeltassen, den Kerzen, den Fotos und dem Mini-Eiffelturm konnten es mit der Anziehungskraft des Buchhändlers aufnehmen. Oles Augen leuchteten im herrlichsten Turmalin.

Es war seltsam, dem Buchhändler wieder gegenüberzusitzen, aber zugleich wurde Gesa bewusst, wie sehr sie ihn vermisst hatte.

«Es kommt zurück, Gesa, es kommt zurück. Mein Buchwissen kommt zurück. Gestern ging es los, ausgerechnet mit Shakespeare. Mir fiel Hamlets berühmter Monolog wieder ein. Dann habe ich mich plötzlich daran erinnert, wie ich früher mit der Regionalbahn nach Kiel gefahren bin, um mir Literaturvorlesungen anzuhören.» Er hielt eine linierte Kladde hoch, die auf seinem Schoß gelegen hatte. «Ich habe in meinen damaligen Aufzeichnungen gestöbert. Noch beschränkt sich mein Literaturwissen auf das sechzehnte und siebzehnte Jahrhundert, doch ich bin zuversichtlich, dass sich der Rest auch bald finden wird. Es ist alles nur verschüttet, ich muss richtiggehend danach graben.»

Gesa rutschte auf der Sofakante hin und her. Einerseits war sie froh, Ole zu sehen, bei ihm zu sein. Es tat gut, ihm zuzuhören, seine bassig warme Stimme löste in Gesa wie immer das Gefühl von Geborgenheit aus. Andererseits wollte sie sich dieser Wohligkeit nicht hingeben. Ihre Gefühle wurden nicht erwidert, sie musste sich von der Vorstellung, dass sie beide ein Paar sein könnten, ein für alle Mal verabschieden.

«Der Pessimist ist jemand, der vorzeitig die Wahrheit erzählt. Cyrano de Bergerac. Geduld ist mit der Hoffnung blutsverwandt. Lope de Vega. Die Dinge haben nur den Wert, den man ihnen verleiht. Molière. Wie du siehst, werde ich langsam wieder zum wandelnden Zitate-Lexikon.» Ole stand auf, um ein Buch vom Schreibtisch unter dem Fenster zu nehmen. Es war ein dicker Wälzer mit dem Titel *Big ideas. Das Literatur-Buch. Wichtige Werke einfach erklärt.* Ole setzte sich neben Gesa auf das Sofa. Durch die plötzliche Nähe fühlte sie sich eingeschüchtert, geradezu verklemmt wie ein Teenager.

Spontan musste sie an Jan Nummer eins, den Bassisten, und die Bundesjugendspiele im Jahr 1976 denken.

Gesa gab sich Mühe, souverän zu wirken. Das war schwierig. «Guten Abend, wie geht es dir?», war der einzige Satz, den sie bisher vorgebracht hatte. Und schweigend souverän zu wirken, das funktionierte allein über die Körperhaltung. Gesa richtete sich auf.

«Das Buch habe ich aus der Bibliothek. Aus der, in der Ophelia früher …» Ole legte eine Pause ein. Er wischte sich über die Augen, bevor er fortfuhr. «Ein unsagbarer Schatz. Vom Gilgamesch-Epos über Dante Alighieri, Charlotte Brontë bis zu Jonathan Safran Foer. Alles drin. Wenn mir das Lesen zu viel wird, schaue ich diese YouTube-Videos, die Mattis mir empfohlen hat.»

Bevor Gesa ihr bereits eine Viertelstunde anhaltendes Schweigen allzu peinlich wurde, nahm sie all ihren Mut zusammen. «Hast du deine Buchhandlung aufgegeben? Als ich vorbeiging, habe ich bemerkt, dass der Laden geschlossen ist. Ist das dauerhaft?»

Bei dieser Frage sank Ole zusammen und setzte sich wieder. «Ich weiß es nicht, leider. Das Wasser hat großen Schaden angerichtet. Vieles ist unbrauchbar geworden.»

«Das ist alles meine Schuld. Es tut mir so wahnsinnig leid. Hätte ich die Vorzeichen des Hochwassers erkannt, hätte ich vorgesorgt. Außerdem, wenn wir nicht diese Rabattaktion ins Leben gerufen hätten, wären dir auch die Bücher nicht auf den Kopf gefallen.»

Ole griff nach Gesas Hand. Als sie zurückzuckte, stand er auf und lief im Wohnzimmer umher. Schließlich trat er ans Fenster. Er blickte auf die Marlesgrube herunter. «Es war nicht deine Schuld. Das ist einfach der Lauf des Lebens.» Ole öffnete das Fenster. «Wenn die Seele bereit ist, sind es die Dinge auch. Shakespeare.»

Obwohl sich Gesa freute, dass Oles Buchwissen sich aus seinem Unterbewusstsein langsam wieder an die Oberfläche kämpfte, waren ihr die ganzen Zitate gerade zu viel. Welche Seele meinte Ole? Seine? Ihre? Und warum hatte er sich nicht mit einem Wort erkundigt, wie es ihr in den letzten Tagen ergangen war? Er hatte doch mitbekommen, dass sie das Gebäude der Lübeck-Safe-AG fluchtartig verlassen hatte. Offenbar hatte er in dem angeregten Gespräch mit der fremden Frau den Karton in Gesas Händen mit den Habseligkeiten aus ihrem Büro nicht bemerkt. Ein klares Zeichen, dass er nur Augen für die andere gehabt hatte.

Gesa erhob sich.

«Warum hast du dich seit unserem letzten Treffen nicht mehr bei mir gemeldet?», fragte sie.

«In den letzten drei Tagen ist viel passiert. Entschuldige. Aber du bist so überstürzt aufgebrochen nach deinem Besuch bei der Versicherung. Ich hatte den Eindruck, du wolltest in Ruhe gelassen werden.»

Gesa hätte am liebsten genickt und zugleich den Kopf geschüttelt. Stattdessen presste sie «Etwas vielleicht» hervor. «Und was hatte es mit dieser Frau auf sich? Du sahst so glücklich aus.»

«Das stimmt.» Ole strahlte über das ganze Gesicht. «Überglücklich sogar. Doch das soll jetzt nicht das Thema sein. Wie geht es dir? Ist alles in Ordnung?»

«Nein», antwortete Gesa und senkte den Kopf. «Penningbüttel hat mich rausgeworfen.»

Oles Augen weiteten sich. «Und das sagst du erst jetzt? Das ist ja schrecklich. Du Ärmste. Warum hast du mich nicht angerufen? Was ist passiert?»

In Kurzversion erzählte Gesa von ihren Schwindeleien.

«Lügen sind zu verurteilen. Doch du hattest deine Gründe. Wir finden eine Lösung. In Sachen Buchhandlung möchte ich es auf einen letzten Versuch ankommen lassen, einen Rettungsversuch. Mattis und die Pudelfreunde, wir haben in den letzten Tagen Pläne geschmiedet. Die Damen plagt ein schlechtes Gewissen, weil auch sie denken, sie seien schuld an meinem Unfall. Ich weiß nicht, ob unser Konzept aufgeht. Falls ja, kannst du bei mir einsteigen.»

Darüber musste Gesa nachdenken. Zeit hatte sie ja nun zur Genüge. Aus wirtschaftlicher Sicht war das keine schlechte Idee, schließlich brauchte sie eine neue Stelle, allerdings in Bezug auf ihre Gefühle …

«In zwei Tagen mache ich die Buchhandlung wieder auf. Gesa, es tut mir leid, ich muss ins Bett, es ist kurz vor Mitternacht, morgen ist noch viel zu erledigen.»

«Selbstverständlich.»

Im Flur standen Gesa und Ole eine Weile wortlos vor den Bücherregalen mit den Netzen.

«Weißt du noch, warum diese Netze da sind?», fragte Gesa in die Stille hinein.

Ole nickte.

«Weißt du noch, woher ich diesen Pullover habe?» Gesa tippte mit dem Zeigefinger auf den Aufdruck *Travemünder Küstenkind*.

Ole nickte erneut. «Es wäre toll, wenn du mich dabei unterstützt, meine Buchhandlung zu retten. Du sollst dich natürlich nicht verpflichtet fühlen, doch ich würde mich freuen, wenn du dabei bist. Kommst du morgen Vormittag?»

Gesa war hin- und hergerissen. Einerseits fühlte sie sich verpflichtet, Ole unter die Arme zu greifen, schließlich empfand sie immer noch Verantwortung dafür, dass er überhaupt in diesen Schwierigkeiten steckte. Andererseits verspürte sie keine große Lust, womöglich der eleganten Frau zu begegnen. Ole hatte sie mit keinem Wort erwähnt.

Gesa holte tief Luft. Sie mochte Ole sehr, und wenn aus ihnen auch kein Paar werden konnte, dann wollte sie wenigstens versuchen, mit ihm befreundet zu bleiben. «Ich werde da sein», sagte sie schließlich. Die Liebe, überlegte Gesa, die Liebe hatte wieder einmal links angetäuscht und war rechts vorbeigedribbelt. Manche Dinge änderten sich nie. «Schlaf gut.»

«Du auch», erwiderte Ole. «Freundschaft heißt vergessen, was man gab, und erinnern, was man empfing. Leider weiß ich nicht, wer das gesagt hat.»

Freunde, dachte Gesa. Nicht weniger und nicht mehr, das waren sie jetzt.

Am nächsten Tag stand Gesa wie verabredet vor dem Buchladen. Von innen drang Stimmengewirr heraus. Gesa zögerte. Auf unerklärliche Weise hatte sie den Eindruck, erneut vor einem unsichtbaren Weidezaun zu stehen. Wie bei ihrem ersten Besuch. Doch noch ehe sie allzu lange darüber nachdenken konnte, trat Mattis aus dem Laden.

Er strahlte Gesa über das ganze Gesicht an. «Frau Grambek, habe schon gehört, dass Sie kommen, um zu helfen. Können Sie mir sagen, wo der Bautrockner hinmuss?»

«Guten Morgen. Der muss zurück in den Perlmuttbirnenweg, zu Lars Becker. Er soll dir auch die Rechnung mitgeben. Aber dazu brauchst du ein Auto. Darfst du überhaupt schon fahren?»

«Darum kümmern wir uns gemeinsam. Mattis hilft nur beim Tragen, das Fahren übernehme ich», sagte ein freundlich wirkender Mann, der wie aus dem Nichts aufgetaucht war.

Gesa überlegte, woher sie ihn kannte.

«Gestatten, Thomas Egge, Thomas reicht. Wir sind uns schon einmal begegnet. Während des Hochwassers, wissen Sie noch? Ich musste King Kong tragen, den kleinen Angsthasen.»

«Dunkel kann ich mich erinnern.» Ehe Gesa fragen konnte, ob der Pudel wieder wohlbehalten zu Hause angekommen war, waren Thomas Egge und Mattis bereits in der Buchhandlung verschwunden.

Nun musste sie sich wieder mit dem unsichtbaren Weidezaun auseinandersetzen. Symbol für ihre Ängste. Die Furcht vor Büchern hatte sich erledigt. Eine neue hatte ihren Platz eingenommen. Eine, die Gesa jedoch nicht klar benennen konnte, weil sie aus vielen verschiedenen Ängsten bestand, darunter die Angst, die Buchhandlung könnte nicht vor dem Bankrott gerettet werden. Die Angst davor, dass sie selbst die Jahre bis zur Rente finanziell nicht über die Runden kommen würde. Die Angst davor, dass ihre Gefühle für Ole vielleicht doch bereits viel zu tief waren, um sie einfach zu ignorieren oder auf Freundschaft umzuprogrammieren.

Schließlich straffte Gesa die Schultern. All diese Ängste konnte sie nicht von heute auf morgen verschwinden lassen, aber sie war hierhergekommen, um Ole dabei zu helfen, seinen Laden zu retten. Und dazu musste sie ihn jetzt betreten.

In der Buchhandlung hatte sich viel verändert. Kaum zu glauben, was Ole und seine Helfer in den letzten Tagen auf die Beine gestellt hatten. Nur eine Handvoll der alten Regale stand noch am angestammten Platz. Andere waren hinzugekommen, schnörkelig, antik, teilweise mit Schubladen oder Glaseinfassungen. Neben dem Durchgang zum

Hinterzimmer entdeckte Gesa einen etwa einen Meter langen Holzkahn, in dem zu einer Pyramide gestapelte Reclam-Hefte lagen.

Die beiden Nähmaschinentische und die Registrierkasse hatten den Wasserschaden unbeschadet überstanden. Links neben der Eingangstür befand sich jetzt eine schulterhohe Vitrine, die mit dunkelgrünem Samt ausgeschlagen war. Auf dem Möbelstück lagen einige Netze. Überall auf dem Fußboden türmten sich Bücherstapel. Auf einem bemerkte Gesa die hölzernen Genreplaketten. Neben dem Fenster war ein Regal aufgebaut worden, dessen Funktion sich ihr nicht erschloss. Es war moderner als die anderen. An das obere Brett hatte jemand einen Zettel geklebt, auf dem *Ausleihstation* zu lesen war.

«Guten Morgen.» Ole lächelte warm. Er war aus dem kleinen Hinterzimmer gekommen und machte sich daran, eine Wäscheleine aufzuwickeln. «Sieh mal.» Grinsend zeigte er zur geöffneten Tür, wo Mattis sich sein Handy vor das Gesicht hielt und enthusiastisch in die Kamera sprach.

«Was macht er da?»

«Ein Reel für Insta», entgegnete Ole.

«Ein was?»

«Nun, ich hatte ja erwähnt, dass der Junge bei Instagram, du weißt schon, dieser Plattform im Internet, einen Account, ein Benutzerkonto für meine Buchhandlung eingerichtet hat: oevermannbuch_luebeck. Nach zwei Tagen hatten wir bereits fünfhundert Follower. Das sind Personen, die genau schauen, was wir hier machen. Und die hält er mit Videos und Fotos vom Wiederaufbau auf dem Laufenden. Die Buch-Blogger sind begeistert.»

«Es ist wirklich beeindruckend, was ihr alles geschafft

habt. Woher kommen denn die neuen Möbel?» Gesa rückte ein Stück von Ole ab. Zu dicht bei ihm zu stehen, fiel ihr schwer.

«Die sind geliehen von den Egges, von Isa und ihrem Mann Thomas. Sie hatten nach einer Erbschaft etliche Möbel eingelagert. Wahre Schmuckstücke. Sogar die anderen Damen der Pudelfreunde helfen mit. Der Sessel aus meinem Wohnzimmer kommt auch noch runter. Er hat mir schon einmal Glück gebracht.»

«Dann kehrt er an seinen Ursprungsort zurück. Wie geht es jetzt weiter?»

«Mattis hat ein bisschen für mich recherchiert. Kennst du zufällig die Buchhandlung *Acqua Alta* in Venedig?»

«Nie gehört.»

Ole zog ein Handy aus der Hosentasche.

«Ist das deins?»

«Ja, hat Mattis mir organisiert. Ich muss mich ja an alles Neue hier anpassen. Sind echt praktisch, die Dinger.» Ole wischte auf dem Display herum, tippte etwas ein und hielt Gesa das Gerät hin. In diesem Augenblick fiel Gesa auf, dass sie heute Morgen vergessen hatte, ihre Brille aufzusetzen. Erstaunlicherweise funktionierten ihre Augen jedoch auch ohne Sehhilfe tadellos.

Gesa betrachtete die Bilder einer vollgestellten, aber gemütlich wirkenden venezianischen Buchhandlung, die sich dem Thema Wasser verschrieben hatte. Bis unter die Decke waren Bücher, Zeitschriften und Landkarten gestapelt. Die Druckerzeugnisse lagen auf Gondeln, Kanus, in Badewannen und wasserdichten Containern. Auf vielen der Fotos war eine Katze zu sehen. Sie musste zum Inventar gehören.

«Die Buchhandlung in der Lagunenstadt ist mehrfach dem Hochwasser zum Opfer gefallen. Wie bei uns.»

Gesa horchte auf. Hatte Ole gerade *uns* gesagt?

«Bücher mit Wasserschäden wurden zu Wänden und Stufen umfunktioniert, sogar eine Wasserrutsche hat man aus ihnen errichtet. Das Ganze wirkt vielleicht ein wenig chaotisch, zeugt aber von Humor. Einige Mitarbeiter tragen sogar Gummistiefel und wasserfeste Kleidung.»

«Und davon habt ihr euch inspirieren lassen?»

«Ja. Humor ist der Schwimmgürtel auf dem Strome des Lebens.» Ole hielt inne. «Es ist erstaunlich, das Zitat ist von Wilhelm Raabe. Meine Literaturerinnerungen sind im neunzehnten Jahrhundert angelangt.»

Aus einem Impuls heraus fiel Gesa Ole um den Hals, um gleich darauf zurückzuweichen. Mit hochrotem Kopf drehte sie sich um und ging zur Registrierkasse. Sie wünschte, sie könnte an der Kurbel drehen und ihre Gefühle für Ole für immer in einer der vier Schubladen einschließen. Konnte man bei Gefühlen innerlich auf die Bremse treten? Vielleicht durch Hypnose? Gesa erinnerte sich daran, dass Jost es vor zwei Jahren geschafft hatte, mit dieser Methode das Rauchen aufzugeben. Jost. Den hatte sie total vergessen. Sein enttäuschtes Gesicht am Tag ihrer Kündigung fiel ihr wieder ein. Seitdem hatte sie nichts mehr von ihrem Kollegen gehört. Schnell zog Gesa ihr Handy aus der Tasche und tippte eine SMS.

Jost, du hast ja mitbekommen, was passiert ist. Hast du diese Woche Zeit für ein Marzipan-Croissant? Bitte lass uns reden. LG, Gesa

Ole rieb seine Hände gegeneinander. «Na, jedenfalls haben mir die Egges einen Minikredit gegeben, um neue Bücher zu kaufen. Ist das nicht großartig? Hoffentlich kann ich ihnen das Geld schnell zurückzahlen. Hilfst du mir, die Regale einzuräumen, Gesa? Die Plaketten mit den Genres müssten auch noch befestigt werden, und ich wollte an der Decke noch Netze aufhängen zur Dekoration.»

Gesa bückte sich, um die Krimis und Thriller einzusortieren. Ole legte unterdessen die Netze auf den Boden, um sie zu entwirren.

Als Gesa nach einer halben Stunde fertig war und sich im Laden umsah, fiel ihr ein, dass sie vergessen hatte, die literarische Wundertüte für den Busfahrer zusammenzustellen. Achtzig Euro. Thema: Schriftsteller werden. Sie erinnerte sich an die Bücher, die sie bereits für ihn herausgesucht hatte. *Über das Schreiben* von Sol Stein. *Wie man einen verdammt guten Roman schreibt* von James N. Frey. *Romane schreiben und veröffentlichen für Dummies* von Axel Hollmann und Marcus Johanus. Auf ihrem Handy suchte sie die Bücher und ihre Preise heraus.

«Paktierst du mit dem Feind?» Ole war hinter Gesa getreten und schaute ihr über die Schulter.

Gesa wusste, was Ole meinte. Sie hatte einmal einen Bericht gesehen, in dem erklärt wurde, wie ein großer Onlinehändler zur Bedrohung für den stationären Buchhandel wurde. Beschämt ließ Gesa das Handy sinken und erzählte von ihrer Idee mit der literarischen Wundertüte für den Busfahrer.

Ole nickte. «Herr Pilz, den kenne ich gut. Ein fabelhafter Einfall, das machen wir. Bücher bestellen wir beim Barsortiment, eine Art Zwischen- beziehungsweise Großhändler. Ich organisiere die Exemplare.»

Isa Egge betrat den Laden.

«Frau Grambek, wie schön, Sie zu treffen. Wie geht es Ihnen?»

«Gut so weit. Tausend Dank für Ihr Engagement für die Buchhandlung.»

«Das ist doch selbstverständlich. Ohne uns wäre Herr Oevermann schließlich nicht verunfallt.»

Gesa wollte Einspruch erheben, aber ihr Protest wurde durch einen heranjagenden Pudel vereitelt. King Kong sprang an Gesa hoch, sie hatte Mühe, das Gleichgewicht zu halten.

«Nanu», wunderte sich Isa Egge, «eigentlich ist er eher zurückhaltend bei Menschen, die er kaum kennt.»

Der Hund schaute Gesa kurz in die Augen, und sie vermeinte, das Tier hätte ihr zugezwinkert, bevor es aus dem Laden zurück auf die Marlesgrube trottete. Fast so, als wären King Kong und sie Komplizen, die ein Geheimnis teilten. Dann war Gesa also nicht nur eine Kuukkeli-, sondern auch eine Pudelflüsterin. Eine arbeitslose, unglücklich verliebte Kuukkeli- und Pudelflüsterin. Gesa war froh, dass es hier so viel zu tun gab, froh, dass sie kaum dazu kam, über ihre vertrackte Situation nachzudenken.

«Die Flyer habe ich verteilt, Thomas organisiert auf dem Rückweg Apfelsaft und holt mit Mattis den Sessel von oben. Herr Oevermann, was gibt es für morgen noch zu tun?»

«Hier ist alles fertig», erwiderte Ole.

«Gut, dann werfe ich jetzt meine private Backstube an. Das soll eine Überraschung werden.» Isa Egge verabschiedete sich. Sie war schon durch die Tür, als sie sich umdrehte. «Was ist eigentlich mit den Exemplaren, die bei *Immobilien unter Tage* liegen?», erkundigte sie sich.

Das stimmte. Dort standen noch die Umzugskartons mit den Büchern, die Gesa gerettet hatte. Sie erzählte Ole davon, und die beiden machten sich auf den Weg zum Bestattungsinstitut.

Gero hatte sich auf ihren Anruf bisher nicht zurückgemeldet. Wie auf ein Zeichen hin vermeldete Gesas Telefon den Eingang einer Nachricht. Sie war jedoch nicht von ihrem Bruder, sondern von Jost.

> Grambekerin, sorry, dass ich mich nicht eher gemeldet habe.
> Was genau ist passiert? Penningbüttel rückt nicht raus mit
> der Sprache. Marzipan-Date steht. Übermorgen? Kisses

Gesa lächelte. Jost war ihr offensichtlich nicht böse. Sie schob ihr Handy zurück in ihre Tasche und betrat *Immobilien unter Tage*.

«Einige Bücher in den Kartons waren leider noch feucht», sagte Ole. «Am besten legen wir die beiseite und verkaufen sie als Mängelexemplare.» Er stellte zwei Kartons aufeinander und wollte sie hochheben, als er innehielt.

Er sah Gesa mit einem Blick an, den sie nicht zu deuten wusste. Ein Mosaik aus Hoffnung, Traurigkeit und Wehmut. «An dem Tag, an dem alles anfing, weißt du noch ...»

«Ja.» Gesa hatte ihre Stimme nicht mehr im Griff.

«Du bist vor der Buchhandlung hingefallen. Erinnerst du dich daran, was ich zu dir gesagt habe?»

«Wer Großes versucht, ist bewundernswert, auch wenn er fällt. Seneca.»

Ole tat einen hörbaren Atemzug und wollte offenbar gerade etwas erwidern, als Gesas Telefon klingelte.

«Liebes, ich habe versucht, deinen Bruder auf seiner Bestatterfortbildung am Ende der Welt zu erreichen. Ein fremder Mann ist ans Handy gegangen. Du weißt ja, wie es um mein Englisch bestellt ist, doch ich habe genau verstanden, was er gesagt hat. Gero ist nicht mehr dort, er ist verschwunden.»

Kapitel 26

Am Tag der Neueröffnung von *Oevermanns Buchhandlung & Antiquariat* blieb das Wetter hinter seinen
Möglichkeiten zurück. Es nieselte nur, dennoch trat kaum
ein Lübecker ohne Schirm auf die Straße. Der Starkregen
der letzten Tage war noch allen in banger Erinnerung.
Gesa hatte gut geschlafen. Gemeinsam mit Ole, Mattis
und den Egges hatte sie bis in die späten Abendstunden in
der Buchhandlung gewerkelt und alles für den großen Tag
hergerichtet. Die elegante Frau jedoch, die Ole am Tag von
Gesas Kündigung vor dem Gebäude der Lübeck-Safe-AG
getroffen hatte, war nicht im Laden aufgetaucht.

Warum machte Ole so ein Geheimnis um sie? Nicht
einmal erwähnt hatte er die Unbekannte ihr gegenüber.
Die körperlichen Aktivitäten hatten Gesa gutgetan. Sie
hielten sie davon ab, zu viel nachzudenken über Arbeitslosigkeit, eine erneut verpasste Liebe und einen unerreich-
baren Bruder. Wo konnte Gero nur stecken? Und wer war
der fremde Mann, der sich an seinem Telefon gemeldet
hatte? Drei Mal versuchte Gesa, ihren Zwillingsbruder zu
erreichen, drei Mal vergeblich. Nichts. Nicht einmal eine
Verbindung wurde aufgebaut.

Der Erste, der Gesa begrüßte, als sie in die Marlesgrube einbog, war King Kong. Der Pudel kam auf sie zugestürmt, schnüffelte an Gesas Gummistiefeln und bellte einmal laut. Rote Luftballongirlanden hingen über dem Schaufenster der Buchhandlung.

Seite an Seite betraten Gesa und der Pudel den Laden. Niemand war zu sehen. Neben der Kasse stand ein Blech mit muschelförmigen Küchlein.

«Madeleines», sagte eine Stimme hinter Gesa. Sie drehte sich um und blickte in Mattis' strahlendes Gesicht.

«Wegen *Auf der Suche nach der verlorenen Zeit*», ergänzte er.

Gesa nickte. Nicht nur, weil sie den Roman von Marcel Proust kannte, sondern weil der Titel ihre innere Verfassung abbildete. Auch sie war nach etwas Verlorenem auf der Suche, allerdings nichts aus ihrer Kindheit, sondern aus der jüngsten Vergangenheit.

«Sind von Frau Egge. Literaturgebäck. Madeleines, Sandküchlein als Auslöser für positive Erinnerungen. Im Roman heißt es: *und zuckte ich zusammen und war wie gebannt durch etwas Ungewöhnliches, das sich in mir vollzog. Ein unerhörtes Glücksgefühl.*»

Aus Furcht, Mattis könnte bemerken, welche emotionale Saite das Proust-Zitat in Gesa zum Klingen brachte, wechselte sie schnell das Thema: «Sag mal, warum bist du eigentlich von der Schule geflogen? So, wie du dich auskennst, scheint Lernen doch für dich kein Problem zu sein.»

«Das ist kompliziert, Frau Grambek, ich möchte lieber nicht drüber reden.»

«Wo sind eigentlich die anderen?» Gesa zog drei Tüten Marzipankartoffeln aus ihrer Tasche, die sie für die Kunden mitgebracht hatte.

«Herr Oevermann ist auf dem Marktplatz, um die letzten Flyer unter die Leute zu bringen. Die Egges holen Küchenkram von den Pudel-Ladys. Meine Ma kommt nach Schulschluss mit ihren Kollegen vorbei, und ein paar Buch-Blogger sowie ein Reporter von den *Lübecker Nachrichten* haben sich ebenfalls angekündigt.»

Der Regen wurde stärker. Mit Beklemmung blickte Gesa nach draußen. Die Tropfen prasselten wie kleine Geschosse auf die roten Luftballons. Gestern hatte Gesa noch extra das Schaufenster und das Gartenmöbelensemble geputzt. Was für ein Ärger. Die ganze Arbeit war umsonst gewesen. Sie überlegte, den wasserdichten Faltpavillon aufzubauen, um wenigstens die Möbel vor dem Regen zu schützen.

Ole hatte sich gewünscht, dass die Kunden nicht nur im Laden stöberten, sondern auch draußen bei einem Getränk und literarischem Gebäck miteinander ins Gespräch kamen oder sich mit einem Buch vor den Laden setzten. Sogar für Decken, die man sich zum Aufwärmen über den Schoß legen konnte, war gesorgt. Allerdings war fraglich, ob sich bei diesem Wetter überhaupt potenzielle Kunden auf die Straße wagten.

Mattis zog sein Handy aus der Hosentasche. «Mache eine Roomtour als Reel für Insta. Dabei?»

Mittlerweile wusste Gesa, wovon Mattis sprach. Er hatte so sehr von Instagram und den Möglichkeiten, sich zu vernetzen, geschwärmt, dass Gesa sogar in Erwägung zog, sich einen eigenen Account zuzulegen. Noch vor zwei Tagen waren Worte wie *Roomtour*, *Reel* und *Insta* böhmische Dörfer für sie gewesen. Heute kannte sie sich aus. Sie fuhr sich durch die Haare und strich ihren Rock glatt. «Dabei.»

Mattis startete die Aufnahme. Zuerst hielt er die Kamera auf Gesa gerichtet. «Hey Bookies, großer Tag. Das ist Frau Grambek, lasst euch nicht täuschen, der Name ist nicht Programm. Die Frau ist gut drauf, liebt Marzipankartoffeln und seit Neuestem wieder Bücher, zumindest ist sie auf einem guten Weg. Ihr Liebling ist Kafka, richtig?»

Gesa nickte. Von ihrer früheren Liebe zu Kafka hatte sie Mattis gestern Abend erzählt, als sie nach getaner Arbeit erschöpft vor der Buchhandlung gesessen und bei Chicken Nuggets den Tag hatten ausklingen lassen.

«Haben Sie vielleicht ein Zitat von Franz K. für die Follower von *Oevermanns Buchhandlung & Antiquariat*?»

«Ein Buch muss die Axt sein für das gefrorene Meer in uns», erwiderte Gesa wie aus der Pistole geschossen und fragte sich, ob es wirklich sie war, die gesprochen hatte.

«Schöner hätte ich es nicht sagen können. Bookies, wenn das kein Anreiz ist, weiß ich auch nicht. Kommt vorbei, kommt in Scharen, ab vierzehn Uhr geht's los. Jetzt zeige ich euch, was euch erwartet.» Mattis begann, durch die Buchhandlung zu laufen. Er filmte die schnörkeligen Regale mit den Glaseinfassungen und Schubladen. Er filmte den Holzkahn mit den Reclam-Ausgaben. Er filmte den kakaobraunen Ohrensessel und die beiden Nähmaschinentische mit der Registrierkasse und den Madeleines, die danebenstanden. Er filmte die Kisten mit dem Apfelsaft aus einer Lübecker Mosterei.

Gesa trat an die Registrierkasse. Heute wollte sie das Monster bezwingen. Wenn nachher hoffentlich viele Kunden in den Laden strömten, musste sie in der Lage sein, das Ding zu bedienen. Gesa drückte und kurbelte, schob und zog, ruckelte und zerrte. Sie tat ihr Bestes. Vergeblich. Und Mattis filmte die ganze Zeit.

Diese Blöße wollte sich Gesa nicht geben. Neuer Versuch. Sie drückte und kurbelte, schob und zog, ruckelte und zerrte. Wieder nichts. Da sie sich nicht anders zu helfen wusste, schlug Gesa mit der Handkante beherzt gegen die Seite der Kasse. Prompt sprang sie auf. Die Schublade raste dermaßen heftig aus der Schiene, dass sie herausrutschte und scheppernd auf dem Boden landete.

Peinlicher ging es wohl nicht, und das ganze Internet war dabei.

Als Gesa sich bücken wollte, um die Schublade aufzuheben, fiel ihr Blick auf die vordere Öffnung des Gehäuses. Dadrinnen lag etwas. Ein zusammengefaltetes Papier. Gesa zog es hervor. Es sah alt und porös aus, die Kanten waren eingerissen. Mattis kam näher, immer noch filmend.

«Was ist das? Sieht wertvoll aus», sagte er. «Darf ich?»

«Nur zu.»

Mattis drückte Gesa sein Telefon in die Hand und raunte: «Weiterfilmen.»

Eingehend untersuchte Mattis das zwei Handteller große Schriftstück. «Bookies, ich bin kein Profi, da müsste man wahrscheinlich Experten fragen, aber das ist definitiv ein altes Schriftstück, schätzungsweise neunzehntes Jahrhundert. Hier steht was von Katharineum, könnte der Teil eines Deutschaufsatzes sein. Die Schrift habe ich schon mal irgendwo gesehen.»

Gesa hatte Mühe, das Telefon zu halten, ohne die Aufnahme zu verwackeln. Was für ein interessanter Fund. Worum es sich dabei wohl handelte?

«Alles klar, Leute. Das war es vorerst, melde mich später. Stay tuned.» Mattis machte Gesa ein Zeichen, dass sie die Aufnahme beenden sollte.

In diesem Augenblick betraten Isa und Thomas Egge die Buchhandlung. Sie trugen jeweils eine Klappkiste.

Mattis strahlte und legte das geheimnisvolle Dokument beiseite.

Gesa warf einen neugierigen Blick in die beiden Kisten. Ein Winkelschleifer, ein Akkuschrauber, ein Waffeleisen, ein Thermomix, eine Eis- sowie eine Popcornmaschine.

«Wofür ist das denn?», wollte Gesa wissen.

«Das sind die Dinge für unsere Ausleihstation», gab Thomas Egge zur Antwort. «Dinge, die man manchmal braucht, meistens allerdings nicht. Hauptsächlich Küchengeräte, einiges an Werkzeug.» Er nahm etwas Gelbes aus Plastik aus der Kiste, das aussah wie eine Banane mit Rillen.

«Um Himmels willen. Was soll das denn sein?»

«Ein Bananenschneider.»

Gesa lachte auf. «Wer braucht denn so was?»

«Eben. Niemand, wie ich finde. Doch für jemand anderen ist dieses Gerät vielleicht genau das, wonach er oder sie gesucht hat. Bevor das Zeug bei uns verrottet, kommt es hierher. Vielleicht finden sich dankbare Ausleiher. Waffeleisen und Popcornmaschine sind zum Beispiel perfekt für Kindergeburtstage.»

Ole hatte ihr gestern Abend erzählt, welches Konzept er sich mit Mattis für den Neustart des Ladens ausgedacht hatte. Die Buchhandlung sollte künftig mehr sein als ein Ort, an dem man Bücher kaufte. Im Fokus sollte natürlich unverändert die Literatur stehen, doch Ole und seine Helfer planten, eine Art literarische Begegnungsstätte zu erschaffen. Und dazu gehörten neben Büchern auch eine Ausleihstation für Dinge des täglichen Bedarfs, literarische Kuchen und andere Köstlichkeiten oder der Verkauf von Handarbeiten, die die Lübecker angefertigt hatten. Zudem sollte es eine Aktion geben, der man den Namen *Rent-a-Oma* gegeben hatte. Eltern, die kein Geld für einen Babysitter hatten, konnten hier einer älteren Dame für einige Stunden ihre Kleinsten anvertrauen, zum Spielen oder, das war natürlich der Idealfall, zum Vorlesen.

Diese Idee lag Ole besonders am Herzen. Er hatte erzählt, dass viele alte Damen einsam waren, speziell nach dem Tod ihrer Männer suchten sie Gesellschaft. Die Betreuung von Kindern war für alle Beteiligten eine Win-win-Situation, wie Mattis es nannte. Die Damen waren nicht mehr einsam, die Eltern wurden entlastet.

«Ich mach mal weiter. In zwei Stunden rennen uns die Kunden hier bestimmt die Bude ein.» Thomas Egge ging zur Ausleihstation, um die mitgebrachten Gegenstände einzuräumen.

Isa Egge nahm sich eine Madeleine und biss hinein.

«Darf ich auch eine?», fragte Gesa.

«Selbstverständlich, Frau Grambek.»

Die Explosion traf Gesas Geschmacksnerven mit voller Wucht. «Ein Gedicht.» Genüsslich ließ Gesa das Gebäck auf der Zunge zergehen. Literatur geht offenbar auch durch den Magen, dachte sie und fragte sich, ob sie Frau Egge erzählen sollte, dass ihr Pudel vorgestern bei ihr zu Hause gewesen war. Gesa wollte gerade zu sprechen anheben, als Isa Egge sich räusperte. «Sagen Sie mal, Frau Grambek, tragen Sie nicht eigentlich eine Brille?»

«Da haben Sie recht, das ist eine komische Sache, fast schon etwas esoterisch: Meine Sehfähigkeit scheint momentan fast täglich zu variieren, je nach Gemütslage, wie es scheint.»

«Das ist ja kurios. Aber für komische Sachen bin ich immer zu haben, und Esoterik ist nach den Pudeln und dem Backen meine dritte große Leidenschaft. Wollen wir uns vielleicht duzen?»

Und während Gesa nickte, fiel ihr auf, dass die unbekannte Frau noch immer nicht hier gewesen war. Warum half sie nicht bei den Vorbereitungen, wenn Ole und sie ein Paar waren?

Um fünfzehn Uhr ließ sich die Lage nicht mehr leugnen. Das Geschäft lief schleppend, zum Verzweifeln schleppend. Nur drei der Instagram-Follower, die Mattis eingeladen hatte, waren erschienen. Ehrfürchtig waren sie durch den Laden gewandelt, sodass man den Eindruck gewinnen konnte, sie würden eine heilige Halle betreten. Leider kauften nur zwei von ihnen ein Buch, und auch nur von dem Stapel mit den Mängelexemplaren. Fünf Euro nahm Ole insgesamt ein. Beim Abkassieren war er freundlich und zuvorkommend gewesen, seine Augen allerdings verrieten Enttäuschung. Die Egges waren gegangen, da sie etwas in Kiel erledigen mussten, hatten allerdings versprochen, am Abend noch einmal vorbeizuschauen.

Der Regen hatte aufgehört, so als würde er von schlechtem Gewissen geplagt. Ole saß vor der Buchhandlung, in den Händen eine Flasche Apfelsaft, auf dessen Etikett *Lübecker Marzipanapfel* zu lesen war, und starrte ins Nichts.

«Wahrscheinlich sind die meisten noch auf der Arbeit und kommen später», versuchte Gesa, ihn zu trösten. Es war für sie unerträglich, Ole so entmutigt zu sehen.

«Hmm.»

Gesa überlegte fieberhaft, mit welchem Thema sie Ole ablenken konnte.

Ihr Blick verfing sich am Etikett der Apfelsaftflasche.

Lübecker Marzipanapfel.

Damit kannte sie sich aus. «Marzipanapfel, eine alte, fast vergessene Sorte. Bei uns hat sich einmal ein Pomologe vorgestellt, der 2018, im Zuge des 1. Lübecker Apfeltages, eine Versicherung …» Gesa stoppte.

Ole griff nach der Saftflasche und blickte weiterhin verdrossen drein.

«Ach, Ole, für uns beide läuft es gerade nicht so doll. Bei mir sind alle Messen gesungen, mein Job ist weg. Dein Laden hingegen ist noch nicht verloren. Gib ihm noch etwas Zeit.»

«Hoffentlich behältst du recht.»

Gesa griff nach ihrem Glas.

Von der Trave-Seite her erscholl lautes Gelächter. Eine Gruppe, ein Mann und fünf Frauen, steuerte auf sie zu. Gesa erkannte in einer der Frauen die Mutter von Mattis, die glühende Fitzek-Liebhaberin.

Als die Gruppe vor der Buchhandlung angelangt war, gab Mattis' Mutter Ole die Hand. «Schön, dass Sie wieder da sind, Herr Oevermann. Das sind meine Kollegen.»

Ole stellte die Apfelsaftflasche ab. «Frau Kunstmann, ich freue mich, Sie wiederzusehen. Ihr Sohn ist übrigens ein wahrer Engel. Lassen Sie mich raten, Sie sind alle Lehrer.»

Die Angesprochenen nickten. Gerade so, als hätte man ihnen ein Kompliment gemacht.

Der einzige Mann in der Runde legte Ole die Hand auf die Schulter: «Schröder, Geschichte und Sport. Ich bin auf der Suche nach dem Buch *Vom Urknall bis zum Internet*, haben Sie das zufällig?»

«Mal sehen, kommen Sie mit. Und wenn ich es nicht auf Lager habe, dann bestelle ich es.» Oles Gesicht erhellte sich, er war in seinem Element. An der Seite von Lehrer Schröder betrat er die Buchhandlung.

Die fünf Frauen nahmen auf den Gartenmöbeln Platz, die Ole und Gesa trocken gewischt hatten. Nach einem kurzen Zögern holte Gesa die Madeleines und fünf Gläser. «Bedienen Sie sich. Diese Küchlein, diese Madeleines, sind ein Genuss. Sie werden sehen, davon kann man nicht genug kriegen.»

Die Lehrerinnen griffen dankbar zu.

«Et tout d'un coup le souvenir m'est apparu. Ce goût c'était celui du petit morceau de madeleine que le dimanche matin, à Combray ...», sagte eine der Frauen.

Die anderen hielten beim Kauen inne.

«Entschuldigung, déformation professionelle, beruflich bedingte Missbildung, eine Berufskrankheit sozusagen. Elodie Rouanet-Steinhauer, Französisch und Chemie.»

«Verstehe.» Gesa überlegte, ob ihr etwas einfiel, das sie der Lehrerin empfehlen konnte. Gab es ein Buch, welches sie noch von früher kannte und der Frau ans Herz legen konnte? «Vielleicht *Madame Bovary?*»

«Kenne ich leider schon.»

«*Das andere Geschlecht* von Simone de Beauvoir?»

«Ist mir zu feministisch.»

Langsam gingen Gesa die Vorschläge aus. Einen hatte sie noch. «Camus. *Der Mythos des Sisyphos.*»

«Zu fatalistisch. Danke trotzdem. Machen Sie sich keine Mühe. Ich schaue mich gleich selbst mal um.» Die Französischlehrerin lächelte freundlich und schob sich den letzten Bissen ihrer Madeleine in den Mund, bevor sie die Buchhandlung betrat. Nach einer Weile folgten ihr die Kolleginnen.

Mattis' Mutter blieb zurück. «Frau Grambek, ich habe

eine gute und eine schlechte Nachricht für Sie und Herrn Oevermann.»

Unwillkürlich musste Gesa an ihren Nachbarn Herrn Wobbecke denken. «Die gute zuerst.»

«Gestern habe ich mit der Schulleitung gesprochen. Sämtliche Schulbuchbestellungen werden wir künftig über Sie beziehen.»

In ihrem Inneren schlug Gesa vor Begeisterung einen Salto.

«Jetzt die schlechte.» Friederike Kunstmann senkte den Kopf. «Die Bestellungen für dieses Schuljahr sind schon durch, wir können die Bücher erst im nächsten Jahr über Herrn Oevermann beziehen.»

Der innere Salto wurde blitzartig zum Purzelbaum.

«Der Reporter von den *Lübecker Nachrichten* hat abgesagt. Ihm ist was dazwischengekommen.» Ole stand in der Tür und wirkte, als könnten nicht einmal Purzelbäume ihn aufheitern.

Der Geschichts- und Sportlehrer tauchte hinter Ole auf. Er hatte zwei Bücher unter dem Arm. «Das mit der Miet-Oma ist super. Am nächsten Wochenende würde ich mit meiner Frau gerne ins Kino in der Stadthalle gehen. Unser Kleiner ist zwei.»

Auch das noch. Bisher waren sie auf keine alten Damen zugegangen, um zu fragen, ob sie sich vorstellen konnten, für ein paar Stunden Kinder zu betreuen. «Ehrlich gesagt sind wir mit Rent-a-Oma noch nicht so weit. Ich springe gern ein, wenn es Ihnen recht ist», sagte Gesa zaghaft. Mit kleinen Kindern hatte sie keinerlei Erfahrung, doch die Bitte des Lehrers wollte sie nicht ausschlagen. Sie würde alles tun, um der Buchhandlung zu mehr Popularität zu verhelfen.

Eine halbe Stunde später saßen Gesa und Ole erneut vor dem Buchladen und schwiegen vor sich hin. Enttäuschung hatte sich ausgebreitet. Sogar die roten Ballons hingen traurig am Messingschild. Gesa ärgerte sich, dass die große Erwartung, die sie in den Neustart der Buchhandlung gesetzt hatten, sich als Luftschloss herausgestellt hatten. Ja, die Blogger waren da gewesen. Ja, ein paar Lehrer waren da gewesen. Viel Umsatz hatte Ole trotzdem nicht gemacht.

Warum funktionierte das Konzept einer literarischen Begegnungsstätte nicht? Hatten sie zu schnell zu viel erhofft? Ein paar Ideen für die Neugestaltung der Innenräume, ein Ausleihregal für fragwürdige Küchenutensilien, ein gemütlicher Ohrensessel, literarisch inspiriertes Gebäck, ein Kahn mit Reclam-Heften, Rent-a-Oma ...

Ole stand auf und verschwand im Laden. Als er nach wenigen Augenblicken zurückkam, hielt er eine Plastikdose und das Stück Papier in der Hand, das hinter der Schublade der Registrierkasse geklemmt hatte.

«Ich habe dir ein paar Madeleines eingepackt. Leider sind nicht so viele weggegangen wie erhofft. Das hier lag neben der Kasse. Was ist das?»

«Offenbar ein alter Aufsatz. Neunzehntes Jahrhundert, meinte Mattis. In der ganzen Aufregung haben wir völlig vergessen, dir davon zu erzählen.» Gesa nahm die Dose mit den französischen Küchlein und stellte sie auf den Tisch.

Ole nickte.

«Hast du eine Ahnung, was es damit auf sich hat? Hast du das Dokument schon mal gesehen?»

Ole schüttelte den Kopf und musterte mit zusammengekniffenen Augen das alte Schriftstück. Er war vollkommen in das Lesen des Textes versunken. Plötzlich riss er die Augen weit auf. «Gesa, vielleicht täusche ich mich, vielleicht ist mein Buchwissen noch nicht auf der Höhe, doch ich vermute, der Aufsatz könnte aus der Feder von Thomas Mann höchstpersönlich stammen.»

«Bist du sicher? Das wäre ja eine Sensation. Gleich hier um die Ecke ist der Sitz der Thomas Mann-Gesellschaft. Die Experten können bestimmt herausfinden, ob du recht hast.»

Vorsichtig reichte Ole das Schriftstück an Gesa weiter. «Willst du mal schauen?»

Gesa versuchte, den Namen des Verfassers am oberen Rand des Blattes zu entziffern. Obgleich sie ihre Brille nicht dabeihatte, meinte auch sie, den Namen des berühmten Lübecker Schriftstellers erkennen zu können. «Oh Gott. Wenn das stimmt, dann ...» Weiter kam sie nicht.

Ole sprang auf und fiel Gesa um den Hals.

Da näherte sich eine schwarze Limousine, die in Schrittgeschwindigkeit die Marlesgrube herunterfuhr. Hastig löste sich Ole aus der Umarmung. Gesas Herz krampfte sich zusammen. Der Wagen hielt vor der Buchhandlung. Ole wirbelte herum. Die Fahrertür wurde geöffnet, der Chauffeur stieg aus. Man sah ihm an, dass sich unter dem dunklen Anzug ein wohltrainierter Körper verbarg. Der Mann nickte Ole und Gesa zu, dann öffnete er die Tür hinter dem Beifahrersitz. Noch ehe die Frau aussteigen konnte, verabschiedete sich Gesa, nahm die Dose mit den Madeleines vom Tisch und versuchte, ihre Tränen zurückzuhalten.

«Wo willst du denn hin? Das ist Fenja, meine Jugendliebe. Sie will ...», rief Ole ihr hinterher.

Doch Gesa hielt sich die Ohren zu und beschleunigte ihre Schritte.

Kapitel 27

Was für ein Tag. Die gesamte Klaviatur der Gefühle hatte sie durchlebt. Positiv. Neutral. Negativ. Etliche Schattierungen dazwischen. Ein emotionales Tohuwabohu.

Voller Enthusiasmus war Gesa in den Tag gestartet. Es folgte die Enttäuschung, dass kaum Kunden gekommen waren, dann die Freude über die unerwartete Entdeckung des Aufsatzes, der möglicherweise von Thomas Mann stammte. Und schließlich war diese Frau aufgetaucht. Fenja, Oles Jugendliebe. Man kannte das: Alte Liebe rostet nicht.

Ihr überstürzter Abgang war Gesa unangenehm, aber sicherlich hatten sich die beiden viel zu erzählen, und dabei hätte sich Gesa nur wie das dritte Rad am Wagen gefühlt. Das Auftauchen der Frau wirkte wie ein Brennglas, das Gesa zeigte, was sie verloren hatte. Sie und Ole hatten keine Zeit gehabt, mit der Liebe anzufangen, sie in jeder Hinsicht auszukosten, sich fallen zu lassen, zu genießen. In dem Augenblick, in dem sie sich einander angenähert hatten, war es bereits wieder vorbei gewesen.

Erstaunt stellte Gesa fest, dass ihre Wohnungstür nicht abgeschlossen war. Nanu. Hatte sie in ihrem enthusiastischen Aufbruch heute Morgen vergessen zuzuschließen? Sie betrat den Flur.

«Wo hast du dich rumgetrieben?»

Vor Schreck ließ Gesa die Dose mit den übrig gebliebenen Madeleines fallen. Gero trat, mit dem Achtsamkeitsbuch in der Hand, in den Flur.

Die beiden Grambek-Zwillinge umarmten sich lange.

«Bevor du mich noch mal so überfällst, will ich meinen Wohnungsschlüssel zurück», sagte Gesa.

«Kann ich verstehen. Das Versteck im Hof unter dem Kübel mit dem Wacholderstrauch ist übrigens mehr als dürftig, mich jedoch hat es gerettet.» Gero wirkte erschöpft. Er hielt das Buch in die Höhe und fragte: «Wem hast du heute deine Liebe geschenkt?»

«Jetzt lass doch mal das blöde Buch. Was in aller Welt ist passiert? Wir haben uns Sorgen um dich gemacht. Wo hast du gesteckt? Und wer war dieser fremde Mann an deinem Telefon?»

«Lange Geschichte. Ich war so frei, uns etwas zum Essen zu bestellen.» Gero ging in die Küche. Er kehrte mit einer ansehnlichen Box, auf der *Lübeck-SooShe* stand, zurück ins Wohnzimmer. «Da ich über kein Bargeld mehr verfüge, habe ich mich an deiner Sockenschublade bedient.»

«Woher weißt du, wo ich meinen Notgroschen aufbewahre?» Gesa begann, das Sushi auszupacken.

«Mal ehrlich, seit du sechs bist, versteckst du deine Kröten in der Strumpfschublade.»

Gesa lächelte. «Aber jetzt erzähl doch endlich, was los ist. Und wieso bist du hier bei mir?»

«Es ist viel passiert in Funafuti. Ich bin vom Flughafen direkt zu dir gefahren. Schlüssel weg, Bargeld weg, Handy weg. Zum Glück habe ich noch meinen Pass. Die Bankkarten musste ich zur Sicherheit sperren lassen. Die neue SIM-Karte für mein Handy müsste auch schon zu Hause in meinem Briefkasten liegen.»

Gesa, die gerade zwei Essstäbchen auseinanderbrach, hielt inne. «Okay, und wie kam es dazu?»

Gero gähnte. «Ja, wo soll ich anfangen?»

«Schieß einfach los.»

Bis zu der Partynacht, in der Gero und Gesa telefoniert hatten, war alles wunderbar gelaufen. Die Bestatterfortbildung war ein voller Erfolg gewesen. Hängende Särge, Fußball- oder Weltraumbestattungen. Beisetzung unter einem Wasserfall, das Nine-Nights-Ritual, der Día de los Muertos, Totenhäuser und Klageweiber. Tonnenweise neue Anregungen, wie Gero sein Geschäft in Schwung bringen konnte.

Von all den präsentierten Möglichkeiten gefiel ihm die Beisetzung unter einem Wasserfall am besten, auch wenn Schleswig-Holstein nicht gerade bekannt für seine gigantischen Wasserfälle war. Es gab zwar einen sogenannten großen Wasserfall in Eutin, der jedoch so klein war, dass Gero vermutete, der Name sei ironisch gemeint. Das Brodtener Steilufer bot sich im weitesten Sinne an, doch Asche über dem Meer zu verstreuen, war in Deutschland verboten.

Als Gero das Brodtener Steilufer erwähnte, wurde Gesa zurückkatapultiert zu ihrem romantischen Tandem-Ausflug mit Ole. «Und die Liebe? Was war los mit diesem attraktiven australischen Trauerredner?», fragte sie ihren Bruder, um ihre eigenen Gedanken nicht zu laut werden zu lassen.

Gero stöhnte. «Theorie und Praxis. Der Typ war ein falscher Fuffziger. Sein Profilbild bei Funeral Love war unglaublich anziehend, allerdings sah es ihm nicht im Entferntesten ähnlich. Aus Frust bin ich feiern gegangen. Ich war gerade auf einer Party, als du mich angerufen hast, erinnerst du dich?»

Gesa nickte.

«Jemand muss mir was in die Piña Colada gemischt haben. Das Letzte, woran ich mich erinnern kann, war das Lied *The Final Countdown*. Der *final countdown* galt leider auch für mein Bewusstsein. Als ich wach wurde, war ich mein Bargeld, meine Schlüssel und mein Telefon los. Körperlich gab es nichts zu beanstanden.»

«Zum Glück ist dir nichts Schlimmeres passiert.»

«Volle Zustimmung. Doch die Liebe, die könnte mir langsam ruhig mal passieren. Und bei dir?» Gero stand auf. «Mein letzter Stand war, du warst in einen Buchhändler verliebt, musstest nasse Bücher trocknen und hast mit ausgestopften Vögeln gesprochen, bei denen du dich für deinen übertriebenen Marzipankartoffelverbrauch entschuldigt hast.» Gero schaute gähnend zum Kuukkeli. «Du bist jetzt abgemeldet, mein finnischer Freund. Von nun an bin ich wieder die Nummer eins als Ansprechpartner.»

Gesa musste derart herzhaft lachen, dass sie ein Essstäbchen zerbrach. Sie legte es beiseite, nahm ein Sake Nigiri zwischen Daumen und Zeigefinger und schob es sich in den Mund. Es tat so gut, ihren Bruder wieder bei sich zu haben.

Gesa wurde wieder ernst. «Mir ist sie noch einmal passiert, die Liebe, aber ich habe es vermasselt. Ole und ich …, nun …, wir sind nur Freunde. Vielleicht hat es auch mit seinem Unfall zu tun. Wie es scheint, hat er schon eine Neue.

So eine schicke Frau mit viel Geld. Seine Jugendliebe, die nun offenbar wieder in sein Leben getreten ist. Wir haben versucht, die Buchhandlung zu retten, gestern war Neueröffnung ... allerdings ... ich befürchte, das wird nichts mehr. Ach ja, arbeitslos bin ich auch. Penningbüttel hat mich gefeuert.»

«Soll das ein Witz sein?»

«Leider nein.»

«Du hast doch noch den Ersatzschlüssel für meine Wohnung, oder? Darf ich trotzdem heute hier schlafen? Ich will nicht allein bleiben.»

«Ich bestehe sogar darauf. Und morgen bekommst du den Zweitschlüssel.»

Gero klappte das Sofapolster, auf dem er gerade gesessen hatte, hoch und nahm eine Decke sowie ein Kopfkissen aus dem Bettkasten heraus. «Und was willst du jetzt tun? In Bezug auf die Arbeit, meine ich», fragte er.

«Ich habe keine Ahnung, wie es weitergehen soll.» Gesa blickte aus dem Fenster. Das Grau des Abends war der Dunkelheit der Nacht gewichen.

«Heute können wir nichts mehr ausrichten. Vielleicht fällt uns morgen etwas ein.»

Inständig wünschte sich Gesa, ihr Bruder würde recht behalten. Doch ihr Verstand schien sich bei dieser Vorstellung vor Lachen zu kringeln.

Am nächsten Morgen bestätigte sich Gesas Theorie zum Zusammenhang zwischen Seelenzustand und Sehvermögen. Ohne Brille ging gar nichts. Das drei Komma fünf Dioptrien-Modell war das einzige, was sie einigermaßen zufriedenstellend ihre Umgebung erkennen ließ. Schlecht gelaunt kauten die Grambek-Zwillinge auf den restlichen Madeleines, nippten an ihren Tees und machten sich schließlich auf den Weg zur Marlesgrube.

Da Sonntag war, hatte die Buchhandlung geschlossen, was Gesa sehr zupasskam. Sie spürte, dass sie momentan nicht die Kraft hatte, Ole unter die Augen zu treten. Vor dem Laden stand noch immer die schwarze Limousine, mit der Fenja gestern gekommen war.

Gesa beschleunigte ihren Schritt und stand kurz darauf atemlos vor dem Bestattungsinstitut. Gero, der ihr schnaufend gefolgt war, stemmte seine Hände in die Hüften. «Was ist denn in dich gefahren? Bist du jetzt unter die Frühsportler gegangen?»

Eines musste man ihrem Bruder lassen. Egal, wie heftig das Schicksal ihm mitspielte, er schaffte es stets, jeder auch noch so dramatischen Situation etwas Humorvolles abzutrotzen. «Das Angeberauto da, das gehört dieser Fenja. Und dass es seit gestern hier steht, kann nur eines heißen. Es ist genauso, wie ich vermutet habe.»

«Kann, muss nicht. Vielleicht gibt es eine andere Erklärung.»

«Und welche?» Gesas Stimme klang abweisender, als sie wollte.

«Nun, entweder die beiden ...»

Ein Handyklingeln unterbrach Geros Versuch einer alternativen Erklärung. Es war Mutter Asta. Gesa nahm das Gespräch entgegen und stellte den Lautsprecher an, während sie mit Gero das Bestattungsinstitut betrat.

«Liebes, dein Bruder ist nach wie vor verschollen. Ich habe die halbe Nacht versucht, ihn zu erreichen. Vergeblich. Das Karma spielt unserer Familie aktuell übel mit.»

Asta Grambek schnäuzte sich vernehmlich in ein Taschentuch. «Ich mache mir solche Sorgen.»

«Er ist hier, Gero ist bei mir», sagte Gesa und wandte sich dann flüsternd an ihren Bruder. «Hast du den Eltern gar nicht Bescheid gesagt?»

Schweigen am Ende der Leitung.

«Ich bin hier», rief Gero. «Alles ist in Ordnung, sei unbesorgt. Tut mir leid, ich habe gestern total vergessen, mich bei euch zu melden.»

«Gott sei Dank! Hauptsache, du bist zurück, mein Junge.»

Gero lächelte.

«So, ihr zwei, ich muss weitermachen, ich habe Rouladen auf dem Herd. Kommt ihr zum Essen?»

Gesa wollte Einspruch erheben, doch Gero kam ihr zuvor. «Das geht klar, heute ist Familientag. Dann können wir gleich besprechen, was wir nächste Woche zu unserem Geburtstag unternehmen.»

«Wunderbar. Bis später.»

Gero ließ sich neben seine Schwester auf das Sofa im Verkaufsraum des Bestattungsinstitutes fallen. «Zum Glück ist wenigstens hier alles in Ordnung. Übermorgen muss ich loslegen. Ich habe eine Anfrage bekommen, die Beisetzung eines Mitglieds des Lübecker Fechtvereins zu organisieren. Der arme Mann liegt seit Wochen im Sterbehospiz im Rickers-Kock-Haus, er wird bald von uns gehen.» Gero schüttelte den Kopf, als würde er einen lästigen Gedanken vertreiben.

Sofort spürte Gesa, dass mit ihrem Bruder etwas nicht stimmte. «Was hast du?»

«Eigentlich sollte mich die Erkenntnis angesichts meines Berufs nicht überraschen, aber irgendwie ist mir erst in den letzten Tagen klar geworden, wie schnell das Leben vorbei sein kann. Man hat ja so eine Vorstellung, etwa mit achtzig. Wahrscheinlich war dir das schon früh bewusst, immerhin ist Onni mit Anfang vierzig gestorben.»

Gesa schwieg.

«Es ist lange her, sein Verlust schmerzt dich nach wie vor. Ich hätte mich sehr gefreut, wenn es mit dir und der Liebe noch einmal geklappt hätte.» Gero strich sich über den Kopf, bevor er fortfuhr. «Es ist schade, dass wir als Zwillinge dasselbe Schicksal teilen, ein trauriges. Uns scheint die Liebe nicht wohlgesinnt zu sein. Ich renne Männern, die unerreichbar sind, um die halbe Welt hinterher. Vergeblich. Darf ich dir etwas anvertrauen?»

«Immer.»

«Dein Kollege Jost und ich, wie soll ich es elegant formulieren? Nun, wir hatten eine gemeinsame Nacht. Es war wunderschön. Doch ich bin ein Feigling. Wenn ich meinen Gefühlen nachgebe, werde ich nur enttäuscht. Stichwort Selbstschutz, du weißt schon. Jost hat mehrfach versucht, mich zu erreichen. Ich bin nicht ans Handy gegangen, sondern einfach abgetaucht.»

«Heißt das ...?» Gesa suchte nach Worten. «Ja, das heißt es wohl», beantwortete sie sich ihre Frage selbst.

«Das mit der Liebe ist für mich genauso ein Buch mit sieben Siegeln wie für dich.»

«Aber warum bist du abgetaucht? Das hat Jost nicht verdient.»

«Das ist mir klar, ich schätze, ich hatte einfach Angst, verletzt zu werden.»

«Ruf ihn an. Er hat sich nach dir erkundigt. Jost ist ein toller Mann, trägt sein Herz auf der Zunge. Der macht dir nichts vor.» Sie freute sich für ihren Bruder.

«Wirklich? Er hat nach mir gefragt?» Ein breites Lächeln erschien auf Geros Gesicht.

«Wirklich. Mehrfach sogar.»

Gero presste seiner Schwester einen Kuss auf die Wange und zog sie vom Sofa hoch. «Auf geht's. Rouladen, Jost.»

Als die Grambek-Zwillinge nach draußen traten, traten auch weiter unten in der Marlesgrube zwei Menschen auf die Straße. Es waren Ole und Fenja. Sie unterhielten sich angeregt und wirkten ausgelassen. Vor der schwarzen Limousine umarmten sie sich.

Und Gesa, die ihre Augen nicht von den beiden abwenden konnte, merkte, wie auch in ihr eine Schwärze Gestalt annahm. Eine tiefe Schwärze, eine Trauer. Sie stand bewegungslos da, als hätte sie Blei in den Schuhen, und der Krake, den sie bereits vergessen hatte, kroch ihr erneut den Rücken empor. Ein Krake mit Saugnäpfen an den kalten Armen, die Gesa die Luft abzuschnüren drohten.

Kapitel 28

Gesa nahm eine Plastikdose aus dem Kühlschrank. Zwei Rouladen waren gestern übrig geblieben. Eine hatte Gero, eine Gesa bekommen. Inzwischen war Gero zurück in seiner Wohnung, um sich für sein Treffen mit Jost umzuziehen. Da ihr Zwillingsbruder keine Zeit verlieren wollte und nach dem Essen bei den Eltern direkt zu sich gefahren war, hatte er Gesa gebeten, seinen Koffer noch einen Tag länger zu beherbergen. Ihre eigene Verabredung mit Jost hatte Gesa auf nächste Woche verschoben.

Aus dem Schrank neben dem Herd holte Gesa einen Topf und kippte die Roulade hinein. Während der Herd seine Arbeit aufnahm, ging Gesa ins Wohnzimmer.

«Er hat eine Neue, ich hab's doch gesagt.»

Der Kuukkeli hielt den Kopf gesenkt, fast so, als würde er sehr aufmerksam zuhören, als spürte er, dass ein solch wichtiges Thema wie die Liebe es erforderte, ganz genau aufzupassen.

«Gero hatte recht mit dem, was er gestern gesagt hat. Uns beiden ist die Liebe nicht wohlgesinnt. Dabei hatte alles so verheißungsvoll angefangen, als du und ich uns in den finnischen Kiefernwäldern zum ersten Mal begegnet sind.»

Hatte sich der kleine Kopf des Kuukkeli gerade wie zur Bestätigung bewegt? Ein unscheinbares Nicken?

Ein Zischen mischte sich in Gesas Versuch, die vermeintliche Körpersprache eines ausgestopften Vogels zu analysieren. Das Zischen kam aus der Küche. Von der Roulade, die schleunigst gewendet werden musste, damit sie nicht anbrannte.

Alles, was passiert, kann einmalig sein. Aber alles, was zweimal passiert, wird sicher ein drittes Mal passieren.

Sie wendete das Fleisch. Auch in ihrem Kopf wendeten sich die Gedanken. Bevor sie Ole kennengelernt hatte, war sie drei Mal verliebt gewesen.

1. Jan, der Bassist, verliebt, Jungfräulichkeit verloren, Herz gebrochen
2. Jan, der Zahnarzt, mit der Sprechstundenhilfe fremdgegangen, Herz gebrochen
3. Onni, der Saunabauer und Schriftsteller, verlobt, gestorben, Herz gebrochen

Ole war Nummer vier. Sollte Coelho richtiggelegen haben, war eine Nummer vier in der Liebe nicht vorgesehen. Außerdem sagte man doch, dass aller guten Dinge drei seien.

Gesa wendete die Roulade erneut.

Wie war das eigentlich bei Ole? Sie hatte keine Ahnung, mit wie vielen Frauen er nach Ophelia zusammen gewesen war. War es nicht ungewöhnlich, dass ein solch attraktiver und charmanter Mann nie wieder jemanden gefunden hatte? Oder hatte er? Hatte er, und es Gesa gegenüber bloß nicht erwähnt?

Tränen traten Gesa in die Augen. Sie wischte sie beiseite und senkte den Blick. Da bemerkte sie, dass die Roulade, trotz des mehrfach darumgewickelten Fadens, auseinandergefallen war.

Im Wohnzimmer vermeldete ihr Handy den Eingang einer SMS.

Kannst du heute um 17 Uhr in die Buchhandlung kommen?
Wir haben eine Überraschung.
LG, Ole

Gesa las die Zeilen fünf Mal hintereinander. Doch egal wie oft sie sie auch las, es würde nichts ändern. Das war nun wirklich mehr als eindeutig. *Wir*. Das konnte nichts anderes bedeuten als *Fenja und ich*. Doch das Wort Überraschung hatte ihre Neugierde geweckt. Zwar hatte sie keine große Lust, sich das Liebesglück der beiden anzuschauen, Oles Wunsch vorbeizukommen konnte Gesa allerdings nicht ausschlagen.

Sie legte ihr Handy auf den Tisch. Da traf ein ohrenbetäubender, schriller Pfeifton ihre Ohren. Die Roulade war jetzt nicht mehr nur zerfleddert, sondern angebrannt, und der Rauchmelder mahnte, dieses Malheur umgehend zu beseitigen. Geschwind nahm Gesa den Topf vom Herd. Sie stürmte in den Flur, wo der Besen neben der Garderobe stand.

Zurück in der Küche, erkannte Gesa, dass ihre Sprungfähigkeiten nicht ausreichten, um den Rauchmelder mithilfe des Besenstiels auszuschalten. Sie schob den Küchenstuhl unter das lärmende Gerät, kletterte auf die Sitzfläche und schlug mit dem Besenstiel mehrfach gegen den Rauchmelder. Schließlich verstummte er. Als Gesa erleichtert vom Stuhl steigen wollte, verheddarte sich der

Besenstiel im Ärmel ihrer Bluse. Unsanft landete sie auf dem Küchenboden.

In der Marlesgrube traute Gesa ihren Augen nicht. Auf der Straße vor der Buchhandlung hatte sich eine lange Schlange gebildet. Sie reichte bis zur Höhe des Bestattungsinstitutes. Die Wartenden waren zumeist Frauen. Sie schätzte ihr Durchschnittsalter auf dreißig Jahre. Gesa hatte mit sich gerungen, ob sie nicht doch zu Hause bleiben und sich um ihren geschwollenen Knöchel kümmern sollte, doch ihre Neugier war stärker gewesen. Da ihre Schuhe nicht mehr passten, zumindest nicht der linke, hatte Gesa kurzerhand eine Pantolette mit kleinen Palmen in der Größe vierundvierzig aus Geros Koffer genommen, der immer noch im Flur stand. Nun trug sie links eine ihr viel zu große Männerpantolette und rechts einen Turnschuh in der Größe neununddreißig. Als Gesa an den Wartenden vorbeihumpelte, hörte sie Protest in ihrem Rücken.

Wieso drängelt die sich einfach vor?

Wo kommen wir hin, wenn das jeder machen würde?

Die simuliert doch nur, um einen Platz in der ersten Reihe zu bekommen.

Hast du ihre Schuhe gesehen? Ziemlich ungewöhnlich.

Kaum hatte Gesa die Eingangstür der Buchhandlung erreicht, erblickte sie Ole. In Anzug und Krawatte begrüßte er jeden Einzelnen mit Handschlag.

Das Turmalingrün seiner Augen funkelte warm, als er sie sah. «Gesa, schön, dass du da bist. Das Schicksal meint es gut mit mir.»

Gerade als Gesa etwas erwidern wollte, trat Fenja aus der Buchhandlung. Sie trug große goldene Kreolen, ein kobaltblaues Strickkleid und sah umwerfend aus.

«Gesa, Fenja. Fenja, Gesa», sagte Ole. «Ihr müsst euch selbst genauer miteinander bekannt machen. Ich kümmere mich um die Gäste.»

Die beiden Frauen traten beiseite. Fenja musterte Gesas Füße. «Interessante Schuhwahl.»

Gesa hatte von Fenja einen herablassenden Ton erwartet, doch die Frau lächelte gütig, was sie noch eine Stufe umwerfender machte. Sie war also nicht nur bildhübsch, sie war auch nett.

«Wenn Sie Hilfe brauchen, sagen Sie Bescheid. Wir haben Ihnen einen Platz in der ersten Reihe reserviert.»

«Danke, sehr liebenswürdig», presste Gesa hervor.

Eine sichtlich aufgeregte Frau tippte Fenja von hinten auf die Schulter. «Signieren Sie schon?»

«Das machen wir im Anschluss, da haben wir mehr Ruhe.»

«Danke, Frau Floriani. Es ist mir eine Ehre.»

Nachdem Fenja, die offenbar Fenja Floriani hieß, der aufgeregten Frau kurz die Hand gedrückt hatte, verschwand sie im Inneren der Buchhandlung.

Aus dem Augenwinkel beobachtete Gesa, wie Mattis, der ein wenig abseits stand, die Buchhandlung filmte und dabei in die Kamera sprach. Neugierig humpelte sie näher.

«… unglaublich. Flora Floriani. Danke, Bookies fürs Teilen, sonst wäre die Bestsellerautorin und Queen of Chick-Lit nie zu uns gekommen. Erst als Kinderbuchautorin und mit Chick-Lit bekannt, dann mit bewegenden Familiensagas berühmt geworden. Ole Oevermann ist überglücklich. Hatte wohl schon früh ein glückliches Händchen in der Liebe. Die Schlange vor der Tür ist lang, die Buchhandlung klein. Wer es heute nicht schafft, einen Platz zu ergattern, morgen gibt es einen Zusatztermin. Neunzehn

Uhr, zwölf Euro Eintritt, ein Getränk und literarisches Gebäck inklusive.»

So langsam dämmerte Gesa, was hier vor sich ging. Die Namen allerdings verwirrten sie. Fenja. Flora. Floriani. Was denn nun? Und was zum Teufel war Chick-Lit? Hatte das vielleicht etwas mit Chicken Nuggets zu tun? Lit stand aller Wahrscheinlichkeit nach für Literatur. Aber was war Hähnchenliteratur? Ein Instagram-Phänomen? Gesa wollte gerade Mattis nach einer Erklärung fragen, der war jedoch schon wieder im Gedränge verschwunden.

Gesas Fuß schmerzte. Sie entschied, sich im Laden hinzusetzen. An der Tür begegnete sie erneut Ole. An ihm führte wohl kein Weg vorbei. Als Gesa auf seiner Höhe war, flatterte ihr Herz. «Glückwunsch.» Gesa vermied es, ihm direkt in die Augen zu schauen. Eine Schutzmaßnahme.

«Danke. Schön, dass du dich mit uns freust. Diese Frau ist ein Schatz, eine Perle, die zum zweiten Mal an mein Lebensufer gespült wurde. Man muss sein Herz an etwas hängen, was es lohnt. Hans Fallada. Gesa, es ist unglaublich. Meine Literaturerinnerung funktioniert wieder bis ins zwanzigste Jahrhundert hinein.» Ole strahlte sie versonnen an, dann blickte er an Gesa herunter. «Was ist eigentlich mit deinem Fuß?»

«Rouladensturz.»

Ole wollte nach Gesas Hand greifen, aber sie entzog sich ihm. Gesa rechnete es Ole hoch an, dass er die Freundschaft zu ihr aufrechterhalten wollte, spürte allerdings, sie würde das nicht schaffen. Ihre Gefühle ließen sich nicht von Liebe auf Freundschaft umbuchen wie ein fälschlicherweise im Kleinkindabteil reservierter Sitzplatz bei einer Zugfahrt, die man im Ruheabteil hatte verbringen wollen.

«Rouladensturz. Das klingt lecker und dramatisch zugleich», erwiderte er jetzt. «Das musst du mir genauer erklären. Nimm schon mal Platz, ich bin gleich bei dir.»

Gesa nickte, zugleich verkrampfte sich ihr Magen. Ich wäre gern sehr viel näher bei dir, und das für immer, schrie alles in ihr, doch kein Wort davon kam über ihre Lippen.

In einer Ecke der überfüllten Buchhandlung stand Isa Egge. Sie verkaufte Fenjas Bücher aus Kartons heraus, vier unterschiedliche Romane, die zusammenzugehören schienen. Die Cover waren ähnlich gestaltet. Pastellfarben. Blumen. Schmetterlinge. Landschaften. Frauensilhouetten. *Flora Floriani* stand in geschwungenen Buchstaben auf den Umschlägen. Auch die Titel der Bücher wiesen Ähnlichkeiten auf.

Frühlingshoffnung.
Sommerliebe.
Herbstwünsche.
Winterglücksfall.

Ein Jahreszeiten-Ensemble. Isa Egge kam mit dem Verkauf kaum hinterher. Die Kundinnen rissen ihr die Exemplare förmlich aus den Händen. Gesa war Flora Floriani gänzlich unbekannt, doch augenscheinlich verfügte die Autorin über eine riesige Fangemeinde.

Neben Isa stand Thomas Egge und verteilte Gläser mit Apfelsaft oder Prosecco sowie Servietten mit Kuchenstücken. «Gesa, wie schön, dass Sie es einrichten konnten. Sockerkaka. Schwedische Zuckerkuchen. Aus dem Buch *Die Kinder aus Bullerbü* von Astrid Lindgren.»

Gesa nahm ein Stück des schwedischen Gebäcks und humpelte zu den beiden zusammengeschobenen Nähmaschinentischen, vor denen Stühle aufgestellt waren. Die Registrierkasse hatte man beiseite geräumt, den Ohrensessel vor das Fenster geschoben. Auf einem Tischchen befand sich ein Aufsteller mit dem Buch *Herbstwünsche*, daneben ein Sträußchen Lavendel, ein Stift, ein Brillenetui sowie eine Karaffe mit Zitronenwasser und ein Glas. Gesa nahm Platz. Neben ihr saß ein Mann mit einer Spiegelreflexkamera mit Teleobjektiv um den Hals. Er tippte ununterbrochen etwas in sein Handy.

Auf einmal berührte etwas Weiches, leicht Feuchtes Gesas Pantolettenfuß. Es war King Kong. Vorsichtig legte der Hund seinen lockigen Kopf auf Gesas lädierten Knöchel. Wärme durchströmte sie. Nicht nur Pudelwärme, sondern ein tiefes Gefühl von Geborgenheit. So schnell wie möglich, schwor sich Gesa, würde sie sich im Tierheim nach einem Hund erkundigen. Ein Hund würde sie niemals enttäuschen und immer an ihrer Seite sein. Gesa begann, King Kong zwischen den Ohren zu kraulen. Er hob den Kopf und zwinkerte Gesa zu.

«Meine Damen», Flora alias Fenja ließ den Blick über die Zuhörer schweifen, «und Herren, zumindest drei, wie ich sehe. Es freut mich sehr, heute hier zu sein. Der Mann, dem Sie diese Lesung zu verdanken haben, heißt Ole Oevermann.»

Applaus brandete auf. Ole erhob sich und deutete eine Verbeugung an.

«Herr Oevermann und ich kennen uns schon sehr lange, aus Schulzeiten. Wir haben uns damals in unterschiedliche Richtungen entwickelt, sind auseinandergegangen und haben uns nun wiedergefunden.»

Erneuter Applaus. Erneuter Krampf in Gesas Magen.

Sie sah zu Ole, der neben ihr Platz genommen hatte. Er errötete.

«Ich möchte eine Lanze brechen für die sogenannten sozialen Medien», fuhr Fenja fort. «Sie werden ja immer verteufelt. Zeitfresser, zu anonym, Sie wissen, was ich meine. Aber ohne Instagram wäre ich heute nicht hier, ohne Instagram hätte ich Ole nicht wiedergefunden und hätte ihn nicht darin unterstützen können, seine Buchhandlung zu retten. Der gesamte Erlös des heutigen Abends kommt dem Wiederaufbau des Ladens zugute. Sie erleben hier gerade die Verknüpfung zwischen der analogen und der digitalen Welt, denn nur so können wir das Fortbestehen von Büchern perspektivisch sichern. Danke, dass Sie so zahlreich erschienen sind. Danke an alle Buch-Blogger. Doch nun genug der Vorrede. Nun möchte ich Ihnen die Protagonistin meines neuesten Romans vorstellen.» Fenja setzte die Brille auf und goss sich Wasser ein.

In der Buchhandlung hätte man eine Stecknadel fallen hören können. Gespannt sahen alle nach vorne. Gesa schielte zur Seite. Oles Gesicht war unverändert von einem zarten Rot überhaucht.

Fenja trank einen Schluck und räusperte sich.

Herbstwünsche. Gerlinde und die Liebe, das passte nicht zusammen. Das wusste sie, so wie man weiß, dass am 24. Dezember Heiligabend ist. So wie man weiß, dass man jedes Jahr am selben Tag Geburtstag hat. Einmal in ihrem Leben hatte Gerlinde die Liebe erlebt, doch das war so lange her, dass sie manchmal glaubte, die Erinnerung an die Liebe wäre reine Fiktion, so als würde dieses Gefühl aus einem Roman stammen, den sie so oft gelesen hatte, dass er ihr in Fleisch und Blut übergegangen war. In ausgedachte Leben zu tauchen, war schon immer Gerlindes größte Leidenschaft gewesen, doch die Vorstellung, die Einsamkeit dadurch hinweglesen zu können, war trügerisch ...

Kapitel 29

Als Gesa die Wohnungstür aufschloss, hatte ihr Knöchel beachtliche Ausmaße angenommen. Ein Arztbesuch war unausweichlich. Morgen würde sie als Erstes beim Orthopäden anrufen und einen Termin vereinbaren. Um die Zeit bis dahin zu überbrücken, hatte sie sich ein Kühlpack auf die geschwollene Stelle gelegt und es mit einem Küchentuch fixiert. Noch immer hing der Geruch der angebrannten Roulade in der Wohnung.

Nach dem Ende der Lesung hatte es frenetischen Applaus gegeben. Fenja hatte Ole zu sich gebeten, und die beiden hatten sich vor dem Publikum umarmt. Gesa hatte sich mit Hinweis auf den verstauchten Knöchel umgehend verschiedet.

Als es fast Mitternacht war und die zweite Tüte Marzipankartoffeln zur Neige ging, hatte Gesa das Gefühl, jeden verfügbaren Internetartikel über Flora Floriani gelesen zu haben.

Oles neue Freundin war 1956 in Lübeck geboren, hatte hier die Schule besucht und war danach nach Hamburg gezogen, wo sie zwei Kinder bekommen und sich schnell einen Namen als Kinderbuchautorin gemacht hatte. Ihre Reihe um Hasi Hops umfasste fünf Bände. Damals veröffentlichte sie noch unter ihrem richtigen Namen Fenja Fender. Das klang schon einmal deutlich weniger glamourös, was Gesa mit Genugtuung erfüllte.

Herauszufinden, dass Flora Floriani eigentlich Fenja Fender hieß, war nicht so einfach gewesen. Gesa musste weit in die Tiefen eines Fan-Forums hinabsteigen. Eine Leserin hatte den Namen hinter dem Pseudonym verraten und war dafür, soweit Gesa das beurteilen konnte, aus dem Forum gelöscht worden. Warum der entsprechende Beitrag noch sichtbar war, konnte sich Gesa nicht erklären.

Eine Sache ließ sich während der gesamten Recherche nicht von der Hand weisen: Fenja sah blendend aus. Die Männer mussten ihr reihenweise verfallen, und Ole gehörte nun auch dazu. Zum zweiten Mal in seinem Leben hatte er sich in diese Frau verliebt.

Wenn Gesa ehrlich zu sich war, passten die beiden wunderbar zusammen. Eine erfolgreiche Schriftstellerin und ein attraktiver Buchhändler, besser ging es nicht. Ein attraktiver Buchhändler und eine arbeitslose Versicherungskauffrau hingegen, das passte hinten und vorne nicht.

«Ich werfe hiermit offiziell die Flinte ins Korn», sagte Gesa zum Kuukkeli, nachdem sie vom Sofa aufgestanden war, um sich im Bad bettfertig zu machen.

Sie hatte gerade die Zahncremetube aufgeschraubt, als eine SMS ihres Bruders eintraf.

Noch wach?

Ehe Gesa antworten konnte, folgte ein Foto, ein Selfie von Gero und Jost. Wange an Wange grinsten ihre glücklichen Gesichter in die Kamera. Die beiden hatten den Arm umeinander gelegt, sodass man ihre Hände sehen konnte.

Gesa stutzte. Trugen Gero und Jost Ringe? Und noch etwas irritierte Gesa. Im Hintergrund vermeinte sie, die Statue der Kleinen Meerjungfrau zu erkennen. Sie griff nach ihrer Brille, die sie bereits abgenommen hatte. Tatsächlich.

> Danke, du Kupplerin. Richtig, wir sind in Kopenhagen, Fähre
> sei Dank. Ich bin der Liebe stets hinterhergereist, jetzt habe
> ich sie einfach auf meine Reisen mitgenommen. Übermorgen
> sind wir zurück.
> Hugs and kisses, Gero und Jost

Gesa zog die Bettdecke bis zur Nase. Endlich konnte sie sich freuen. Wenigstens hatte sie Gero den letzten Anschubser zur Liebe gegeben. Es konnten nicht alle gewinnen. Aber sie waren Zwillinge. Sie hatten kooperativ in der Dunkelheit den Start ins Leben gefunden, waren sechzig Jahre stets füreinander da gewesen. Sie freute sich für ihren Bruder über seine Liebe, als wäre es ihre eigene.

Der Wind riss die letzten Blätter des Jahres von den Baumkronen, und sie hatte den Eindruck, der Himmel würde ihr auf den Kopf fallen. Gesa stand vor der Kapelle des Vorwerker-Friedhofes. Sie war lange nicht hier gewesen, viel zu lange. Dennoch fand sie zielsicher den Weg zu Onnis Grab. Während sie durch das parkähnliche Gelände humpelte, hatte sie ihre Hand in die Manteltasche geschoben, bemüht, das, was sich darin verbarg, keiner allzu großen Erschütterung auszusetzen. Sie lief durch den Findlingsgarten, bog in den Garten der Lichter und hielt schließlich auf die Pfade der Erinnerung zu.

Vor einem unscheinbaren Grab blieb Gesa stehen. Ein riesiger, einst sandsteinfarbener Findling, der seit nun dreiundzwanzig Jahren hier lag, wachte über Onni. Es war Gero gewesen, der damals die Beerdigung ausgerichtet hatte. Der Gesteinsblock, den er von einem Steinmetz aus Joensuuin, der größten Stadt des finnischen Nordkarelien, hatte anfertigen lassen, stand für Bodenständigkeit, Naturverbundenheit und Ruhe. Das passte wunderbar zu Onni.

Onni Hikipää
23. 02. 1957 – 15. 03. 1999

Erinnere Dich daran:
Wo auch immer Dein Herz ist,
wirst Du Deinen Schatz finden
(Paulo Coelho)

Die Jahre hatten dem Findling eine natürliche Patina verliehen. Trüb sah er aus. Verwittert. Aber trotzdem unerschütterlich.

Gesa setzte sich auf eine Bank, die in unmittelbarer Nähe des Grabsteins stand. Gut, dass sie heute Morgen zwei Strumpfhosen übereinander angezogen hatte. Der Wind zerrte nicht nur an den letzten Blättern der Baumkronen, sondern auch an Gesas Rock. Sie stellte ihre Tasche neben sich, um den gut behüteten Gegenstand aus ihrem Mantel zu holen. Es war der Kuukkeli.

«Damit du mal rauskommst. Immer nur auf dem Sideboard zu sitzen, das ist nicht gut für die Seele. Das hier sind zwar nicht die finnischen Wälder, aber Bäume sind schließlich Bäume», flüsterte sie dem ausgestopften Tier zu.

Vorsichtig blickte sich Gesa um, in der Angst, jemand

könnte sie beobachten und für verrückt erklären. Nichts. Die Luft war rein.

«Schade, dass damals noch keine Baumbestattung angeboten wurde, die hätte Onni gut gefallen.»

Eine Amsel hüpfte skeptisch näher, so als würde sie den seltsamen Vogel, der ihrem Park einen Besuch abstattete, näher betrachten wollen. Einen finnischen Artgenossen bekam man schließlich nicht alle Tage zu Gesicht.

«Da liegt er, mein Onni. Seit so langer Zeit liegt er schon da. Und es ist, als wäre es gestern gewesen, dass wir ...»

Sisu.

Hatte Onni das eben gesagt? Gesa hatte seine Stimme im Ohr. Der Wind, der in den Bäumen rauschte, glich Onnis Atem.

Sisu.

Finnisch. Unübersetzbar. Eine klaglose Beharrlichkeit, ein Durchhaltevermögen, eine Art Mut, die man als für die finnische Seele typisch bezeichnet. Viele Jahre hatte Gesa durchgehalten. Doch dann, dann hatte sie sich der Liebe angeboten, und was war geschehen? Es hatte ihr den Gnadenstoß versetzt. Nun war sie gefangen in einer nicht enden wollenden *Kaamos*, der finnischen Raunacht. In Rovaniemi, dem Ort, an dem Gesa und Onni sich 1995 kennengelernt hatten, wurde es rund um die Wintersonnenwende tagsüber nie richtig hell.

Nach ihrer bitteren Enttäuschung mit Ole hatte Gesa das Gefühl, auch in ihr würde es nie wieder richtig hell werden, ein Rest Dunkelheit würde ihr Leben lang zurückbleiben.

Das, was ihr blieb, waren die Erinnerungen. Ein Gutes jedoch hatte das alles: Ihre Angst vor Büchern war verschwunden, die Liebe zur Literatur war zurückgekehrt.

Trotzdem war nicht die Zeit, untätig herumzusitzen. Gesa musste sich für ihre berufliche Zukunft etwas einfallen lassen und nahm sich vor, nächste Woche mit dem Schreiben von Bewerbungen zu beginnen.

«Ein Leben ohne Buchangst, das ist doch nicht schlecht, oder? Es ist zumindest ein Anfang», sagte Gesa zum Kuukkeli, woraufhin die Amsel wegflog.

Gesa zog ein Buch aus ihrer Tasche. *Der Alchimist*. Es war jene Ausgabe, die sie damals mit nach Finnland genommen hatte. Es war das einzige Buch, das sie nach Onnis Tod nicht entsorgt hatte. Sie begann zu lesen.

Selbst wenn ein Tag dem anderen gleicht, mit eintönigen Stunden, die sich zwischen Sonnenauf- und -untergang dahinschleppen, selbst wenn sie in ihrem kurzen Leben nie ein Buch lesen werden und die Sprache der Menschen nie verstehen …

Gesa fröstelte. Behutsam steckte sie den Kuukkeli wieder in ihre Manteltasche. Dann stand auf, um sich zum zweiten Abschnitt ihrer Abschiedstour von der Liebe zu begeben.

«Ich weiß, es klingt ungewöhnlich, doch es muss genau dieser Tisch sein.»

Die Bedienung des Café Niederegger starrte Gesa verständnislos an. Ihr Blick wanderte an Gesas Beinen herab, um an dem geschwollenen Knöchel zu verweilen. «Das kann leider dauern. Und den Fuß würde ich einem Arzt zeigen, sieht schlimm aus.»

«Ich habe morgen einen Termin. Und kein Problem, ich

habe Zeit», erwiderte Gesa. Ich bin schließlich arbeitslos und habe auch sonst niemanden, der auf mich wartet, setzte sie im Stillen hinzu.

«Wenn Sie möchten, können Sie die Wartezeit in unserem Marzipanmuseum verbringen. Ich sage Bescheid, wenn Ihr Lieblingstisch frei wird.»

Erstaunlich. Von einem Marzipanmuseum im Café Niederegger hatte sie noch nie gehört. Gesa sah auf die Uhr. Sie hatte sich für dreizehn Uhr mit ihren Eltern hier zum Brunch verabredet, sie war viel zu früh dran.

«Zweite Etage. Schaffen Sie das?», erkundigte sich die Bedienung.

Gesa war die einzige Besucherin. Das Museum, dessen rotbraune Wände Behaglichkeit ausstrahlten, präsentierte eine Zeitreise des Marzipans von seinem orientalischen Ursprung bis heute. Auf zwei Info-Säulen gab es Wissenswertes über die Geschichte des Zuckers und der Mandeln zu lesen. Interessiert beugte sich Gesa über ein Originalrezept zur Herstellung von Marzipan aus dem Jahr 1806.

Unumstrittenes Highlight der Ausstellung waren jedoch die zwölf lebensgroßen Persönlichkeiten aus Marzipanmasse, von dem Bildhauer Johannes Kiefer modelliert. Für die Umsetzung dieses allzu köstlichen Projekts hatte man fünfhundert Kilogramm Marzipan verwendet. Zwischen Hans-Georg Niederegger und Wolfgang Joop saß Thomas Mann. Was für ein Ensemble. Eine Mischung aus Faszination für die Modellierfähigkeiten des Künstlers und Appetit auf Süßes kaperte Gesa. Auch wenn es ihr vollkommen unangemessen erschien, kaperte sie noch dazu eine unermessliche Lust, Thomas Mann die süße Nase abzubeißen.

Um sich von der Versuchung abzulenken, schob Gesa die Hand in ihre Manteltasche. Sie hatte den Kuukkeli fast vollständig aus dem Stoff herausgezogen, als Stimmen hinter ihr ertönten. Eilig schob sie das ausgestopfte Tier zurück.

«Hast du schon von der Entdeckung gehört, dieses Schriftstück aus dem kleinen Buchladen?»

«Nein.»

«Das ist unglaublich. Es handelt sich um einen Schulaufsatz, eines unserer Mitglieder sitzt gerade über der grafologischen Analyse. Noch ist es nicht hundertprozentig erwiesen, aber wenn du mich fragst, stammt der Text vom großen Meister selbst.»

Gesa bemühte sich, so diskret wie möglich einen Blick auf die beiden Männer hinter sich zu werfen.

«Wie seid ihr denn an diesen Schatz gekommen?», fragte einer der beiden.

«Herr Oevermann, der Buchhändler, und ein junger Mitarbeiter von ihm haben ihn entdeckt. Das Schriftstück lag in einer alten Kasse, versteckt hinter der Geldschublade.»

«Und wie geht es jetzt weiter?»

«Das wissen wir noch nicht. Sollte sich bestätigen, dass der Text von Thomas Mann stammt, wäre das eine Kostbarkeit, die sich nicht mit Geld aufwiegen ließe.»

«Das wäre eine Sensation.»

«Wie gesagt, die Thomas Mann-Gesellschaft prüft und würde dem Buchhändler ein großzügiges finanzielles Angebot unterbreiten. Da werden einige Interesse haben, das Buddenbrookhaus und auch das Thomas-Mann-Archiv in Zürich. Wir alle träumen seit Jahren von einem derartigen Fund.»

Gesa drehte sich ruckartig um. Sie umarmte erst den einen Herrn, war sich allerdings noch in der Umarmung unsicher, welcher der beiden von der Thomas Mann-Gesellschaft war. Sicherheitshalber umarmte sie zusätzlich den anderen Herrn und humpelte danach, so schnell es ihr möglich war, die Treppe herunter. Auf der Etage, auf der sich das Café befand, lief sie der Bedienung in die Arme.

«Sie kommen wie gerufen. Gerade ist Ihr Lieblingstisch frei geworden.»

Und da Gesa im Umarmungsmodus war, fiel sie kurzerhand der Bedienung um den Hals.

Kapitel 30

Ihr Knöchel freute sich, als Gesa nach der Tour durch das Museum an ihrem Wunschtisch im Café Platz nahm. Bis zur Ankunft ihrer Eltern hatte sie noch ein wenig Zeit, die sie mit einem Kräutertee überrückte. Einen Kräutertee hatte sie auch beim letzten Mal getrunken, als sie mit Ole hier gewesen war.

«Wollen Sie einen Blick in die *Lübecker Nachrichten* werfen?», erkundigte sich die Kellnerin.

«Gerne», sagte Gesa und schaute aus dem Fenster.

Am Fuße der Rathaustreppe stand ein verliebtes Pärchen, das Selfies schoss. Irgendwie schienen alle Menschen in Beziehungen zu sein. Alle, außer Gesa. Nein, das stimmte nicht. Die Anzahl der Singlehaushalte war in den letzten Jahren gestiegen, ebenso die Anzahl der Scheidungen. Gesa war seit über zwanzig Jahren allein, doch beim Anblick eines verliebten Pärchens schmerzte sie diese Tatsache besonders. Es hätte so schön sein können mit Ole. Hätte.

Irgendwann würde diese Wunde heilen. Irgendwann würde die Zeit dafür sorgen, dass Ole immer weiter in den Hintergrund rückte, um schließlich vollständig aus ihren Gedanken zu verschwinden. Jeden Tag ein Stückchen. Es würde schwer werden, doch in Sachen Liebe war sie Meisterin in der Rückschlagbewältigung.

Die Kellnerin stellte eine dampfende Tasse Kräutertee auf den Tisch und legte die Zeitung daneben. Gesa bedankte sich, nippte an ihrem Tee und beobachtete nachdenklich das Treiben auf der Straße. Ein Wort streifte ihre Gedanken.

Arbeitslosigkeit.

Gleich morgen würde sie bei der Agentur für Arbeit die notwendigen Unterlagen ausfüllen. Soweit Gesa wusste, würde man sie für eine Weile sperren, in der sie ohne Geld würde auskommen müssen. Sie war durch eigene Schuld fristlos entlassen wurden, also musste sie warten, bis sie staatliche Unterstützung bekam. Betrübt nahm Gesa einen weiteren Schluck Tee.

Der Untergang der Buchhandlung schien abgewendet, wenigstens das. Ole würde über die Runden kommen. Durch die Lesungen von Flora Floriani war ordentlich Geld in die Kasse gespült worden, und sollte der Deutschaufsatz, den Gesa hinter der Geldschublade gefunden hatte, tatsächlich aus der Feder von Thomas Mann stammen, würde die Buchhandlung davon finanziell profitieren, das war ja gerade im Gespräch der beiden Männer angeklungen. Gesa freute sich aufrichtig für Ole. Sie wollte, dass er glücklich war, auch, wenn er es ohne sie war.

«Liebes, hast du dich weggeträumt? Die Flucht in die Welt der Fantasie ist eine wunderbare Möglichkeit, die Akkus aufzuladen und das Karma zu stärken.»

Gesa hatte gar nicht bemerkt, dass Mutter und Vater Grambek vor ihrem Tisch standen. Die beiden nahmen Platz.

Rotger Grambek bestellte Rührei mit Speck, Asta ein

Marzipan-Frühstück. «Aus Verbundenheit», flüsterte sie Gesa ins Ohr.

Gesa blieb vorerst bei ihrem Tee, Hunger hatte sie keinen.

«Das mit den Gefühlen», hob Rotger Grambek zu sprechen an. «Das mit der Liebe, meine ich. Ich hätte es dir sehr gewünscht.»

Vater Grambek war nicht der Typ, der über Gefühle sprach. Er hatte sie, daran bestand kein Zweifel, doch es kam selten bis nie vor, dass er das Wort *Liebe* in den Mund nahm. Daher waren seine soeben geäußerten Sätze eine Seltenheit, die zu einem irritierten Blickwechsel zwischen Gesa und ihrer Mutter führte.

Einmal die Schallmauer der Gefühlsbenennung durchbrochen, legte Rotger Grambek nach. «Wie ich hörte, hat sich dein Bruder verlobt. Das freut mich, wenngleich ich es übereilt finde, sehr übereilt.»

Das Frühstück, die Rühreier und der zweite Kräutertee wurden gebracht.

Asta nahm ein Croissant aus dem Körbchen, um es in den Marzipanhonig zu tunken. «Das finde ich nicht. Wenn es funkt, so funkt es, worauf soll Gero da noch warten? Er und Gesa werden diese Woche sechzig.»

«Liebe braucht Zeit, und nachhaltige Maßnahmen müssen wohl überlegt sein. Hauruckentscheidungen sind riskant.»

«Jetzt hör aber auf. Liebe hält sich nicht an Uhrzeiten. Oder muss ich dich erst daran erinnern, dass ich nach drei Monaten Beziehung bereits ein doppeltes Glück unter dem Herzen getragen habe? Ohne Trauschein, wohlgemerkt.»

Rotger Grambek, der sich gerade einen Gabelhappen mit Ei und Speck in den Mund schieben wollte, verharrte in der Bewegung. Die Speckwürfel fielen herunter. Um von seinem Ungeschick abzulenken, schaute er aus dem Fenster. Nach einer Weile kniff er die Augen zusammen. «Was soll das denn? Also, ich muss schon sagen, mit Lübeck geht es eindeutig bergab. Jetzt stellen die Leute ihren Sperrmüll schon mitten im Stadtzentrum ab, was ist mit dem guten alten Wald?»

Gesa folgte dem Blick ihres Vaters. Am Fuße der Rathaustreppe standen ein Sessel und eine Lampe. Ein kakaobrauner Ohrensessel und eine Troddellampe, um genau zu sein.

Asta und Rotger Grambek grinsten sich über ihr Frühstück hinweg verschwörerisch zu.

Gesa fing diesen Blick auf. «Habt ihr etwa was damit zu tun?»

«Liebes, hast du gedacht, ich halte es aus, wenn nur ein Zwilling sein Glück findet? Da würde meine mütterliche Ausgeglichenheit aus dem Lot geraten. Das brächte doch das gesamte Familiengefüge, das gesamte kosmische Gleichgewicht ins Wanken.»

Gesa griff nach der Hand ihrer Mutter, gleichzeitig konnte sie den Blick nicht von der Straße abwenden. Die Touristen schossen die ersten Fotos. «Danke. Ich danke dir, dass du dich so um mich sorgst, aber Ole ist anderweitig liiert.»

«Das mag sein, darum geht es mir nicht. Der Mann tut dir gut, selbst wenn ihr nur Freunde seid. Liebe gibt es auch in der Freundschaft, oder nicht?»

Auf der Straße tat sich etwas. Mit einem Mal standen Ole und Mattis vor dem Sessel. Sie flüsterten. Schließlich hob Ole den Blick zum Fenster, winkte Gesa zu und machte eine undefinierbare Bewegung.

«Ich glaube, wir sollen das Fenster aufmachen», sagte die Kellnerin, die hinter ihren Tisch getreten war und interessiert nach draußen spähte. «Ist das eine Aktion der Schauspieler des hiesigen Theaters?»

Ole nahm auf dem Sessel Platz. Er zog einige bedruckte Seiten aus seiner Sakkotasche. Um ihn herum versammelten sich immer mehr Menschen. Unwillkürlich musste Gesa an seinen Auftritt unter ihrem Fenster denken und lächelte. Und auch jetzt begann Ole, mit lauter Stimme vorzulesen.

Einmal, erinnere ich mich, stand ich sogar aus dem Bett auf, um das, was ich für Sie überlegt hatte, aufzuschreiben. Aber ich stieg doch wieder gleich zurück ins Bett, weil ich mir – das ist ein zweites meiner Leiden – die Narrheit meiner Unruhe vorwarf und behauptete, ich könnte das, was ich genau im Kopfe habe, auch am Morgen niederschreiben.

Wie war es möglich, dass Ole genau diese Passage ausgesucht hatte? Er wusste von Gesas Leidenschaft für die Texte von Kafka, besonders für seine Briefe an Felice. Doch dass er genau diese eine Stelle vortrug, die letzte Stelle, die Gesa gelesen hatte, bevor sie die Literatur aus ihrem Leben verbannte, schien ihr unwirklich wie ein Traum.

So schnell es der verstauchte Knöchel erlaubte, stand Gesa auf und stieg die Stufen des Café Niederegger hinab.

«Eigentlich wollte ich mit dir spazieren gehen, aber diese Alternative hat auch etwas für sich.» Ole blickte über die Schulter, um sich zu vergewissern, dass es Gesa und ihrem Knöchel gut ging.

Die dreirädrige Fahrrad-Rikscha hatte er sich von einem Mann ausgeliehen, der normalerweise Sieben-Türme-Touren für Touristen anbot. Es hatte Ole einiges an Überzeugungskunst gekostet, und während er dem Mann ins Gewissen redete, erinnerte sich Gesa daran, wie Ole der Kellnerin im Café Niederegger bei ihrer ersten Verabredung eine Portion Chicken Nuggets abgeschwatzt hatte, die eigentlich nur für Kinder gedacht waren.

Gesa genoss es, sich durch ihre Heimatstadt chauffieren zu lassen. Sie wusste, die Rikscha hatte einen kleinen E-Motor, den Ole zu Hilfe nehmen konnte, sollte ihm die Fahrt zu anstrengend werden. Was Gesa jedoch nicht wusste, war, wohin sie mit ihren Gefühlen sollte. Geborgenheit. Wärme. Liebe. Freundschaft, korrigierte sie sich.

Die vorgelesene Passage aus Kafkas Briefe an Felice hatte sie sehr berührt. Auf der einen Seite hatten die Zeilen die Erinnerungen an den Tag von Onnis schrecklichem Tod aufgewärmt. Auf der anderen Seite spürte sie, dass das Leben weiterging, dessen Zauber konnte stets zurückkommen, wenn man es zuließ. Und genau damit hatte Gesa ihre Probleme.

«Was ist denn das hier für eine Aktion? Warum der Sessel und die Lampe vor dem Niederegger, und nun die Rikscha-Tour?»

Ole bremste ab. «Ich hatte den Eindruck, irgendwie ist etwas zwischen uns passiert, das ich nicht erklären kann. Etwas, das sich komisch anfühlt. Du warst so niedergeschlagen nach der Kündigung, hast mir trotzdem mit der Buchhandlung geholfen. Du bist gestern so überstürzt aufgebrochen, ich wollte dir eine Freude machen, mich bedanken. Da kam der Anruf deiner Mutter gerade recht.»

Gesas Herz klopfte schneller. «Zählte das mit dem Aufmerksamkeitstagebuch auch dazu?»

«Davon weiß ich nichts. Vermutlich war das Mattis' Idee, er hatte mich nach deiner Adresse gefragt. Der Junge ist super. Ein Geschenk, tatsächlich ein Sechser mit Zusatzzahl. Ich habe zwar noch immer nicht in Erfahrung gebracht, warum er von der Schule geflogen ist, trotzdem war das kein Hinderungsgrund.»

«Ein Hinderungsgrund wofür?»

«Ihm anzubieten, eine Ausbildung zum Buchhändler bei mir zu absolvieren. Es wird mir bald so ergehen wie Traute Tjarks. Ich werde zu alt. Die Vorstellung, dass es Nachwuchs gibt, ist sehr tröstlich.»

Das waren schöne Neuigkeiten. Es erfüllte Gesa mit Zufriedenheit, dass die Buchhandlung nicht nur gerettet, sondern ihr Fortbestehen in die nachfolgende Generation hinein gesichert war. «Kann man mit diesem Gefährt bis Travemünde radeln?»

«Geografisch schon, das sind knapp zwanzig Kilometer. Aber allein mit der Kraft meiner Waden traue ich mir das nicht zu. Ich war übrigens beim Arzt zur Nachuntersuchung. Wie es aussieht, hat das Koma keine bleibenden Schäden hinterlassen, sicherheitshalber soll ich es jedoch langsam angehen lassen. Vertrauen wir also auf den Motor.»

Auf Höhe des Jachthafens am Travemünder Markt hielt Ole. «Ich kann nicht mehr sitzen. Hast du etwas gegen eine Pause einzuwenden?»

Gesa und Ole stiegen ab. Dann standen die beiden nebeneinander als wären sie auf dem Boden festgeklebt. Leichter Wind kam auf. Gesa fröstelte.

«Cappuccino, wie beim letzten Mal?», fragte Ole.

«Du musst das nicht tun.»

Gesa setzte sich auf eine Bank, Ole tat es ihr gleich. Schweigend beobachtete er die Boote und Jachten, die im Hafen vor Anker lagen, und wirkte mit einem Mal sehr, sehr alt.

«Ich bin froh, dass wir endlich wieder ein wenig Zeit miteinander verbringen. Ich hatte mir gedacht, nein, ich hätte mir gewünscht, dass die letzten Tage anders verlaufen wären. Warum hast du dich zurückgezogen? Ich hätte so gerne mit dir gefeiert. Die Buchhandlung wird weiterleben!»

«Das freut mich wirklich für dich. Aber ich will euch nicht im Weg stehen.» Gesa verschränkte die Arme vor dem Oberkörper.

«Ich verstehe nicht, was du meinst. Für mich bist du Teil der Buchhandlung. Habe ich dich zu stark eingespannt?»

«Darum geht es nicht. Es geht um die Liebe.» Gleich nachdem der Satz ihre Lippen verlassen hatte, bereute Gesa ihn.

Oles Stirn zog sich zusammen. «Die Liebe in unserem Alter ist eine Seltenheit und ein schwieriges Unterfangen noch dazu», sagte er. «Trotzdem ist sie eine Naturgewalt. In den letzten Tagen habe ich versucht, mich gegen meine Gefühle zu stellen, erfolglos.»

Am liebsten wäre Gesa aufgesprungen und davongelaufen. Mit einem verstauchten Knöchel war das allerdings unmöglich. «Dann wünsche ich dir alles Gute, Ole. Ich hätte nicht geglaubt, dass wir beide am Ende nicht miteinander, sondern mit anderen Partnern glücklich werden.

Aber so ist es nun. Es gibt unendlich viel Hoffnung, nur nicht für uns. Franz Kafka.»

Ole wandte erstaunt den Kopf zu Gesa. Traurigkeit lag im Turmalingrün seiner Augen. «Ein Zitat», sagte er leise. «So hat es angefangen, so endet es. Ich habe mich gefreut, dass wir uns begegnet sind. Danke für alles, was du für mich getan hast.»

Gesa nickte und drückte sich von der Bank hoch. Zwar hatte sie keine Ahnung, wie sie die weite Strecke zum Bahnhof zu Fuß bewältigen sollte, doch die Vorstellung, auch nur eine Sekunde länger in Oles Nähe zu sein, trieb ihr die Tränen der Verzweiflung in die Augen. Und so sollte er sie auf keinen Fall sehen. «Mach es gut. Ich danke dir auch für alles.» Gesa humpelte los. Bloß nicht umdrehen, einfach weiter, immer weiter.

Besonders weit kam sie mit dem verstauchten Knöchel allerdings nicht, nach etwa einhundert Metern tippte ihr Ole von hinten auf die Schulter. «Wie heißt er?»

«Wie heißt wer?»

«Der Mann, in den du dich verliebt hast?»

Wovon redete Ole da?

Offenbar schien Ole Gesas Schweigen nicht zu ertragen. «Warum können wir nicht befreundet bleiben? Wenigstens ein bisschen? Ist er so eifersüchtig?»

Hier musste ein Missverständnis vorliegen, ein riesiges Missverständnis. Es ist das letzte Mal, dass ich Ole gegenüberstehe, zumindest in dieser Zweisamkeit, vor dieser traumhaften Kulisse, dachte sie und setzte alles auf eine Karte.

«Ja, es gibt einen Mann. Einen wundervollen Mann, in den ich verliebt bin. Er ist mit Leib und Seele Buchhändler und heißt Ole Oevermann.»

Ole starrte Gesa an, als wäre direkt neben ihm ein Meteorit eingeschlagen. Doch wahrscheinlich hätte es selbst ein Meteoriteneinschlag nicht im Ansatz mit der Wucht von Gesas Liebeserklärung aufnehmen können.

Ole rang um Worte.

Schließlich räusperte er sich. «All das, was du für mich getan hast, ist das Zauberhafteste, was jemals jemand für mich getan hat. Ohne dich hätte meine Buchhandlung nicht überlebt.»

«Wie meinst du das?» Zur Rettung der Buchhandlung hatte Fenja beigetragen, nicht sie, im Gegenteil, wegen ihrer Nachlässigkeit hatte das Hochwasser den Laden überhaupt erst zerstören können.

«Deine, sagen wir, etwas ruppige Art, mit der alten Kasse umzugehen, hat dazu geführt, dass dieser Aufsatz gefunden wurde, der die Thomas-Mann-Experten vollkommen elektrisiert. Es sieht ganz danach aus, als sei der Aufsatz, den du gefunden hast, echt. Noch steht das offizielle Ergebnis der grafologischen Untersuchung aus, aber das scheint eine reine Formsache zu sein. Mir wurden bereits Angebote angekündigt. Und wahnsinnige Summen genannt. Ich musste drei Mal nachfragen, weil ich dachte, ich hätte mich verhört.»

«Vorhin im Museum habe ich zwei Männer belauscht, die sich über den Aufsatz unterhalten haben. Es klang wirklich nach einer Sensation.»

«Absolut. Mit dem Geld kann ich die Buchhandlung nicht nur notdürftig sanieren, ich kann ein echtes Schmuckstück aus ihr machen.» Ole griff nach Gesas Hand. «Bist du wirklich verliebt in mich?»

Gesa senkte den Kopf. Dann nickte sie kaum merklich.

«Warum hast du mir das nicht schon eher gesagt? Wir

hatten so schöne Momente. Vor allem hier, in Travemünde. Das gemeinsame Tandem-Fahren, als hätten wir nie
etwas anderes gemacht. Denkst du nicht, dass das etwas
Symbolisches hatte, etwas Großes?»

«Doch, bis Fenja kam.»

«Warum sollte sich dadurch zwischen uns etwas ändern?»

«Na, weil ihr beiden nach all den Jahren erneut zusam-
mengefunden habt.»

«Wie kommst du nur auf diesen Quatsch? Wir sind befreundet, mehr nicht.»

Gesa wollte etwas erwidern, doch das Nebelhorn eines
Schiffes dröhnte über ihre Gedanken hinweg.

«Gesa, wenn ich gewusst hätte ... Das ist riesengroßer
Quatsch. Es stimmt, ich habe mich wahnsinnig gefreut,
Fenja nach all den Jahren wiederzusehen, und bin ihr unendlich dankbar für ihren Einsatz für die Buchhandlung.
Wir hatten uns viel zu erzählen. Wir sind Freunde, das ist
alles. Wie du siehst, man muss miteinander reden. Schweigen ist nicht Gold», schrie Ole über den Lärm hinweg.

Ein Finnliner zog an den beiden vorüber. Wenn das
kein Zeichen war. Das Schicksal winkte in diesem Augenblick mit beiden Händen. Es winkte so ausschweifend, als
fürchtete es, sonst unbeachtet in den Fluten unterzugehen.

Ole umschloss Gesas Gesicht mit seinen Händen. «Obwohl, manchmal ist Schweigen doch besser. Ein Kuss ist
eine Sache, für die man beide Hände braucht. Mark Twain.
Glaube ich jedenfalls.»

«Wer auch immer das gesagt hat, war ein sehr kluger
Mann», flüsterte Gesa.

Quellenangaben

Zitate auf den Seiten 12/13, 67, 304, 316 u. 318 aus: Paulo Coelho, *Der Alchimist*. Übersetzt von Cordula Swoboda Herzog. Diogenes, Zürich, 1996.

Songtext auf S. 35: Caterina Valente, *Wenn es Nacht wird in Paris*. Deutscher Text: B. Heinzli.

Zitat auf S. 106/107: Ernest Hemingway, *Der alte Mann und das Meer*. Übersetzt von Werner Schmitz. Rowohlt Verlag, Reinbek bei Hamburg, 2012.

Zitate auf S. 129 aus Ernest Hemingway, *Fiesta*. Übersetzt von Werner Schmitz. Rowohlt Verlag, Reinbek bei Hamburg, 2013.

Zitat auf S. 182 angelehnt an: Antoine de Saint-Exupéry, *Der kleine Prinz*. Übersetzt von Marion Herbert. Anaconda, Köln, 2015.

Zitat auf S. 187 aus: Thomas Mann, «Tonio Kröger» in: *Frühe Erzählungen 1893–1912*. Fischer Verlag, Frankfurt am Main, 2012.

Liedtext auf S. 196: Europe, *The Final Countdown*. Text: Joey Tempest.

Zitate auf S. 199 und 205/206 aus Milan Kundera, *Die unerträgliche Leichtigkeit des Seins*. Übersetzt von Susanna Roth. Fischer Verlag, Frankfurt am Main, 1987.

Liedtext auf S. 217: *Winde wehn, Schiffe gehn*. Deutscher Text: Erich Spohr und Hermann Gumbel.

Zitat auf S. 227 aus: Stefanie Stahl, *Das Kind in dir muss Heimat finden. Der Schlüssel zur Lösung (fast) aller Probleme*. Kailash, München, 2015.

Zitat auf S. 282 aus Marcel Proust, *Auf der Suche nach der verlorenen Zeit*; 10 Bände. Übersetzt von Eva Rechel-Mertens. Suhrkamp Verlag, Frankfurt am Main, 1979.

Weitere Titel